buzz
BOOKS

Cărțile despre care toată lumea vorbește!

O colecție care cuprinde cele mai noi thrillere, cărți polițiste și de suspans – romane aflate în topurile internaționale, ecranizate sau în curs de ecranizare, traduse în zeci de limbi – cărți provocatoare, pe care abia aștepți să le citești

CLAIRE DOUGLAS

Surorile

Traducere din limba engleză și note
ALEXANDRU MACOVESCU

LITERA
București

The Sisters
Claire Douglas

Imagini copertă: Getty Images; Shutterstock

Editura Litera
tel.: 0374 82 66 35; 021 319 63 90; 031 425 16 19
e-mail: contact@litera.ro
www.litera.ro

Surorile
Claire Douglas

Editor: Vidrașcu și fiii
Redactor: Alexandra Diaconescu
Corector: Cătălina Călinescu
Copertă: Bogdan Mitea
Tehnoredactare și prepress: Ofelia Coșman

Seria de ficțiune a Editurii Litera este coordonată
de Cristina Vidrașcu Sturza.

Descrierea CIP a Bibliotecii Naționale a României
DOUGLAS, CLAIRE
Surorile / Claire Douglas; trad. din lb. engleză și note:
Alexandru Macovescu. – București: Litera, 2024
ISBN 978-630-342-680-8

I. Macovescu, Alexandru (trad.; note)

821.111

Acest roman este dedicat amintirii fratelui meu, David,
şi surorii mele, Sam.

„Aș vrea mai multe surori, astfel încât, dacă mi se ia una, să nu rămână atâta tăcere.“

Emily Dickinson

„... suntem gemeni și astfel ne iubim mai mult decât alți oameni...“

Louisa May Alcott, *Little Men*

1

O văd peste tot.

E la fereastra unui restaurant cu specific italian de la colțul străzii mele. Are un pahar cu vin în mână, ceva cu bule ca un Prosecco, râde cu capul dat pe spate, cu fața ei rotundă încadrată de tunsoarea bob și cu ochii verde-smarald încrețiți.

Vrea să traverseze, și pe când așteaptă răbdătoare să se rărească mașinile, își mușcă buza de jos concentrată, cu rucsacul ei maro atârnând de scobitura brațului.

Aleargă după un autobuz, încălțată cu sandale negre și cu o pereche de blugi strâmți, iar părul răvășit îi e ținut în loc de ochelarii cu ramă subțire ridicați pe creștet.

Ori de câte ori o văd, încep să alerg spre ea, ridicând mâna ca să-i atrag atenția. Pentru că uit totul în acea fracțiune de secundă. E încă în viață în acele clipe. Și apoi amintirea mă izbește ca o furtună de emoții copleșitoare. Îmi dau seama că nu e ea și că nu va putea fi niciodată.

Lucy e pretutindeni și nici unde. Asta e realitatea.

N-o s-o mai văd niciodată.

*

Azi, într-o seară agitată de vineri, e în fața gării Bath Spa și împarte pliante.

O văd pe când sorb dintr-un cappuccino în cafeneaua de vizavi și, chiar prin vitrina stropită de ploaie, asemănarea izbitoare cu Lucy mă face să mă uit mirată de două ori. Aceeași siluetă minionă înghițită de o pelerină stacojie, părul blond până la umeri și o gură prea mare care mereu lăsa impresia că e fericită, chiar și când nu era. Ține în mână o umbrelă cu buline ca să se protejeze de o altă aversă neașteptată de primăvară, și zâmbetul îi rămâne neclintit pe față chiar și atunci când e ignorată de cumpărătorii ocupați și de navetiștii ostili sau când un autobuz cu burduf îi stropește picioarele goale și balerinii delicați cu imprimeu de leopard.

Mi se strânge stomacul când n-o mai văd preț de câteva secunde lungi, înghițită de o gloată de oameni de afaceri la costum care se îndreaptă spre gară. Mă simt vădit ușurată când văd că nu a fost luată pe sus de mulțime, ci stă în același loc, întinzând pliante trecătorilor dezinteresați. Cotrobăie printr-o geantă purpurie supradimensionată în timp ce încearcă să țină umbrela în scobitura brațului, și îmi dau seama după oboseala care i se citește în spatele zâmbetului că va pleca acasă în curând.

Nu o pot lăsa. Dau pe gât restul cafelei și evident că îmi opăresc cerul gurii, însă ies repede pe ușă, trăgându-mi pe mine geaca de ploaie. Trag repede fermoarul, îmi pun gluga pe cap ca să nu mi se încrețească părul și traversez. Pe când mă apropii, îmi dau seama că seamănă foarte puțin cu sora mea. Părul tipei e mai degrabă castaniu decât blond, are ochii de culoarea mierii de salcâm, nasul ca o pârtie de schi ridicată și mulți pistrui pe față. Și pare și mai în vârstă, are în jur de treizeci de ani. Dar e la fel de frumoasă ca Lucy.

– Bună, mă salută zâmbind.

Nu mă pot opri s-o măsor din cap până în picioare. Dar nu pare deranjată. Cu siguranță e obișnuită s-o fixeze oamenii cu privirea. Mi se pare chiar ușurată că s-a sinchisit cineva să se oprească.

– Bună, îngaim pe când îmi dă un pliant ud de la ploaie.

Îl iau și îl parcurg repede. Văd hârtia viu colorată, cuvintele „Bear Flat Artists“ și „Open Studio“ și mă uit la ea întrebător.

– Sunt artistă, îmi explică.

După cum se îmbujorează, îmi dau seama că e la început de drum, că încă nu ar trebui să se prezinte drept artistă și că e probabil studentă în an terminal. Îmi spune că are un atelier acasă și că îl deschide publicului în cadrul weekendului Bear Flat Artists. Fac și vând bijuterii, dar o să fie și alții care-și expun picturile sau fotografiile.

– Ești binevenită dacă te interesează, adaugă.

Acum că sunt mai aproape de ea, remarc că are cercei desperecheați și mă întreb dacă a făcut-o intenționat sau dacă și i-a pus în dimineața asta fără să-și dea seama că nu se asortează. Admir asta la ea, probabil că și Lucy ar fi făcut-o. Lucy era genul de tipă căreia nu-i păsa dacă rujul nu se asorta cu bluza sau geanta cu pantofii. Dacă îi plăcea un lucru, îl purta fără să stea pe gânduri.

Observă că mă uit la cerceii ei.

– Eu i-am făcut, spune, atingându-l pe cel din stânga, cel galben, delicat, în formă de margaretă. Apropo, sunt Beatrice.

– Eu sunt Abi. Abi Cavendish, îi răspund.

Aștept o reacție. E aproape imperceptibilă, dar sunt sigură că mi-a recunoscut numele și sunt la fel de sigură că nu mi-a citit vreun articol. Apoi îmi spun că sunt paranoică. E ceva la care încă lucrez cu Janice, terapeuta mea. Chiar dacă Beatrice ar fi citit reportajele din presă sau s-ar fi uitat la știrile despre Lucy de atunci, nu și-ar fi adus neapărat aminte, s-a întâmplat în urmă cu optsprezece luni. O știre printre multe altele, o fată printre multe altele. Ar trebui să știu, scriam despre asemenea cazuri zilnic. Acum am trecut de partea cealaltă a baricadei. Eu sunt subiect de presă.

Beatrice zâmbește. Încerc să mi-o scot din minte pe Lucy în timp ce întorc pliantul, prefăcându-mă că reflectez la evenimentul anunțat în timp ce ploaia izbește ritmic și cu putere umbrela ei și spatele hainei mele.

– Îmi pare rău că e atât de ud. Nu e o idee bună să împarți pliante în ploaie, nu-i așa? Fără să-mi aștepte răspunsul, continuă: Nu trebuie să cumperi nimic, poți veni doar să arunci o privire, chiar să-ți aduci și niște prieteni.

Vocea ei e mătăsoasă și însorită, la fel ca zâmbetul. Are o urmă de accent pe care nu-l pot localiza. De undeva din nord, poate scoțian. Nu m-am priceput niciodată să identific accentele.

– Sunt de puțin timp la Bath, așa că nu cunosc multă lume.

Cuvintele îmi ies din gură înainte de a mă gândi să le rostesc cu voce tare.

– Acum mă știi, îmi spune cu amabilitate în voce. Vino să te prezint unor oameni noi. Sunt interesanți. Se întinde spre mine și-mi șoptește: Și oricum, dacă nu se leagă nimic, tot e un prilej bun ca să-ți bagi nasul prin casele oamenilor.

Râde. Are un râset puternic și melodios. E exact ca al lui Lucy, și asta m-a convins.

*

În timp ce rătăcesc pe străduțele laterale pavate cu piatră cubică, nu pot să nu surâd amintindu-mi de zâmbetul și căldura ei. Deja știu că o să mă duc mâine acasă la ea.

Nu-mi ia mult să ajung la apartamentul meu cu două camere. E într-o clădire cochetă în stil georgian pe o stradă lăturalnică din Circus, ticsită cu mașini parcate bară la bară. Intru în holul prost întreținut, cu covorul gri jerpelit și cu pereții zgrunțuroși de un roz aprins, și mă opresc să desprind un plic maro care mi s-a lipit de talpă. Văzând că scrisorile împrăștiate pe jos îmi poartă numele, mă aplec să le iau plină de speranță. Poartă urmele pantofilor plini de noroi ai vecinilor care au călcat pe ele ca să ajungă la apartamentele lor, fără a catadicsi să le ridice. Pe când le frunzăresc, mă simt puțin descumpănită. Toate sunt facturi. Nimeni nu mai trimite scrisori, și clar nu mie. La etaj, într-o cutie de pe șifonier, am o stivă de scrisori, notițe, bilete de muzeu și alte mărunțișuri de-ale lui Lucy. Le-am recuperat din camera ei după ce a murit. Amândouă am păstrat corespondența de acum peste zece ani, când studiam la universități diferite, înainte să ne permitem computere și laptopuri, înainte să știm să trimitem e-mailuri.

Trec de bicicletele de teren ale cuplului sportiv care locuiește în apartamentul de la demisol, înjurând când îmi julesc glezna de o pedală, și urc scările până la ultimul etaj. Încă am pliantul care a început să se dezintegreze de la ploaie.

Descui ușa de la intrare și pășesc în hol, care e mult mai elegant decât coridorul comun. Stau cu chirie, dar înainte să mă mut, proprietarul a vopsit pereții într-un cenușiu palid și a pus o ușă veche din lemn de stejar. Apoi mama și-a făcut imediat apariția și a decorat apartamentul cu covoare, cuverturi și fotografii înrămate ca să pară un „cămin", pentru a-i oferi un motiv de a trăi singurului copil pe care-l mai are.

În momentul în care îmi atârn haina udă, îmi simt inima în stomac la vederea telefonului mobil pe comoda neagră. Îl iau îngrozită, sperând să nu am apeluri pierdute, dar sunt zece. *Zece*. Parcurg lista. Majoritatea sunt de la mama, dar câteva sunt și de la Nia, însoțite de mesaje vocale în care mi se cere să sun înapoi, iar în vocile lor disting o panică abia mascată. Deși am lipsit numai două ore, știu că ele au impresia că am vrut să-mi pun capăt zilelor. A trecut aproape un an de când am ajuns *în acel loc* – încă nu mă pot gândi la el –, dar ele tot cred că sunt instabilă psihic, labilă, că nu ar trebui să fiu lăsată singură prea multă vreme. Îmi trag mânecile puloverului peste încheieturi, ascunzându-mi inconștient cicatricile argintii care nu se vor estompa niciodată.

Apartamentul e cufundat în întuneric, deși abia dacă a trecut de cinci. Afară parcă cineva a aruncat un cearșaf uriaș și murdar peste Bath. Aprind o lampă în camera de zi, iar lumina portocalie mă încălzește imediat, mă afund în canapea și decid să-mi sun mai târziu părinții. Va trebui să o fac curând, pentru că altfel tata o să vină în goană cu Mazda lui de un verde țipător sub pretextul că e „doar în trecere", când de fapt vrea să se asigure că nu zac leșinată pe pat, înconjurată de flacoane goale de medicamente.

Mobilul îmi citește gândurile și începe să sune, redând metalic piesa „Waterloo Sunset" a formației The Kinks. Îmi scapă din mână și mă uit uimită cum se rostogolește pe jos. Mă apucă panica. Nu am văzut numele de pe ecran. Nu știu cine mă sună. Inima începe să mi-o ia la goană și simt cum mi se umezesc palmele, cum mă roade stomacul și cum mă sufoc. „Calmează-te, nu uita să faci exercițiile de respirație. Sigur te sună un cunoscut. Piesa aia înseamnă ceva pentru tine." „Waterloo Sunset". Londra. Nia. Desigur.

Aproape mă pufnește râsul de ușurare. Mă sună Nia. Doar Nia. Bătăile inimii îmi încetinesc și mă aplec să iau telefonul de pe podea. Muzica s-a oprit, și numele Niei e trecut la apeluri ratate.

– Abi, mi-am făcut griji, ce mama mă-sii? De ore întregi încerc să dau de tine, se răstește la mine când o sun.

– Am lipsit doar două ore și mi-am uitat telefonul.

– Ce-ai făcut? Simt o notă de suspiciune în vocea ei, de parcă bănuiește că am pus la cale să mă spânzur în pădure sau să-mi bag capul în cuptor. Nu ai de lucru?

Îmi înăbuș un oftat. Am fost redactor-șef la o revistă glossy. Acum lucrez ca liber-profesionistă când îmi vine cheful sau când îmi scad periculos fondurile. Știu că, dacă nu am grijă, o să-mi pierd toate relațiile. Mi-au mai rămas doar câțiva apropiați fideli, ceea ce nu e de mirare, dat fiind tot ce s-a întâmplat în ultimul an.

– Miranda mi-a zis că nu prea mai e de muncă acum.

Am mințit. Miranda, fosta mea șefă, este una dintre persoanele de încredere. Arunc pliantul pe care îl țin încă în mână în direcția măsuței de cafea. Nu ajunge acolo și cade pe jos, îngreunat de apă. E ilizibil acum, transformat în hârtie creponată, dar mi-am imprimat textul în memorie. Mă descalț, apoi îmi pun picioarele pe pernele moi și mă uit pe fereastră peste acoperișurile caselor din Bath, încercând să întrezăresc turla abației printre cărămizile roșiatice. Ploaia s-a oprit brusc, iar soarele se chinuie să se ițească de după un nor negru.

Își îndulcește tonul.

– Abs, eşti bine? Locuieşti singură acum într-un oraş pe care abia îl ştii şi...

– Mama şi tata stau la şase kilometri de aici.

Mă forţez să râd, dar nu-mi scapă ironia. La optsprezece ani abia aşteptam să merg la facultate ca să scap de părinţi şi de orăşelul Farnham din Surrey, unde m-am născut. Iar acum, la aproape treizeci de ani, i-am urmat ca o obsedată în oraşul ăsta nou unde au venit ca să încerce să-şi refacă vieţile distruse. Nu au şanse prea mari de reuşită cu mine prin preajmă, căci le amintesc permanent ce-au pierdut.

Nu pot să-i zic Niei de Beatrice. Nu încă. Nu după ultima dată. Doar o să-şi facă griji.

– Chiar sunt bine, serios, Nia. Mă plimbam prin Bath şi a început să plouă, aşa că m-am dus să beau o cafea. Nu-ţi face griji. Îmi place la nebunie aici. Bath e un oraş liniştit.

„Spre deosebire de mintea mea“, adaug în gând.

– Liniştit? pufneşte ea. Credeam că e plin de turişti.

– Doar vara. Adică e aglomerat, dar nu e aşa agitaţie ca la Londra.

Amuţeşte. Şi tot ce e nespus între noi se reduce la un singur cuvânt. Londra. Ştiu că se gândeşte la asta. Cum să nu? Nu-mi iese din minte când vorbesc cu ea. Casa aia înghesuită în stil victorian pe care am împărţit-o noi trei. Acea ultimă noapte. Ultimele ore ale lui Lucy.

– Mi-e dor de tine.

Vocea ei familiară, cu ritmul galez vioi, îmi aduce alinare. Preţ de o clipă închid ochii şi-mi imaginez cum a fost viaţa mea, agitaţia din Londra, slujba care-mi plăcea la nebunie, petrecerile splendide şi evenimentele fastuoase la care mergeam datorită Niei, care se ocupa cu relaţiile publice în domeniul modei, Lucy şi Luke, Callum.

Când mă gândesc la tot ce a fost înainte de noaptea aceea, parcă mă uit la viața altcuiva, atât e de diferită de cea de acum.

– Și mie mi-e dor de tine, îngaim, apoi încerc să par mai veselă. Cum e să stai în Muswell Hill? Se compară cu Balham?

– E diferit și totuși la fel. Știi la ce mă refer, oftează, iar eu știu exact la ce se referă. Abs, trebuie să-ți spun ceva. Îmi tot fac griji de multă vreme. Încă nu sunt sigură dacă ar trebui să știi.

– Bine...

Simt o undă de neliniște.

– E legat de Callum. M-a contactat.

Aștept să mă izbească un val de panică. Însă nu se întâmplă nimic, cu excepția unei mici agitații. Să fie de la antidepresive? Mi-au atenuat oare sentimentele, mi-au șters amintirea lui? Încerc să-l văd cu ochii minții la un metru nouăzeci, cu părul aproape negru, cu ochii albaștri cu gene stufoase, cu blugii lui strâmți și cu geaca de piele. Îmi amintesc că l-am iubit. Dar și el e prins în amintirile acelei seri. A fost mânjit pentru totdeauna, ca totul de altfel.

– Ce voia?

Încerc să am un aer nonșalant, dar știu că Nia o să-și dea seama. E cea mai bună prietenă a mea și a fost acolo, știe cât de mult a însemnat el pentru mine.

– Mi-a cerut numărul tău. Vrea să vorbiți.

– Rahat, Nia, icnesc și respir sacadat. I l-ai dat? Știe unde stau? Dacă știe, îi zice lui Luke. Mi-ai promis că n-o să-i zici unde m-am mutat. Mi-ai promis.

Ridic tonul când văd cu ochii minții fața lui Luke de la ultima noastră întâlnire: împietrit de durere, mi-a spus pe un ton calm că n-o să mă ierte niciodată pentru moartea lui Lucy. Cuvintele lui și detașarea au fost la fel de dureroase ca lama cuțitului cu care mi-am tăiat venele.

– Abi, calmează-te! Nu i-am zis nimic. Nici nu cred că Luke mai locuiește cu Callum.

– Îmi pare rău, îi zic și inspir adânc, făcând un efort de a-mi înăbuși anxietatea, teama. Nu pot să vorbesc cu el. Nu pot. Niciodată...

– E-n regulă, Abi. Nu-ți face griji. Nu i-am zis nimic de tine. Am numărul lui dacă te simți vreodată pregătită să vorbești cu el, spune Nia, apoi vocea i se stinge.

Tac, pentru că știu că n-o să fiu pregătită niciodată. Pentru că, dacă vorbesc cu el, trebuie să rememorez seara în care mi-am ucis sora.

2

Casa lui Beatrice se află pe partea stângă a unei fundături mărginite de copaci. Imobilele uriașe, cu cinci etaje, în stil georgian, se întind semețe spre cerul senin, iar acolo unde aleea se lărgește sunt terenuri de tenis cu intrare securizată, probabil rezervate doar locatarilor.

Soarele strălucește puternic, de parcă ar serba prima zi a weekendului prelungit din mai. Din depărtare aud zbârnâitul unei mașini de tuns iarbă și lătratul vesel al unui câine. Îmi dau jos geaca de piele, o împăturesc și mi-o pun la subraț în timp ce privesc de pe trotuar casa de pe Pope's Avenue a cărei adresă am memorat-o de pe fluturașul lui Beatrice. Un Fiat 500 alb cu două dungi paralele verzi și roșii este parcat pe stradă în fața unei porți din fier forjat. Treptele masive din piatră duc spre o ușă mare de un albastru regal pe care e gravat numărul 19 deasupra ferestrei semicirculare. Să fie adresa corectă? Totul pare prea aristocratic, prea rafinat. Clar nu e casa dărăpănată a unei studente la care mă așteptam.

Înainte de a mă convinge să plec, împing poarta și străbat aleea scurtă cu piatră cubică alb cu negru, trecând de o pisică portocalie dolofană care se spală pe gazonul imaculat. Șovăind, cu un nod în gât, apăs butonul soneriei demodate din alamă. Mă copleşeşte un val de greaţă când sunetul soneriei reverberează din spatele uşii decorate care se va deschide dintr-un moment în altul, purtându-mă în altă etapă a vieţii.

Aştept cu inima bubuindu-mi în piept. Apoi aud zgomot de paşi înfundaţi, iar uşa se deschide şi în prag îşi face apariţia Beatrice, zâmbind larg. E în picioarele goale, cu unghiile date cu ojă neagră. Poartă o rochie subţire până la genunchi, de culoarea cărbunelui, în contrast puternic cu lanţul de argint care îi atârnă între cei doi sâni mici. Are un tatuaj discret cu o floare care îi şerpuieşte ca o viţă-de-vie în jurul gleznei.

– Mă bucur că ai venit, spune, părând sincer încântată să mă vadă. Intră.

Mă conduce într-un hol spaţios, cu dale crem care se potrivesc cu exteriorul casei, şi mă uit cu atenţie la candelabrul colorat care atârnă din tavan, la cuierul ce pare să se prăbuşească sub greutatea hainelor de pe el, la luminiţele festive în formă de margaretă care se împletesc pe balustrada scării, la covoarele în formă de margaretă (cred că are o obsesie cu margaretele) şi la caloriferul demodat, cum aveam pe vremuri la şcoală, însă vopsit roz. Casa miroase a violete de Parma, dar în aer pluteşte şi un iz de fum de ţigară.

– Uau, exclam fără voia mea. Pe o măsuţă veche e o vază cu margarete proaspete lângă o scrumieră mică din sticlă ticsită cu chei, iar balerinii cu imprimeu de leopard pe care îi purtase ieri stau aranjaţi lângă calorifer. Arată fantastic. A cui e casa?

Mă priveşte uimită, după care scoate un hohot de râs familiar şi plăcut.

– E a mea, desigur. Mă rog, a mea şi a lui Ben. Hai, toată lumea e jos. Îmi spune că nu mai încuie uşa ca să nu mai răspundă de fiecare dată. Nu că se aşteaptă să vină așa multă lume. E prima dată când organizez o vizită a atelierului, adaugă. Mulți vecini de pe stradă își deschid porțile weekendul ăsta, precum și alții din zonă, așa că ar trebui să existe ceva interes.

Pare agitată, entuziasmată. E roșie în obraji și merge pe hol aproape sărind de fericire. O urmez pentru că vreau să știu cine e acest Ben de care a pomenit. Dacă e măritată, atunci lucrurile ar putea să stea altfel.

Trecem de două camere de primire, una în care e o pânză stropită de vopsea proptită pe un șevalet mare și o alta în care se vede o sculptură ciudată din marmură albă care aduce cu Cerber, câinele mitologic cu trei capete. Mă trec fiori pe șira spinării.

Scara din piatră șerpuiește spre subsol, ducând la o bucătărie mare și pătrată cu dulapuri vopsite gri-deschis. Blaturile sunt dintr-o marmură deschisă la culoare cu nervuri vineții, amintind de brânza Stilton. Încăperea e dominată de o masă din lemn la care beau și discută două fete și un bărbat. O brunetă plinuță, lată în umeri, cu cercei în nas și cu părul creț strâns atât de tare la spate, încât are sprâncenele ridicate în semn de uimire, stă lângă un aragaz vechi ținând în mână o cană cu o băutură fierbinte, dacă e să mă iau după aburi. Când mă vede în spatele lui Beatrice, îmi zâmbește cald, dezvelind un dinte de aur.

– Bună, sunt Pam, îmi spune cu un accent pronunțat din West Country. Ești cumva sora lui Beatrice? Semănați ca două picături de apă.

Beatrice râde un pic cam zgomotos.

– Nu am nici o soră, dar mereu mi-am dorit una, spune întorcându-se spre mine.

Simt un nod în gât când mă gândesc la Lucy și știu că instinctul nu mă înșală cu privire la Beatrice.

Își pune protector brațul după umerii mei.

– Dragilor, ea e Abi. Ea e prima... cum să-i spun... clientă potențială?

Beatrice ridică întrebător o sprânceană. Sunt conștientă că toți mă ațintesc cu privirea și vreau să mă întorc într-un suflet la siguranța din micul meu apartament. M-am dezobișnuit să cunosc oameni noi. Îmi petrec viața, noua viață, cu capul în pământ și ținându-mi emoțiile sub control, și iată-mă aici, în casa asta uriașă și decorată ciudat, alături de niște străini.

– Ai venit să ne vezi operele de artă? mă întreabă Pam. Splendid! Trebuie să fie evident că n-am mai făcut asta până acum!

Râde zgomotos și cu poftă, iar eu o simpatizez imediat. Stau tăcută. De când nu mă mai pricep să leg două cuvinte? Deși știu răspunsul. Lucy a fost mereu cea comunicativă dintre noi două. Beatrice mă strânge de umăr de parcă mi-ar citi gândurile și îi sunt recunoscătoare. Simt că deja mă înțelege.

– Pam, care pictează superb, ocupă o cameră de la mansardă, spune Beatrice. Își ia brațul din jurul umărului meu și se întoarce să mi-o arate pe fata drăguță cu păr blond oxigenat tuns scurt care stă la masă. Iar ea e Cass, o fotografă fantastică. Și ea locuiește aici, iar lângă ea e Jodie. E sculptoriță.

Dau din cap spre Cass, apoi spre Jodie, care pare să fie de aceeași vârstă. Are părul castaniu-deschis, ochi albaștri izbitori și o gură îmbufnată. Mă gândesc că ea se face vinovată de monstruozitatea aia cu trei capete de sus.

Beatrice pleacă de lângă mine ca să se îndrepte în pas vioi spre singurul bărbat din bucătărie, cel la care am evitat să mă uit de când am intrat. El se ridică în picioare, îngăduindu-mi să observ că e înalt și slab, dar bine clădit.

– Și el e Ben al meu, zice ea luându-l cu brațul pe după mijloc.

Îi ajunge doar până la umăr. Cam de-o seamă cu Beatrice, Ben are o față pistruiată, ochi căprui și părul ciufulit, de un blond nisipiu. E sexy, îmi spun fără a-mi putea reprima o tresărire. Deși nu e genul meu, arată bine. Poartă blugi albaștri eleganți și un tricou de la Ralph Lauren. Mă uit la mâna lui stângă să văd dacă are verighetă și, dintr-un motiv inexplicabil, simt un val de ușurare când constat lipsa acesteia. Nu-mi dau seama de ce mă bucur, nici pe care din ei îl vreau necăsătorit, pe Ben sau pe Beatrice.

Constat iritată că mi s-au îmbujorat obrajii.

– Bună, îl salut cu timiditate, gândindu-mă că formează un cuplu atrăgător. Ești și tu artist?

El îmi cercetează fața și simt că încearcă să-și dea seama de unde mă știe, că-i amintesc de cineva.

– Clar nu. Unii ar zice că-s artist de mâna a doua, dar nu cred că contează, îmi spune zâmbind larg.

Are un vag accent scoțian, mai pronunțat decât al lui Beatrice. Aduce cu vocea lui David Tennant[1].

Beatrice îl împunge în coaste.

– Ben, nu te desconsidera! Frate-meu e ăla deștept, îi plac calculatoarele, îmi explică privindu-l cu afecțiune.

Frate. Desigur. Acum că a zis-o, văd asemănarea: aceeași dispunere a pistruilor pe nasul cârn, aceeași gură plină. Doar ochii sunt diferiți. Beatrice se dezlipește de lângă el aproape împotriva voinței sale și bate din palme.

---

[1] David Tennant este un actor scoțian de televiziune, cinematografie și teatru.

– Bun, fiecare la postul lui. Abi, vino cu mine. Mi-ar prinde bine o părere sinceră despre cum am aranjat totul. E-n regulă?

Încuviințez din cap, măgulită de întrebare. Pornim în marș după ea, de parcă am fi cameristele ei supuse. Pe când o urmez în sus pe scări, mă uit în spate. Ben e tot în mijlocul bucătăriei. Privirile ni se întâlnesc, însă mă întorc repede cu spatele și urc restul treptelor, roșie în obraji.

– Momentan nu am atelier, îmi spune Beatrice pe când mă poftește în dormitorul ei, proptind ușa cu un opritor din pânză înflorată.

Pam, Jodie și Cass au dispărut în camerele lor ca să înceapă pregătirile, deși nu-mi imaginez că Jodie o să vândă prea curând sculptura cu trei capete pe care am văzut-o jos.

Camera lui Beatrice este uriașă, cu tavan înalt și cu o boltă elaborată. Ar putea fi a unei vedete de cinema din anii '40. Capul patului este din catifea neagră, cearșafurile sunt din mătase crem și pereții, de un alb strălucitor. Picioarele mi se afundă în covorul de culoarea șampaniei. Lângă ferestrele cu canat, Beatrice are o măsuță de toaletă în stil francez, unde niște cercei sclipitori sunt înșirați pe o suprafață de catifea albastru-închis. În spatele cerceilor este un suport în formă de copac de ale cărui crengi atârnă ispititor lanțuri de argint.

– Ce minunăție! exclam uitându-mă la bijuterii. Tu le-ai făcut pe toate? Sunt superbe.

– Mersi, îmi spune cu sfială.

Stă în spatele meu și nu-i văd fața, dar din tonul vocii îmi închipui că roșește de la complimentul meu.

Mi se pare încântător că nu-și dă seama cât e de talentată.

Și apoi văd ceva atârnând de o creangă. E un lănțișor scurt din argint cu margarete în relief, dispuse astfel încât să compună litera A. Simt cum îmi crește inima. Lănțișorul e pentru mine, sunt sigură. De parcă Beatrice a știut cumva că o fată cu această inițială va intra în viața ei. Întind mâna și îl ating, trecându-mi mâna peste margarete.

– Îți place?

Beatrice e atât de aproape, că îi simt respirația în ceafă.

– Îl ador. Cât costă?

Vine în fața mea și ridică lănțișorul de pe suport, întinzându-l pe palmă. Mi-l întinde apoi.

– Vreau să fie al tău.

– N-aș putea... încep, dar ea îmi spune să tac și să mă întorc ca să-l probez.

Îmi ridic părul de pe ceafă ca s-o las să mi-l pună în jurul gâtului. Îi simt degetele reci pe piele.

– Poftim, zice, răsucindu-mă ușor cu fața spre ea. Perfect.

– Te rog să mă lași să ți-l plătesc, spun, jenată de generozitatea ei.

Dă din mână dezaprobator.

– E în semn de mulțumire că m-ai ajutat în după-amiaza asta. Strâmbă din nas îngrijorată. O să rămâi să mă ajuți, nu-i așa?

Ating lănțișorul de la gât.

– Cum aș putea să te refuz acum?

Glumesc pentru că nu vreau să știe că am vrut să rămân de la bun început. Și că aș fi făcut-o gratis.

*

După-amiaza trece pe nesimțite, în timp ce un șir constant de oameni intră în camera lui Beatrice ca să-i vadă bijuteriile. Unii efectiv au venit să piardă timpul pentru că vor doar să-și bage nasul prin casa ei minunată, câțiva coboară din camerele de la mansardă după ce au cumpărat câteva poze de-ale lui Cass sau tablouri de-ale lui Pam. Ne intrăm rapid în roluri, Beatrice e vânzătoarea, eu sunt casiera și, deși se aglomerează, chiar îmi dau seama că mă simt bine. Beatrice interacționează cu toată lumea cu asemenea încredere și aplomb, că nu pot să n-o admir. Sunt dezamăgită când Pam vâră capul pe ușă la șapte ca s-o întrebe dacă să închidă.

– Clar, sunt epuizată, îi spune Beatrice trântindu-se pe pat, iar Pam își dă ochii peste cap în glumă și îi aud pașii grei îndepărtându-se pe hol. Chiar ne-am distrat pe cinste. Mai rămâi să bem un pahar cu vin? mă întreabă Beatrice. Cred că trebuie să sărbătorim.

– Mi-ar plăcea, îi zic, deși aș prefera să rămân aici cu ea.

Am petrecut o după-amiază minunată doar noi două și m-am bucurat de compania ei mai mult decât aș fi crezut că e posibil. Am fost o echipă, și nu vreau să pun capăt acestei situații. Dacă o să coborâm, o să fiu nevoită să stau la taclale cu ceilalți. Va trebui s-o împart pe Beatrice. Mă simt puțin descurajată pe când o ajut să pună la loc puținele bijuterii care au rămas în cutii.

– Mă întreb ce face Ben toată după-amiaza, spune pe când închide cu forță cutia unei brățări. Cred că a vrut să stea departe de toată harababura.

Râde ascuțit, însă îi simt dezamăgirea că Ben nu a venit să vadă cum se descurcă.

– E mai mare decât tine? o întreb întinzându-i o pereche de cercei.

Îi ia și îi pune într-un sertar.

– Doar cu câteva minute. Suntem gemeni.

Simt cum mă albesc ca hârtia. *Gemeni.*

Beatrice face o pauză.

– Abi, te simți bine? Ești palidă.

Îmi dreg vocea.

– Și eu... și eu sunt soră geamănă. Am fost geamănă. Sunt geamănă.

Vorbesc în dodii pentru că îmi displace să le spun oamenilor despre Lucy. Detest felul în care mă privesc cu un amestec de milă și jenă, îngroziți că o să mă podidească plânsul. În mod inevitabil urmează o tăcere stânjenitoare, apoi se uită în jos la pantofii sau la mâinile lor, oriunde numai nu la mine, în timp ce bâiguie că-și cer scuze înainte să schimbe subiectul, lăsându-mă îngrijorată că am făcut o gafă aducând vorba de sora mea moartă. Unii prieteni vechi mă evită de când a murit Lucy. Nia mă asigură că o fac pentru că nu știu ce să-mi spună, dar de ce nu pot înțelege că a spune ceva, orice, e mai bine decât să nu zică nimic?

Îmi țin respirația, așteptându-mă la ceva similar de la Beatrice. Dar ea se oprește din ce face și se uită fix în ochii mei.

– Ce s-a întâmplat?

Îmi dau seama că vrea să știe la modul cel mai sincer. Nu mă îndepărtează, speriată de durerea mea. Nu e rușinată. O înfruntă direct. Sunt atât de ușurată că nu e ca toți ceilalți, că vreau s-o îmbrățișez.

– A... a murit.

Lacrimile îmi împăienjenesc privirea.

„Și a fost vina mea“, vreau să adaug. Dar nu o fac. Aș strica tot dacă i-aș dezvălui adevărul.

– Abi, îmi pare atât de rău, murmură punându-mi o mână pe braț. Vrei să vorbim?

Fac o pauză, știind că nu pot vorbi despre Lucy. Ce-i de zis? Că eram gemene monozigote, că o iubeam mai mult decât pe oricine altcineva pe lumea asta, că era jumătatea mea mai bună și că fără ea sunt pierdută, în purgatoriu, că nu mi se pare corect să fiu în viață, că e vina mea și că n-o să mă pot ierta în veci chiar dacă m-ar achita vreo curte de judecată? Scutur din cap.

– Înțeleg, îmi zice cu blândețe. Părinții noștri au murit când Ben și cu mine eram mici, dar tot mi-e greu să vorbesc despre ei chiar și după atâta vreme. Nu cred că poți să-ți revii după pierderea cuiva drag.

Și atunci simt legătura puternică dintre noi, formată din cauza unei dureri comune, și relația specială care poate fi înțeleasă doar de către alți gemeni.

Până la miezul nopții am pierdut numărul paharelor cu șampanie băute ca să-mi calmez emoțiile și să am curaj să vorbesc cu toți prietenii lui Beatrice. Îmi cer scuze și mă închid în baia de jos, speriată că o să mi se facă rău. Ar fi trebuit să mănânc mai mult. Mă aplec peste chiuvetă și trag aer adânc în piept până când mă lasă greața. Îmi spun că ar trebui să plec acasă în timp ce mă stropesc cu apă pe față și mă uit în oglinda dulapului de la baie. Ca întotdeauna, tresar când îmi văd reflexia, cearcănele negre din jurul ochilor, părul blond care a crescut și nu mai e un bob aranjat și gura prea mare care lasă impresia complet falsă că aș fi fericită.

O văd pe Lucy pretutindeni, dar niciodată mai mult decât atunci când mă uit în oglindă.

3

Ușa de la intrare se trântește. Beatrice se duce la fereastra dormitorului ei la timp ca să vadă două siluete întunecate ieșind pe poarta principală și îndreptându-se spre stația de autobuz din capătul aleii. Cei doi chicotesc, merg împleticit, evident un pic abțiguiți. El a luat-o pe după talia ei minusculă de parcă n-ar vrea s-o lase să se prăbușească, și postura lor îi amintește de un păpușar care își ține marioneta.

Ajung în conul de lumină al unui felinar, iar Beatrice simte un gol în stomac când își dă seama că e Ben. Și cu Abi.

Autobuzul 14 trece pe lângă fereastra ei ca un bătrân letargic, și frânele scârțâie pe asfaltul încă fierbinte când se oprește. Beatrice se uită cum Abi urcă, iar Ben continuă să-i facă cu mâna chiar și când autobuzul a cotit și nu se mai vede. E prea întuneric ca să descifreze expresia de pe chipul fratelui ei, dar își poate imagina. Strălucirea din ochii lui căprui, zâmbetul strâmb ce i-a înflorit pe buzele pline. E un bărbat năucit, doar o dată l-a mai văzut așa buimac.

Și, în timp ce el se întoarce încet spre casă fără tragere de inimă, ea intuiește – așa cum numai un geamăn poate – că e începutul unei povești de dragoste.

Beatrice trage draperiile cu atâta putere, că încă se mai mişcă şi după ce ea se îndepărtează ca să se plimbe de colo-colo prin cameră. Nu aprinde lumina, preferând să asculte semnele prevestitoare ale cheii în broască, tropăitul făcut de cizmele lui Ben pe dalele din hol, sunetul surd când urcă treptele două câte două spre camera ei. De ce o podidesc oare lacrimile la gândul că fratele ei a găsit pe cineva care să-i placă?

El deschide larg uşa, inundând dormitorul cu lumina de pe palier.

– Vacă nebună ce eşti, de ce stai în beznă? spune râzând şi apasă pe comutator.

Ea dă din umeri şi se aşază la măsuţa de toaletă. Ben se trânteşte pe patul ei dublu, făcând salteaua să ofteze sub greutatea lui.

– Cass şi Jodie au ieşit, iar pe Pam iar a luat-o somnul în faţa şevaletului. Una peste alta, cum crezi că a mers?

Pare sincer îngrijorat pentru ea, ceea ce o mişcă.

– Cred că bine, spune peste câteva clipe, apucându-se să-şi scoată cerceii. Am vândut nişte bijuterii. I-am dat lui Abi un lănţişor.

Se uită cu atenţie la Ben în oglindă, căutând semne. Observă zâmbetul timid care i-a apărut la auzul numelui lui Abi. Apoi însă, când privirile li se întâlnesc, zâmbetul i se topeşte de pe faţă.

Se încruntă.

– Eşti bine, Bea?

– Te-am văzut cu Abi. Ştie că nu ar trebui să zică nimic, dar nu se poate abţine. Îţi place de ea, nu? Ben, nu ăsta ne era planul.

– Ce plan? Ben îşi încordează maxilarul, şi Beatrice ştie că l-a înfuriat. Nu e nici un plan. Cu toţii am stat de vorbă, ne-am îmbătat puțin, am râs și apoi am condus-o la stația de autobuz. Nu-i mare lucru de zis.

– Știi la ce mă refer. Trebuie să ai grijă. Ținând seama prin ce a trecut.

– E femeie în toată firea.

Ben se întinde pe pat cu mâinile la ceafă, uitându-se la tavan. Beatrice observă că e încălțat și se enervează.

– Eu ar trebui s-o ajut, spune pe un ton arțăgos. Și nu cred că-i priește să se implice sentimental acum.

– Mă rog, Bea. Evident că ai decis că e un alt proiect de-al tău.

– Proiect? se răstește ea. Ben, e mai mult decât o coincidență... E un semn.

– Știu, mi-ai mai zis. Ben se ridică iar în capul oaselor și oftează. Uite ce-i, am băut cam mult. Mă duc la culcare.

Se ridică și iese, lăsând ușa să se trântească în urma lui.

Beatrice se uită în oglindă. Refuză să plângă. În schimb, se tamponează cu o dischetă demachiantă înmuiată într-o soluție uleioasă, apoi, cu mișcări ritmice, își curăță fața și gâtul cu o loțiune.

Și-a dat seama cine era Abi în clipa în care a cunoscut-o. Ochii aceia verzi i-au redeșteptat memoria înainte ca ea să se prezinte. Dar numele a înlăturat orice dubiu, desigur. Abi Cavendish. Gemenele Cavendish. Fețele lor delicate și rotunde o priveau din paginile ziarelor de atunci, neștiind ce avea să le rezerve viitorul. Când a ajuns acasă ieri – oare doar ieri? –, a luat poza tăiată din ziar pe care o ascunsese în sertarul cu lenjerie intimă și i-a arătat-o entuziasmată lui Ben, spunându-i că sigur înseamnă ceva. Nu vedea că e mâna destinului? Tăiase poza aceea din ziar cu peste un an în urmă, și acum a dat nas în nas cu fata din reportaj.

I-a zis că, dacă Abi vine la ziua porților deschise, atunci e un semn că Abi este femeia pe care Beatrice e menită s-o ajute.

Și și-a făcut apariția. Vezi, Ben? E mâna destinului.

Beatrice se șterge furioasă pe față cu discheta demachiantă. Nu, nu trebuie să fie obsedată. Azi a fost o zi bună, un real succes. Nu numai că e pe cale să devină o artistă în adevăratul sens al cuvântului, dar o are și pe Abi în viața ei.

Știe că a făcut ceva îngrozitor, de neiertat. Dar, dacă o ajută pe Abi, poate îndrepta lucrurile. Poate fi o Persoană Bună. Karma.

Trebuie să facă tot posibilul să se asigure că Ben nu-i stă în drum.

4

Când mă întorc în apartamentul meu friguros și gol după ce am fost în vila lui Beatrice, debordând de energie, plină de căldură, zgomote și discuții, mă simt ca un câine izgonit din casa familiei și trimis la cușca din grădină.

Tăcerea mă apasă și mă copleșește, amintindu-mi că într-adevăr locuiesc singură, că Nia nu e în bucătărie să trântească una, alta pe acolo și să facă nesfârșite cești cu ceai și nu e nici Lucy ghemuită pe canapea, tastând la laptop. Deși nu au locuit niciodată aici, în apartamentul ăsta, tot nu mă pot obișnui cu lipsa lor, căci încă mă aștept să le văd siluetele fantomatice după fiecare colț. E unul dintre motivele pentru care am părăsit Londra.

Aprind lampa, și, când traversez camera de zi ca să trag draperiile, văd ceva, pe *cineva* jos pe stradă. Inima mi-o ia la galop. Un bărbat stă lângă poarta din față, abia îi disting silueta din cauza cerului negru ca cerneala. Are gulerul hainei ridicat și o țigară îi atârnă melancolic de buze. Fața îi e neclară, în umbră, parcă ar fi un desen în creion ale cărui trăsături au fost șterse, dar forma capului și silueta deșirată sunt atât de familiare, încât îmi dau seama imediat că e Luke. E Luke și m-a găsit. Scotocesc după telefonul mobil prin buzunarul hainei și caut disperată numărul părinților cu degete tremurătoare. El ridică privirea spre fereastră, moment în care înghet. Cu mobilul încă în mână, mă uit cum aruncă țigara pe bordură și merge grăbit prin grădină ca să sune la apartamentul de jos. Desigur că nu e Luke, evident că nu e Luke. Nia nu și-ar încălca promisiunea. Dar îmi amintesc cu amărăciune că nu sunt singura care nu se poate ierta pentru ce s-a întâmplat în noaptea de Halloween cu peste un an și șase luni în urmă.

Mă agit încoace și încolo prin apartament, cuprinsă de o energie frenetică, trăgând draperiile și aprinzând lumina. Când pulsul revine la normal și respirația mi se liniștește, mă așez pe canapea cu o ceașcă de cafea în mână și o sun pe mama. Am nevoie de vocea ei calmă după ce spaimă am tras.

Pare răgușită, de parcă am trezit-o din somn, și îmi dau seama că e trecut de miezul nopții.

– Abi, ești bine?

Mi-o imaginez în capul oaselor, în pijamaua de flanel, cu inima bubuindu-i în piept, așteptându-se să mă audă plângând, așa că îi explic repede că totul e în regulă. Și apoi, fără să mă gândesc de două ori, îi zic de Beatrice. Îmi vine să-mi trag palme când îi aud teama din voce:

– Sper că nu e la fel ca dățile trecute, draga mea.

– Evident că nu, mă răstesc, roșind când îmi aduc aminte de Alicia.

Ezită și îmi dau seama că vrea să-mi zică mai mult, dar mama mea a fost mereu de părere că trebuie să te gândești înainte să deschizi gura. În schimb, îmi spune că e minunat că mi-am făcut o prietenă, că încep să mă acomodez la Bath. Apoi îmi amintește ca întotdeauna că trebuie să mă mai văd cu Janice, că nu trebuie să uit să iau antidepresivele, că trebuie să fac totul ca să mă asigur că nu ajung *din nou în locul ăla* – rostește aceste cuvinte mai încet, ca nu cumva să audă vecinii că fiica ei a fost internată într-un spital de psihiatrie.

Când închide în cele din urmă, rămân cu telefonul în poală. În timp ce mă gândesc la seara de azi, la Beatrice, mă absoarbe un sentiment copleșitor pe care nu l-am mai avut de multă vreme. Dansul din sufrageria ei după ce au plecat toți „clienții" potențiali, prietenii ei mișto și cu veleități artistice, vinul care ne-a moleșit și ne-a binedispus, făcându-ne să găsim totul amuzant, clipele în care s-au stins luminile și ne-am trântit toți pe canapeaua din catifea a lui Beatrice, eu fiind înghesuită între ea și Ben, atingându-i cu coapsele. Simțeam și eu, pentru prima dată după mult timp, că aparțin cuiva.

Ating lănțișorul de la gât pe care Beatrice l-a făcut cu mâinile ei. Să fie ea aleasa? Chiar și numele ni se potrivesc... Abi și Bea – Abea. Oare și ea simte la fel? Legătura, siguranța că trebuia să ne întâlnim?

Apoi mă învăluie întunericul, umbrindu-mi bucuria. Nu merit să fiu fericită. Vină. Ce emoție inutilă, îmi spune mereu Janice, dar seara asta mă mistuie. *Abi, ai fost găsită nevinovată.* Aproape că aud vocea blândă a lui Lucy, respirația ei la ureche, de parcă ar fi ghemuită pe canapea lângă mine, și apoi, spre surpriza mea, vocea mai profundă care vine de nicăieri, izbindu-se atât de sonor de pereții micului meu apartament, încât mă sperie: „Îmi pare rău, Luce. Îmi pare atât de rău. Te rog să mă ierți".

Trec două zile, și ea nu a dat nici un semn. De două zile sunt baricadată în apartament și ploaia îmi bate ritmic în lucarna de pe acoperiș, iar vremea neobișnuit de caldă de sâmbătă e doar o amintire palidă. Mama mă sună să mă invite pe la ea, dar o refuz și spunându-i că am ceva de lucru, când de fapt ideea de a petrece o zi liberă fără Lucy îmi trezește iar suferința. Familia noastră e ca o masă cu un picior lipsă: incompletă, distrusă pentru totdeauna.

Știu că nu e sănătos să stau de una singură prea multă vreme, căci așa am timp să-mi fac griji, să mă gândesc la Lucy, să-mi aduc aminte de ultima ei noapte, de panică, de frică. Se întâmplă când mă aștept mai puțin, când stau în pat pe cale să adorm sau când parcurg pagina de Facebook a lui Lucy, recitind mesajele de condoleanțe de la cei peste trei sute de prieteni virtuali. Deodată simt mirosul ierbii umede amestecat cu cel al fumului de la motor, văd sângele întărit pe capul lui Lucy, fața ei frumoasă, dar ciudat de nemișcată când Luke o ține în brațe și-l aud pe Callum zbierând disperat la telefon să vină o ambulanță, simt mâna consolatoare a Niei pe umăr pe când mă ghemuiesc lângă copac cu spatele rezemat de scoarța tare, simt gustul metalic al sângelui pe buze și al bilei din gât în timp ce-mi tot șoptește că Lucy va fi bine, încercând zadarnic să mă consoleze pe mine sau pe ea. Și ploaia torențială, care ne face hainele să ni se lipească de corpuri, curge ca lacrimile.

Ca să îndepărtez gândurile negre care-mi spulberă sufletul, încerc să-mi amintesc accentul scoțian vag al lui Beatrice, felul agitat în care vorbea, căldura ei, umorul ei. Încă nu sunt sigură dacă știe ce am făcut... dacă se uită rapid pe Google, ar afla totul. Oare de asta nu a mai luat legătura cu mine? Cine vrea să fie prieten cu o ființă care și-a ucis sora geamănă?

Am o legătură cu Beatrice, chiar mai puternică decât am crezut prima dată. Nu numai că e și ea geamănă, dar a şi pierdut pe cineva apropiat, mă înţelege. Acum că am găsit-o, ştiu că n-o mai pot lăsa să-mi scape printre degete.

Încă mai plouă când ajung la uşa ei cu o umbrelă în mână şi cu un buchet mare de margarete albe în braţe. Sun şi aştept, sărind în spate alarmată când văd un păianjen cafeniu cu pete galbene care se suie rapid înapoi pe pânza argintie spre fereastra de deasupra.

Nu răspunde nimeni, aşa că mai stau câteva secunde înainte să fac un pas înainte şi să sun din nou. În cele din urmă mă aplec peste grilajul din fier forjat şi mă uit pe fereastra de la parter, unde nu se vede nimic în afară de un şevalet şi câteva rafturi de bibliotecă ticsite cu cărţi cartonate lucioase, în formate diferite. Mă pregătesc să plec fără nici o tragere de inimă când observ ceva cu coada ochiului la fereastra de la subsol, unde îmi amintesc că era bucătăria. Am zărit în fugă doar o siluetă vagă, dar mă simt ciudat, mă copleşeşte panica şi încep să transpir din abundenţă la subraţ. Ştiu cu siguranţă că în dimineaţa asta n-am simţit că prezenţa mea nu e dorită. Oare încep să devin o pacoste, ca atunci cu Alicia? Sentimentele pe care am crezut că le îngropasem de mult – înainte să fiu internată, când mintea mea inundată de durere ajunsese la concluzia că Alicia mi-e suflet pereche – ies din nou la suprafaţă, descumpănindu-mă. Oare să mă fi înşelat atât de amarnic în privinţa lui Beatrice, aşa cum am făcut cu Alicia?

Înainte să moară Lucy, eram de gaşcă, muncitoare, îndrăgită de grupul meu de prieteni. Acum uitaţi-vă la mine. Sunt genul de persoană pe care alţii o evită, de care se ascund. Lacrimile de ruşine îmi înţeapă ochii, întunecându-mi vederea pe când mă întorc cu paşi nesiguri spre stația de autobuz, cu margaretele ofilindu-mi-se în brațe.

Vocea aproape se pierde în bătaia vântului, dar îmi disting numele rostit de cineva. Mă întorc și o văd în prag, desculță, cu unghiile date cu ojă neagră, cu o rochie de după-amiază albastră cu buline și o jachetă groasă, dând agitată din mâini și zâmbind. Mă cuprinde un val de ușurare; toată îndoiala de dinainte se refugiază în subconștient, acolo unde își are locul, în timp ce mă îndrept cu pași repezi spre ea.

– Îmi cer scuze, eram la telefon cu un client. Ce mă bucur să spun asta! Chiar am un client. Nu voiam să răspund la ușă până te-am văzut. Intră, intră.

Vorbește mult și energic ca de obicei, iar eu zâmbesc larg fără să mă pot opri.

Trec pragul și intru în hol, inspirând mirosul familiar de violete de Parma care îmi place atât de mult, apoi îi întind buchetul de margarete, acum un pic șifonate. Câteva clipe pare confuză și mai în vârstă, cu trăsături mai ascuțite.

– Sunt pentru mine? se încruntă. Când încuviințez din cap jenată, explicându-i că sunt un gest de mulțumire pentru lănțișor, mi le ia și îmi zâmbește timid, înseninându-se din nou la față. Mersi, Abi. Nu trebuia. Am vrut din tot sufletul să-ți dau lănțișorul. Mi-ai făcut o mare favoare sâmbătă. Vrei niște ceai?

Îi zic că mi-ar plăcea. Las umbrela umedă pe preș, îmi scot adidașii, ușurată că mi-am amintit să-mi pun șosete asortate de dimineață și o urmez pe Beatrice pe hol cu dalele calde sub tălpi – desigur că are încălzire în pardoseală – și în jos pe scări spre bucătărie.

– Casa ta îmi place la nebunie, îi spun.

În timp ce admir din nou tavanele înalte și decorațiunile complicate din ipsos, pardoseala din piatră de Bath și pereții zugrăviți cu vopsea de la Farrow and Hall, mă gândesc că vila are un aspect surprinzător de îngrijit, ținând seama de vârsta ocupanților.

În bucătărie îmi dau jos pardesiul ud și-l pun la uscat pe spătarul scaunului înainte să mă așez la masa din lemn. Mă simt ca acasă. O pisică portocalie dolofană, cu fața teșită, doarme pe fotoliul vechi din colț. Urmărindu-mi privirea, Beatrice mă informează că e motanul ei, pe nume Sebby, de rasă persană. Și lui Lucy îi plăceau mâțele.

– A cam îmbătrânit, spune pe un ton afectuos. Îi place să doarmă în cea mai mare parte a timpului.

Casa e mai tăcută decât sâmbătă, auzindu-se doar răpăitul ploii pe un burlan afară, și sper că suntem doar noi două aici. Nu am văzut afară Fiatul mic și alb cu dunga roșu cu verde. Ben mi-a zis că e mașina lui și îmi amintesc că am glumit pe seama motivului pentru care un bărbat înalt ar vrea să conducă așa o mașină mică.

Beatrice deschide robinetele chiuvetei Belfast ca să umple o vază.

– Abi, sunt minunate, îmi spune în timp ce aranjează florile, dintre care unele se revarsă peste buza vazei. Ce drăguț din partea ta să afirmi că-ți place casa. Cred că e specială, dar asta se datorează celor cu care o împart.

Se întoarce spre mine și îmi oferă unul dintre zâmbetele ei minunate. Mi se pune un nod în gât când mă gândesc la apartamentul meu pustiu.

– E uriașă, îi spun. Cum pot o artistă și un IT-ist să-și permită o casă atât de luxoasă?

– Ai dreptate. E prea mare pentru mine și Ben. Mă bucur că i-am convins și pe ceilalți să locuiască aici, deși Jodie se mută.

O emoție pe care nu o pot descifra îi traversează chipul ca lumina unui proiector. Mă joc cu lănțișorul de la gât, așteptând-o să spună mai multe. Pare că vrea să mai adauge ceva, apoi se răzgândește.

– Să pun ceainicul pe foc, îmi spune în schimb. E o zi urâtă, față de tot soarele din weekend. Nu mai pot cu vremea asta.

– Ben e la muncă? o întreb.

Spatele ei îngust se încordează un pic la auzul numelui. Pe când toarnă apă fiartă în două cești, apăsând cu lingurița plicurile cu ceai într-o parte, părul îi cade în față. Tânjesc să mă duc la ea, să-i dau părul mătăsos după ureche ca să nu-i mai intre în ochi.

– Da. Are un contract în momentul ăsta. Nu înțeleg foarte bine ce face, dar știu că presupune un computer. Vocea ei are o notă falsă de jovialitate, și îmi dau seama că s-au certat. Râde când îmi dă ceașca cu ceai și își trage un scaun ca să se așeze în fața mea. Dar tu, Abi? Mi-ai zis sâmbătă că ești jurnalistă?

Chiar și când stă, Beatrice pare să emane energie. Dă din picior sub masă, iar cu degetele ei elegante lovește ușor marginea cănii din porțelan alb. Ia un măr din fructiera din mijlocul mesei, îndemnându-mă s-o imit. Îi mulțumesc și aleg o prună stacojie ce pare zemoasă, dar când mușc din ea descopăr că e tare și acră. Fac eforturi să înghit.

– Am lucrat pentru un ziar național din Londra, îi răspund. Înainte să am jobul visurilor mele la o revistă glossy. Dar am lucrat și la știri. Am muncit la o agenție de presă și mi-am petrecut mare parte din timp pe lângă casele unor celebrități. Îi zicem staționare, deși pentru unii e hărțuire. Râd ca să-i arăt că glumesc, dar Beatrice îmi surâde angelic, făcându-mă să mă întreb la ce se gândește. Ia o gură din măr și mestecă agale, căzută pe gânduri. Dar acum lucrez pe cont propriu și lucrurile merg mai greu, adaug grăbită, dorindu-mă să uite ce-am zis legat de hărțuire.

- Ai probleme financiare?

Se uită îngrijorată la mine. Simt cum mi se aprinde fața. Judecând după hainele ei superbe și casa asta minunată, banii nu reprezintă o problemă pentru Beatrice. Nu vreau să creadă că de asta îmi doresc să fim prietene.

- Nu, o mint. Părinții mi-au zis că o să mă ajute dacă am nevoie. Și pot oricând să stau la ei dacă nu-mi mai permit chiria.

- Am o idee extraordinară, îmi zice aproape strigând, cu ochii luminoși și o nuanță trandafirie în obraji. De ce nu te muți aici?

- Aici?

Sunt atât de șocată, că nu-s în stare să articulez un răspuns mai elaborat. Aproape mă înec cu o bucată de prună. Desigur că nu mi-aș dori nimic mai mult decât să mă mut cu ea, să fiu cu ea tot timpul.

- E perfect! exclamă țâșnind de pe scaun de entuziasm. Mărul îi cade din mână și se rostogolește pe masă, căzând pe gresie. Fără să-l bage în seamă, Beatrice se uită la mine cu o intensitate pe care nu i-am mai citit-o în privire. Am fost atât de supărată când mi-a zis Jodie că vrea să se mute, continuă peste câteva clipe. Dar e mâna destinului ca să te muți aici cu noi. Trebuia să mă fi gândit înainte. Logic!

Își trage una peste frunte și se strâmbă, stârnindu-mi un hohot de râs. Entuziasmul ei e molipsitor, și gândul că mă voi muta în casa asta superbă și că voi avea iarăși companie și nu voi locui singură în apartamentul acela gol mă face să-mi doresc să țopăi fericită prin bucătărie.

– De ce nu vii să vezi camera acum? Cred că Jodie a plecat. Ce distractiv o să fie dacă te muți!

– Dar...

Totul merge mult prea repede, și inima începe să mi-o ia la goană. Nu sunt sigură dacă pot face asta, dacă pot să-mi las în urmă existența de pustnică.

– Abi, nu există nici un „dar". Ne-am înțeles atât de bine sâmbătă. Eram teribil de agitată din cauza porților deschise, dar ne-am simțit grozav. O să le îndrăgești și pe celelalte fete. Pam e impresionantă și foarte amuzantă, iar Cass e o drăgălașă... Întinde mâna. Haide!

Îmi zâmbește cu ochii măriți de încântare, ceea ce o face și mai frumoasă. Mă gândesc cât de minunat ar fi să locuiesc cu Beatrice și să nu mai fiu singură. Ar fi ca și cum aș avea o soră din nou. Un zâmbet mi se lățește pe față fără să vreau.

– Ai dreptate, îi zic luându-i mâna întinsă și ridicându-mă în picioare. O să fie perfect.

Ies cu ea din bucătărie, lăsând pruna acră pe masă.

Beatrice lipăie desculță pe treptele de piatră când urcăm scara în spirală. Ating unul dintre becurile colorate în formă de margaretă care au fost legate de balustradă, entuziasmată la gândul că în curând casa asta superbă ar putea fi și căminul meu. Mirosul pătrunzător al violetelor de Parma mă izbește din nou, și îmi dau seama că vine de la Beatrice. Cu siguranță e parfumul ei sau detergentul cu care spală hainele. Oricum, e îmbătător.

Când ajungem la primul etaj, nu pot să nu-mi vâr capul pe ușa camerei de zi imense care se întinde pe toată lungimea casei, amintindu-mi de la petrecerea de sâmbătă canapelele moi din catifea, obiectele lucrate manual colecționate de Beatrice din călătoriile ei în India, Birmania sau Vietnam, ușile de sticlă care dau spre o terasă vastă, cu vedere la grădină. Îmi amintesc plăcerea pe care am simțit-o când eram între Ben și Beatrice pe canapea, cu paharele cu vin în mână, vorbind vrute și nevrute de parcă ne-am fi știut dintotdeauna.

Beatrice se oprește la jumătatea drumului spre etajul doi și se întoarce spre mine ridicând întrebător o sprânceană perfect pensată.

– Doar îmi bag nasul, recunosc. Și-mi aduc aminte cum a fost sâmbătă seară.

Ea râde sclipitor și adorabil ca de obicei.

– A fost minunat, și o să fie și alte seri de felul ăsta dacă te muți. Camera lui Jodie e acolo, lângă a mea. Și a lui Ben e în față, lângă baie. La mansardă mai avem două dormitoare, pe care le folosesc Cass și Pam. Au baie proprie, din fericire, pentru că de obicei una se baricadează acolo și își vopsește părul. Probabil ții minte de sâmbătă.

Încuviințez din cap, căci nu vreau să știe cât de fidel am memorat dispunerea casei. Atunci chiar ar crede că sunt obsedată. Ajungem pe palier și ne oprim în fața unei uși. E vopsită în crem, iar mânerul e o bilă solidă din alamă. Nu are încuietoare. Beatrice își înfășoară cu delicatețe degetele în jurul lui și bate. Când nu răspunde nimeni, împinge ușa. Se deschide cu un scârțâit prelung.

Camera e în contrast cu restul casei, dându-mi senzația că am fost teleportată într-o garsonieră studențească. Miroase a așternuturi nespălate și a haine murdare, dar și a ceva acru, chimic. Tresar văzând-o pe Jodie întinsă pe patul de o persoană care a fost dat la perete ca să facă loc altor două sculpturi odioase. Are niște căști uriașe pe cap, ochii închiși și murmură versurile piesei pe care o ascultă. Pare o piesă lentă și tristă. Mă uit prin camera spațioasă la pereții indigo pe care sunt o mulțime de postere cu formații de rock gotic de la începutul anilor '80, la tavanul înalt, la șemineul din marmură și încerc să-mi imaginez camera mea. Două ferestre înalte dau spre stradă și spre casele cu cinci etaje de vizavi. Mesteacănul argintiu din grădina din față se apleacă și se întinde în vânt, iar frunzele aruncă umbre pe covorul soios din încăpere.

Jodie deschide brusc ochii și își dă jos căștile.

– Scuze, Jodie, am bătut la ușă, îi spune Beatrice, fără pic de spăseală în glas.

Jodie se pune în șezut și își duce picioarele spre marginea patului, privindu-ne posacă. Poartă un tricou negru uriaș cu figura lui Robert Smith, care o face să pară de doisprezece ani. Picioarele îi sunt albe, iar pe pulpe are atât de multe alunițe, că-mi amintește de acele desene unde trebuia să unești punctele.

– Ți-o mai aduci aminte pe Abi? o întreabă Beatrice.

Jodie dă din cap ursuză când o salut, iar ochii ei albastru-deschis mă cercetează atent, de parcă mi-ar putea citi gândurile, de parcă ar ști totul despre mine. Inima mi-o ia la goană, și-mi amintesc cuvintele lui Janice, mantra pe care m-a învățat s-o repet ca sa mă calmez la apropierea unui atac de panică.

Jodie se întoarce încruntată spre Beatrice.

– Ți-am zis abia ieri că mă mut, și deja ai găsit pe altcineva.

Se ridică și își pune niște blugi gri strâmți extrași din mormanul de haine de lângă pat.

– Jodie, n-a fost ceva plănuit. Mi-am dat seama acum câteva minute, când discutam jos cu Abi, îi spune Beatrice pe un ton nonșalant, îndreptându-se spre una dintre sculpturile ce seamănă cu un gargui.

N-oi ști eu multe despre artă, dar cred că oricine ar zice că sculpturile ei sunt odioase.

– E artistă? o întreabă, de parcă nici n-aș fi în cameră. Când Beatrice scutură din cap, Jodie se încruntă și mai mult. Parcă lăsai doar artiști să stea aici.

Animozitatea îi iese din fiecare por. Stau jenată în prag, simțindu-mă ca o intrusă. Beatrice deschide gura să răspundă, dar Jodie o întrerupe dând din umeri:

– Mă rog. Nu mai e treaba mea. Vă las.

Din instinct, îmi țin respirația când vine spre mine. În loc să treacă mai departe și să iasă, se oprește la câțiva centimetri de fața mea.

– Te vrea neapărat aici dintr-un motiv sau altul, îmi spune cu glas scăzut. Mă uit la Beatrice, care examinează sculptura în cealaltă parte a camerei, trecându-și mâinile peste nasul ca un cioc și scoțând sunete apreciative. Mă uit din nou la Jodie, care continuă cu răceală: În locul tău, aș fi în gardă.

Apoi iese ca o furtună pe ușă, lăsându-mă uimită, cu ochii cât cepele.

5

Beatrice stă pe canapeaua din piele, un exemplar nou imitând o piesă de epocă, şi se uită când limbile ceasului în stilul anilor '50 de pe policioara şemineului ajung la cinci şi jumătate. Fiecare ticăit îi străbate corpul tensionat. Se gândeşte că el va ajunge acasă dintr-un moment în altul. Simte un fior în inimă când aude cheia în broască, uşa din faţă trântindu-se, ghetele lui pe podeaua din piatră, numele ei strigat cu accentul lui scoţian. Încearcă să-şi dea seama cât de furios va fi când o să afle ce-a făcut.

– Sunt aici, îi răspunde.

El îşi vâră capul pe uşă şi se încruntă când observă că sculptura cu trei capete a lui Jodie a fost înlocuită de o canapea necunoscută din piele şi un birou imens din lemn de mahon.

– Unde-i Jodie?

Intră în cameră şi îşi lasă geanta de laptop lângă perete. Beatrice se încruntă spre ea, îngrijorată că geanta neagră şi urâtă o să lase urme pe pereţii verzi proaspăt vopsiţi.

– Şi ce-ai făcut cu camera asta? o întreabă.

Beatrice înghite în sec.

– Am zugrăvit-o.

– Într-o zi.

– Nu a durat mult, spune ea dând din umeri. Decide că nu trebuie să-l informeze despre decoratorul pe care l-a plătit ca s-o ajute. Genunchii îi tremură, așa că-și trage rochia din bumbac peste ei ca să-i țină în loc. Și Jodie a plecat, adaugă.

Ben scutură din cap de parcă ar încerca să asimileze cuvintele surorii sale. Nu-și mută geanta, spre iritarea lui Beatrice.

– Jodie a plecat? Unde?

– La părinții ei. Beatrice depune un efort să vorbească pe un ton egal. Știe cât de mult se neliniștește Ben când o ia valul și nu-i poate arăta cât de încântată e. A venit tatăl ei s-o ia cu mașina azi-dimineață. Din fericire, a luat sculpturile cu ea. Ocupau prea mult spațiu. Și acum pot folosi camera ca atelier în loc de dormitor.

Ben se uită în jur de parcă s-ar aștepta ca Jodie să se ascundă după draperiile înalte care încadrează ușile de sticlă. Își trece mâna peste părul țepos de pe bărbie.

– Nu înțeleg. De ce a plecat atât de brusc? Nu mi-a zis nimic.

Beatrice îl privește lung, apoi îi spune tăios:

– Știi de ce-a plecat.

E mulțumită să vadă cum el își slăbește nodul de la cravata cu dungi, ca și când l-ar sufoca, iar pe frunte i se adună broboane de transpirație. Pistruii îi devin mai pronunțați pe chipul alb ca varul.

– Din cauza lucrurilor pe care le-a auzit fără să vrea?

Ea încuviințează din cap.

– Ben, ai fost neglijent. Și de obicei nu ești atât de neglijent.

El se plimbă de colo-colo prin încăpere și geme.

– Știu. Îmi vine să-mi dau cu pumnii în cap.

Lui Beatrice i se strânge inima când îl vede așa de nervos.

– Mă rog, îi spune ca să-l calmeze. Din fericire, totul e-n regulă. Deși Jodie zice că i-ai spus să plece.

Ben rămâne pe loc și se holbează la ea. Peste câteva clipe izbucnește:

– Evident că nu. De ce ar zice așa ceva? Și de ce n-a vorbit cu mine?

Sora lui ridică din umeri. O irită întreaga discuție. Nu-i mai pasă oricum de Jodie.

– Și de unde până unde? Ben pășește pe parchetul lucios până în fața canapelei și își trece mâna peste spătarul arcuit. Sigur a costat enorm!

– Pentru asta e fondul fiduciar, îi explică ea. Am comandat-o săptămâna trecută. Oricum voiam să-i spun lui Jodie să se mute de aici. Nu era corect că ocupa camera asta, pe lângă dormitorul de sus. Nu plătea chirie deloc.

– Nici nu i-ai cerut, îi amintește el.

– N-are legătură, i-o retează Beatrice. N-avem nevoie de bani.

Ben se așază lângă ea pe canapea și-i atinge brațul ca s-o potolească. Deși are degetele calde, gestul lui îi face pielea de găină.

– Ben, ceea ce faci e extraordinar.

Se întoarce spre el, bănuind c-o să fie sarcastic, dar ochii lui căprui sunt plini de admirație. E copleșită de dragoste. „O, Ben, fac totul pentru tine“, vrea să-i spună, dar știe că nu poate. N-o să înțeleagă, nu încă.

Îl ia de mână.

– Ben, ceea ce facem... suntem împreună, ai uitat?

Tac amândoi. Beatrice se gândește să amâne vestea despre Abi, ca să nu strice acest moment rar și prețios când sunt doar ei doi. Ben o ia pe după umăr, trăgând-o spre el, iar ea oftează mulțumită. „E încă Ben al meu", se gândește. „Geamănul meu."

Și apoi trebuie să strice tot punând întrebarea inevitabilă:

– Și ce-o să faci cu camera lui Jodie?

Beatrice se trage din îmbrățișare și se duce la șemineu. Când îngenunchează în fața lui, curentul de aer îi îngheață picioarele goale. Doar din dorința de a trage de timp, ia un buștean din găleata alăturată și-l așază pe grătarul rece, încercând să-și amintească ultima dată când au făcut focul în camera asta.

Nu i-a zis lui Ben că Abi a venit neanunțată cu două zile în urmă, cu buchetul ăla jenant de margarete în brațe, cu ochii ei triști și cu expresia bântuită pe chip. Stătuse lângă poartă udă până la piele și împuținată în geaca ei prea mare, părând atât de fragilă, că-i frânsese inima. În acel moment nutrise sentimente materne pentru Abi. Voia s-o ia în brațe și să-i spună că totul o să fie bine, că ea, Beatrice, era acolo s-o ajute.

„Ben n-o să înțeleagă", se gândește când așază alt buștean pe grătar, amânându-și răspunsul. E conștientă că, orice ar putea să simtă Ben pentru Abi acum, va trebui stârpit și nu e sigură cum o să reacționeze el. Au o regulă nescrisă: nici o idilă între colocatari. Desigur că el încearcă să minimalizeze, dar ea a văzut cum s-a uitat la Abi în ziua porților deschise și cum s-a dus țintă la ea la petrecerea de după. Înțelege exact de ce îl atrage. Vulnerabilă, timidă, slabă și blondă. Abi e fix genul lui.

– Să găsim pe altcineva? o întreabă el, întrerupând nerăbdător tăcerea.

Ea se ridică, își freacă genunchii și se uită la Ben dorind să-i vadă expresia. Observă cum se încruntă, pe măsură ce-și dă seama ce-a pus sora lui la cale. „O, Ben, mă cunoști atât de bine", se gândește.

– Ai întrebat-o deja pe Abi dacă vrea să se mute, nu-i așa?

O privește sfredelitor, ca pe un vânat în cătarea puștii.

„Îmi pare rău, Ben."

– Nici măcar nu te-ai sinchisit să mă întrebi. E și casa mea, să știi.

Simte fără să vrea puțină milă când Ben se ridică de pe canapea fără să scoată o vorbă și părăsește camera, trântind cu putere ușa după el.

6

Casa lui Monty sau, mai degrabă, conacul lui cu acoperişul triunghiular şi cu turnuleţe stă semeţ în vârful unui deal abrupt cu vedere spre Bath. Cornul lunii pluteşte deasupra hornului, şi mă gândesc ce aer ciudat şi gotic are casa în lumina crepusculului. Aproape mă aştept să văd lilieci zburând în jurul unui turn. Din nefericire, mă duce cu gândul la acea noapte de Halloween de acum un an şi jumătate, la petrecerea aceea nefastă, la cearta care ne-a făcut să plecăm mai devreme decât plănuiserăm.

Beatrice se dă jos din taxi. Are un aer elegant cu pantalonii negri scurţi şi colanţii închişi la culoare care îi pun în evidenţă picioarele lungi şi atletice. O urmez pe aleea cu pietriş. Vocile care se suprapun, clinchetul paharelor şi ritmul unei piese plutesc pe ferestrele deschise, dându-ne de înţeles că petrecerea e în toi.

– Abi, eşti bine? mă întreabă când se opreşte să-şi scoată tocul cui din pietriş, sprijinindu-se de mine ca să-şi păstreze echilibrul. Îmi închipui că trebuie să-ţi fie greu.

Spre uşurarea mea, Beatrice nu m-a mai întrebat nimic de Lucy. Astfel nu trebuie să mint. Oare ar mai vrea să-mi fie în preajmă dacă ar ști despre Alicia și cum am ajuns într-un spital de psihiatrie după moartea surorii mele? Îmi trag mânecile bluzei peste încheieturi ca să ascund semnele căderii nervoase.

– Sunt bine, o mint.

Mă simțisem atât de flatată când Beatrice m-a sunat să mă cheme la petrecerea lui Monty. Nu numai că vrea să locuiesc cu ea, dar m-a invitat și să fac parte din grupul ei de prieteni, să fac parte din viața ei. Și totuși, deși mi-am luat doza de antidepresive, am un grad de anxietate foarte ridicat în seara asta.

– Nu e minunat aici? mă întreabă ca să destindă atmosfera și mă ia de braț. Monty e bogat. Monty de la Monetărie, așa ar trebui să-i zicem.

Râde la glumița ei destul de subțire în timp ce mie îmi bate inima ca un ciocan în piept.

Beatrice mi-a spus că l-a cunoscut pe Paul Montgomery, zis și Monty, asistând la o prelegere de-a lui când era studentă la masterat. Se pare că au devenit „prieteni la cataramă".

– E gay și foarte ostentativ. Și un artist de succes. Petrecerile lui sunt legendare.

Trag aer adânc în piept înainte să intrăm pe ușa grea de la intrare. Un val de căldură mă izbește ca un perete invizibil. Mi-e greu să înghit, limba mi se lipește de cerul uscat al gurii. Sunt oameni peste tot, o mulțime pe palier, unii pe hol, se sprijină de cadrele ușilor zâmbind relaxați cu pahare de șampanie în mâini. Sunt chelneri îmbrăcați în alb și negru care se mișcă agil prin mulțime, umplând pe nesimțite paharele și oferind aperitive de pe tăvi de argint. Muzica îmi pulsează în urechi, făcându-mi inima să bată mai tare, iar pulsul îmi zvâcnește în gât. Știam c-o să fie greu la prima petrecere fără Lucy.

Deodată o întrezăresc prin ciorchinele de oaspeți strânși pe scara imensă, are o eșarfă vaporoasă la gâtul lung, un zâmbet familiar și încurajator înflorit pe gura prea mare, dar dispare când clipesc din nou. Beatrice îmi aruncă o privire, mă întreabă dacă sunt bine și, când încuviințez din cap, mă strânge de mână într-un gest consolator și-mi spune că mă descurc de minune și că ar trebui să stau aproape de ea. Mă țin după tunsoarea ei bob care se tot mișcă, strângându-i mâna în timp ce mergem șerpuit prin mulțimea de trupuri care ne împing, la fel cum o urmam pe sora mea când mergeam la petreceri sau în club.

Eram mereu Lucy și Abi Cavendish și niciodată invers. Era cu două minute mai mare decât mine, jumătatea mea mai bună, geamăna mai strălucită, mai sclipitoare, mai inteligentă. Eu eram aia mai prăpădită. Cum îi plăcea mamei să ne spună, eu eram mai bolnăvicioasă în copilărie și sufeream de reflux gastric, pe când Lucy înflorea, consumând tot laptele și mâncarea pe care putea să-și pună mânuțele grăsuțe. În fotografiile neclare, pătrate și îngălbenite făcute cu aparatul Polaroid instant al tatei de la jumătatea anilor '80, ale căror colțuri s-au răsucit în urma trecerii timpului, Lucy și cu mine stăm împreună pe un covor din blană de oaie în fața unui șemineu din piatră sau pe o pătură pentru picnic pe peluza grădinii noastre, două fetițe aproape identice îmbrăcate cu aceleași haine, ea cu coapsele dolofane și drăguță, iar eu, geamăna schiloadă și sfrijită, reflexia distorsionată a lui Lucy.

Chiar și la școală se împrietenea mai ușor decât mine, avea un aer natural și nonșalant, pe când eu eram prea intensă. Când îmi sugera să ne alăturăm celorlalte fete de la locul de joacă, eu îmi scoteam buza de jos și scuturam din cap că nu, ceea ce o înfuria.

Era foarte sociabilă, și eu îi tăiam avântul. O voiam doar pentru mine, de parcă aș fi știut, chiar și atunci, că timpul pe care îl aveam împreună o să fie scurt, finit. Când Lucy se juca de-a v-ați ascunselea sau leapșa cu ceilalți copii, eu mă plimbam de una singură în jurul locului de joacă, născocind povești despre marile aventuri de care o să avem parte doar noi două.

Abia când am ajuns la facultate am ieșit din umbra lui Lucy. Nu am avut de ales. Era atât de inteligentă, că avea să fie acceptată la o universitate de prestigiu din cadrul Russell Group. Părinții noștri voiau să devină medic, și nu i-a dezamăgit. Eu, pe de altă parte, puteam visa doar la politehnica locală, deși cred că i-am surprins pe toți, inclusiv pe mine, când am intrat la Cardiff ca să studiez jurnalismul.

Lucy ar fi intrat la petrecerea asta cu capul sus, de parcă ar fi făcut parte din lumea bogaților și artiștilor, și eu aș fi urmat-o, căci încrederea ei s-ar fi răsfrânt asupra mea ca sclipiciul de corp.

– Beatrice, scumpa mea, se aude vocea stridentă a unui bărbat masiv cu o barbă creață, care arată de cel puțin cincizeci de ani. Poartă o cămașă țipătoare cu imprimeu descheiată la gât, care stă să pocnească pe el din cauza burții proeminente. Se sărută grăbit, fără să se atingă de fapt, apoi se întorc spre mine. Deci ea e Abi, face el, măsurându-mă cu ochii lui ciocolatii. Am auzit multe despre tine. Eu sunt Monty. Îmi strânge viguros mâna. Hai să bem ceva.

Pleacă amândoi, iar eu vin în urma lor. Văd breteaua unui sutien de un roșu sângeriu ieșind din taiorul negru al lui Beatrice și intrându-i în pielea de pe umăr. Nu prea disting ce spun, pentru că muzica e asurzitoare.

Ajungem într-un salon uriaș, cu tavan înalt și pereți albi, ale cărui bolți și obloane în stil georgian sunt vopsite în nuanța plumbului. Monty îmi pune în mână un pahar cu un lichid portocaliu și apoi reia conversația cu Beatrice. Invidioasă că partenera de petrecere mi-a fost acaparată, iau o gură din cocktail. E atât de tare, că alcoolul îmi arde gâtlejul, mascându-mi anxietatea. Înainte să-mi dau seama, am terminat paharul și iau altul de pe tava unui chelner aflat în trecere. Amețită, scanez încăperea și remarc că pe pereți sunt o mulțime de picturi în ulei cu rame aurii înfățișând personaje cu chipuri angelice îmbrăcate sumar, aproape versiuni moderne ale lui Botticelli. Îmi dau seama că autorul tablourilor este Monty. Beatrice mi-a pus sub nas un fluturaș cu una din cele mai recente expoziții ale lui când veneam încoace cu taxiul. Nu sunt pe gustul meu.

Surprind discuții despre artiști de care n-am auzit în viața mea sau despre cărți pe care nu le-am citit și îmi aduc aminte de petrecerile din Londra la care mă duceam cu Nia și Lucy. Erau similare. Oameni spilcuiți, plini de bani, cu un aer nonșalant și încrezător. Dar nu mă deranja că nu mă integrez, pentru că le aveam pe Nia și pe Lucy și de obicei ne duceam doar să râdem și să ne alegem cu o pungă cu produse gratis.

Văd câțiva invitați de treizeci și ceva de ani dansând destul de stingheri într-un colț pe ritmurile formației Happy Mondays. Apoi mă întorc spre Beatrice și constat cu ușurare că Monty se îndepărtează de ea ca să discute cu o femeie elegantă pe la șaizeci și cinci de ani. Beatrice ridică din sprâncene și strâmbă din nas.

– Femeia aia chiar poartă o haină de blană adevărată? chicotește. Doamne, animăluțul ăla are și cap!

I se pare teribil de amuzant. Mă uit nedumerită la ea. Oare câte cocktailuri a băut?

– Haide să explorăm, îmi spune peste câteva clipe. Mereu am vrut să-mi bag nasul prin casa lui Monty.

Mă ia de mână și ne croim drum prin încăperile uriașe, abundent decorate, ticsite de oameni care beau cocktailuri sau șampanie. Parcă suntem într-un film de Stephen Poliakoff. Inima îmi bate de să-mi spargă pieptul. Și nu de la anxietate ca de obicei, ci pentru că sunt din ce în ce mai entuziasmată că sunt atât de aproape de Beatrice. Încrederea și bucuria ei sunt molipsitoare. Simt acea adrenalină îmbătătoare care-mi năvălește în corp când mă aflu în apropierea unei persoane pe care o admir enorm. Am impresia că pot fi orice, oricine.

Tot chicotind și ținându-ne una de alta, intrăm împleticit într-un salonaș de muzică unde ne lăsăm paharele goale pe pianul crem lăcuit.

– În sfârșit, face Beatrice trântindu-se pe o canapea Chesterfield din piele. O cameră goală! Sunt prea mulți oameni la petrecerea asta. Și mă dor groaznic picioarele.

În chip de demonstrație, se descalță de pantofii cu toc înalt și-și întinde degetele de la picioare, strânse prea mult timp în dresurile opace. Mă trântesc și eu lângă ea, fericită să iau o pauză de la muzica, vorbăria și zgomotul care ne-au însoțit prin fiecare cameră de parcă am fi fost fugărite de un roi de albine. În lumina aceea slabă, sunt flatată că Beatrice nu ezită să se sprijine de mine. Îi inspir mirosul, parfumul, aroma șamponului cu măr. Stăm așa o vreme, învăluite în tăcere. Eu cu spatele drept, rezemată de canapeaua Chesterfield rigidă, iar Beatrice cu capul în poala mea pe post de pernă, cu picioarele întinse atât de mult, că ocupă mare parte din banchetă.

Fără să mă gândesc, întind mâna și îi dau cu grijă părul de pe față. E atât de mătăsos, iar pielea de pe frunte e fină ca o catifea. Cu ochii închiși, expiră mulțumită. În timp ce mă uit la chipul ei superb, atât de asemănător cu al lui Lucy, însă atât de diferit, sentimentele pentru ea se amestecă precum vopselurile pe o paletă până devin confuze, neclare. Pe de o parte o percep ca pe o prietenă, o soră... și, totuși, imperceptibil, într-un cotlon al sufletului mi se naște o emoție nouă, necunoscută. Mă aplec deasupra ei și îi studiez trăsăturile delicate. Încă are ochii închiși, genele ei lungi aruncă umbre pe obrajii netezi, și deodată vreau să-i sărut pistruii de pe nas, să-i ating clavicula. Îmi imaginez că sărutul cu o fată ar fi mai delicat, mai tandru cumva. Mă aplec, cu gura planând deasupra ei, și timpul pare să încetinească.

De parcă mi-ar fi ghicit intențiile, Beatrice deschide ochii și își ridică iute capul din poala mea. Mă lipesc din nou de spătar, roșie la față. Ce mi-o fi trecut prin minte? Cocktailurile alea două mi s-au suit clar la cap. Nu sunt atrasă de Beatrice. Sentimentele pentru ea mi se agită haotic în minte, atâta tot. „Te admir, Beatrice“, vreau să strig. „Îmi amintești de Lucy. Aș vrea să fiu ca tine, ești atât de frumoasă! Mă duci cu gândul la o sculptură, la o lucrare de artă.“ Dar cuvintele nu-mi ies din gură, de parcă am vată în creier; tot ce pot să fac e s-o privesc în timp ce-și coboară picioarele de pe brațul canapelei și se apleacă să se încalțe.

Dacă Beatrice bănuiește ce furtună emoțională mă bântuie, dacă știe că era cât pe ce să o sărut, să mă fac complet de râs, nu arată nimic. În schimb, se ridică și-mi întinde mâna.

– Haide, îmi spune, și e la fel de veselă și efervescentă ca întotdeauna.

O iau de mână și ies spășită după ea din cameră.

Atmosfera s-a schimbat când intrăm în salon. Cineva a redus intensitatea luminii și se aude o muzică house monotonă, fără versuri sau refren. Monty dansează în mijlocul camerei cu o băutură în mână și cu ochii închiși.

Deschid gura să comentez când recunosc o fată care-și face drum spre noi prin mulțimea transpirată. Poartă o rochie drăguță în stil babydoll, potrivită cu silueta ei minionă, și și-a dat cu gel pe părul blond platinat, tuns băiețește. Ochii ei mari și negri se concentrează asupra lui Beatrice.

– Te-am căutat peste tot, îi spune pe un ton certăreț când ajunge în dreptul nostru.

Are vocea subțire și stridentă. Și apoi îmi dau seama brusc cine e: Cass, fotografa care stă la mansardă.

– Cass, ți-o aduci aminte pe Abi? o întreabă Beatrice. O să se mute la noi.

Cass își dezlipește anevoie ochii de la Beatrice ca să mă salute rapid înainte să se uite iar la ea.

– Trebuie să vorbim.

– În regulă, spune Beatrice și o ia de mână cum a făcut-o cu mine mai devreme. Mă întorc curând, îmi zice cu un zâmbet prin care-și cere scuze.

Nu am de ales decât să le privesc cum se îndepărtează ținându-se de mână. Durerea oarbă pe care o simt în stomac e aproape insuportabilă.

Mă gândesc să-mi chem un taxi și să plec. Mă simt umilită după scena din salonașul de muzică, iar acum Beatrice s-a descotorosit de mine pentru Cass. Nu am nici un motiv să rămân. Ezit stingheră în pragul ușii când văd o față cunoscută în dreptul ferestrei imense. Dansează cu doi tipi și o fată pe care nu am mai văzut-o niciodată și nu mă observă din prima. Îl urmăresc mișcându-și trupul cu încrederea cuiva care știe că e un bun dansator. Un chelner trece pe lângă mine; mai iau un cocktail de pe tava de argint și sorb din el în timp ce mă uit lung la Ben, la picioarele lui lungi în blugi albastru-închis, la cămașa albă apretată deschisă suficient cât să i se vadă gâtul bronzat, la sacoul scump și mulat gri-petrol. Uitasem cât de sexy și atrăgător e fratele geamăn al lui Beatrice.

De parcă ar fi simțit că-l măsor cu privirea, își ridică ochii căprui în direcția mea și-mi zâmbește larg. Inspir adânc. Este extrem de arătos. Plutim unul spre celălalt ca doi magneți, eu cu un zâmbet de fericire întipărit pe față. E așa de înalt, mai înalt decât mi-l amintesc, părul lui de un blond nisipiu e mai lung și mai ciufulit, și deodată suntem față în față. Simt nevoia să mă arunc în brațele lui, să mă ghemuiesc la pieptul lui ca să-i adulmec parfumul cu note de lămâie. E atât de diferit de Callum, eternul student cu adidași scâlciați și părul în dezordine. Ben pare cumva versiunea mai sofisticată și adultă, deși au amândoi treizeci și doi de ani.

Îi analizez gura plină și senzuală, pistruii de pe puntea nasului drept. Îi aparțin, dar sunt și ai feței superbe a lui Beatrice, și brusc îmi dau seama că sunt atrasă de Ben parțial pentru că e fratele *ei geamăn*. Versiunea ei masculină.

– Abi, îmi spune zâmbindu-mi arogant. Mă bucur să te văd aici.

– Bună, Ben, îi răspund timidă. Am venit cu Beatrice.

– Bineînțeles.

Zâmbește, dar sesizez răceală în tonul lui.

Se uită la Beatrice, care stă de vorbă cu Cass. Ea se întoarce în direcția noastră, iar privirea încruntată de pe chipul ei splendid are același efect asupra mea ca mâzgălitura unui copil pe un tablou celebru.

– V-ați certat? o întreb, șocată să văd animozitatea din privirea lui Beatrice.

Sau oare era îndreptată asupra mea? Parcă se uită urât unul la altul să vadă cine cedează primul, poate e un joc din copilăria lor. Sunt doar ei doi, mereu doar ei doi, pe când sunt înghețată, invizibilă. Cum să mai fie loc și pentru al treilea? Aștept ținându-mi răsuflarea.

În cele din urmă Ben se uită iar la mine, și expir recunoscătoare.

– Mor după o țigară. Vrei să vii și tu în grădină?

Îl urmez pe holul cu gresie în carouri, trecem de niște tipi în bucătărie și îmi las paharul pe jumătate gol pe blat înainte de a intra în grădina vastă. E o seară răcoroasă de primăvară și mă cuprind cu brațele în jurul bluzei subțiri, dorindu-mi să-mi fi luat o geacă, dar ușurată că măcar am blugi pe mine și nu singura fustă din garderobă.

– Ia asta, pari înghețată, îmi spune, dându-și jos sacoul și punându-mi-l pe umeri.

În lumina care vine dinspre bucătărie îi văd trupul subțire prin bumbacul cămășii. Se apropie de mine și își face mâinile căuș în jurul brichetei ca să-și aprindă țigara. Vârful acesteia scapără și strălucește când el trage un fum, după care îmi oferă pachetul. N-am mai fumat de multă vreme, dar iau una, recunoscătoare că am ce să fac cu mâinile. Mi-o aprinde și inhalez adânc, subit mai calmă când nicotina îmi ajunge la plămâni. Cât mi-a lipsit!

– Deci, zice el, expirând nori de fum care dispar în bezna nopții. Am înțeles c-o să împărțim aceeași casă.

Calc apăsat din cauza frigului și încuviințez din cap.

– Abia la mijlocul lui iunie. Trebuie să-mi înștiințez proprietarul cu o lună înainte.

Mai trag un fum.

– Ce păcat că te muți, îmi spune el cu un zâmbet timid înflorit pe buze.

Îl privesc stupefiată și totodată dezamăgită. Oare l-am jignit cumva? Părea să ne înțelegem bine la petrecerea din ziua porților deschise.

– Avem o regulă foarte strictă în casă, îmi spune pe un ton grav. Beatrice e de neclintit.

Fața mi se aprinde. Încerc să-mi ascund neliniștea suflând în mâini cu un gest teatral, deși nu e atât de frig.

– Speram să ieșim să bem ceva la un moment dat, dar nu sunt sigur c-o să meargă acum că te muți la noi.

Mă scrutează cu atenție peste vârful țigării.

Am amuțit. E atras de mine! Parcă nu-mi vine să cred. Aruncă mucul țigării în stratul de flori, unde împrăștie o lumină portocalie în contrast cu pământul cafeniu înainte să se stingă de tot.

– Păi încă nu m-am mutat, îi zic timidă.

– Așa e.

Ne uităm lung unul la altul și mă întreb dacă o să mă săruțe. Inima îmi bate ca un ciocan în piept datorită acestei întorsături neașteptate de situație.

– Așadar, bei ceva cu mine?

Îi simt speranța în voce, iar pupilele îi sunt întunecate când se apropie.

– Da, murmur păstrând contactul vizual.

Stăm împreună tăcuți câteva clipe. „Hai, sărută-mă", îl îndemn în gând.

Un hohot de râs din depărtare sparge vraja, și Ben se mișcă foarte puțin ca să-și scoată mobilul din buzunarul de la spate al blugilor. Când mă întreabă ce număr am, i-l zic repede, iar el îl tastează în telefon. Apoi mă sună ca să-mi rămână numărul lui în memoria telefonului.

– Nu ai nici o scuză că mi-ai pierdut numărul, glumește el. Bucuriile tehnologiei moderne.

Râd, pe deplin conștientă că n-aș avea niciodată curajul să-l sun dacă nu mi-ar da el telefon înainte. Sunt pe cale să zic ceva când observ că s-a crispat. Nu se mai uită la mine, ci la cineva sau ceva peste umărul meu. Mă întorc și o văd pe Beatrice în prag, jucându-se cu piciorul paharului cu șampanie. Se uită lung la noi, căzută pe gânduri. Cass nu e nicăieri. Zâmbește, dar ochii îi sunt reci, și îmi dau seama că o irită ceva.

– Aici erai, face ea. Mă întrebam pe unde ești.

Nu sunt sigură dacă vorbește cu mine sau cu fratele ei.

– Fumez, îi spune el.

– Ce obraznic ești, râde ea, deși nu pare amuzată.

Se duce pe terasă lângă fratele ei, îi arată palma și bate din gene. Ben oftează, își dă ochii peste cap prefăcându-se iritat, apoi se caută prin buzunar după pachetul de țigări, scoate una, i-o pune între buze și o aprinde.

– N-ar trebui, spune Beatrice nimănui în mod special. Îl cuprinde cu brațul pe după talie, iar el îi înconjoară umerii. Apropierea lor îmi stârnește invidia. Trage câteva fumuri înainte să continue: Pam și Cass sunt și ele pe aici pe undeva.

Se întoarce spre Ben, însă evită să se uite în ochii lui. Pe mine mă desconsideră cu totul, ceea ce-mi trimite un val de panică prin corp. De când a venit afară, nu mi-a aruncat nici o privire. Dacă bănuiește cumva că am fost tentată să o sărut mai devreme și nu mai vrea să fim prietene, dacă regretă că m-a invitat să mă mut la ei? N-aș suporta să fiu dată la o parte acum, nu după tot ce s-a întâmplat. Nu vreau să fiu iar de capul meu, singură, plimbându-mă prin apartament, îngrozită de fiecare dată când apune soarele că o să rămân singură cu gândurile mele. Vreau să mă mut cu ea, să fac parte din viața ei.

– Se distrează de minune, reia, tot fără să mă bage în seamă. Deși Pam e cam beată și flirtează cu Monty. E convinsă că poate să-l schimbe.

Râd de parcă ar fi cel mai amuzant lucru pe care l-am auzit vreodată. Beatrice se răsucește spre mine zâmbind nedumerită.

– Abi, ești bine?

– De fapt, cred că mă ia durerea de cap, spun, gândindu-mă că trebuie să plec acum de la petrecerea asta, să ies din situația asta. Cred că mă duc acasă.

În ochii căprui ai lui Ben se citește îngrijorarea.

– Vrei să te conduc?

– O conduc *eu*. Beatrice îi aruncă o privire amenințătoare lui Ben și se dezlipește de el. Haide, Abi. O să chem un taxi.

Mă ia pe după umeri și mă duce înapoi în casă, departe de grădină și de fratele ei geamăn.

7

Mă mut abia în a doua sâmbătă din iunie. Cerul este de un albastru pal, fără nici un nor. Pe când trecem cu mașina pe lângă terenurile de tenis, văd câteva adolescente cu fuste elegante care își etalează picioarele subțiri și bronzate, cu rachetele agățate nonșalant peste umăr în timp ce discută la fileu, și simt acel entuziasm străin la gândul că asta e noua mea viață. O nouă Abi. Pentru prima dată sunt optimistă în legătură cu viitorul meu, optimistă că voi reuși să am o viață fără Lucy.

– E drăguță partea asta a orașului, remarcă tata.

Parchează cu spatele între două Mazda, în dreapta casei lui Beatrice. *Casa mea*. Mă uit pe geamul mașinii și mă împunge dezamăgirea când nu văd Fiatul mic al lui Ben. Tata oprește motorul și arată înspre numărul 19.

– Asta e? Când încuviințez din cap, fluieră aprobator. Te-ai descurcat destul de bine. Și nici măcar nu trebuie să plătești chirie, adaugă râzând înfundat.

– Nu știu ce să zic, îi răspund. Mama spune că ar trebui să insist.

Tata dă din umeri și-mi zice ca întotdeauna că mama are probabil dreptate. Îmi înșfac telefonul mobil de pe bord și-l urmez în spatele mașinii când deschide portbagajul, unde întreaga mea viață e pusă în cutii de carton și saci negri. Se întoarce spre mine și mă înțeapă inima când îi citesc îngrijorarea în ochii de culoarea acvamarinului.

– Draga mea, ești sigură? Poți veni oricând la noi dacă nu vrei să stai singură. Mama ta nu a fost niciodată încântată că te-ai mutat singură într-un apartament, și, după tot ce s-a întâmplat... Își drege glasul, dar când reia e mai răgușit. Mă rog, nu prea îi știi bine pe oamenii ăștia, nu?

Îngrijorarea lui îmi pune un nod în gât. Un străin n-ar fi în stare să-i sesizeze suferința, dar eu, da. O poartă ca pe o haină grea pe care refuză să și-o dea jos, și astfel i se îndoaie genunchii de la greutatea ei. E totul foarte clar dacă te uiți cum i s-au albit sprâncenele negre, fața rotundă i s-a subțiat, ridurile i-au brăzdat pielea pământie, și nu pot să nu mă gândesc că *eu sunt de vină*. Pentru un bărbat de aproape un metru nouăzeci, pare slăbit, sfrijit, mai bătrân.

– Tată, vreau să mă mut aici. Dacă ar ști cât de mult îmi doresc! Beatrice mi-e prietenă, mă înțelege.

Tata deschide gura să răspundă, dar e întrerupt de strigătele de veselie scoase de Beatrice și Cass, care ies în fugă din casă urmate de Pam, care vine agale, zâmbind amabil.

Am văzut-o pe Bea doar de câteva ori de la petrecerea lui Monty: la un târg de vechituri cu câteva săptămâni în urmă, de unde a cumpărat două rochii de ceai scumpe, apoi, într-o seară, într-un bar la modă în centrul orașului Bath, iar sâmbăta trecută m-a rugat s-o însoțesc la vernisajul uneia dintre artistele ei preferate la Muzeul Holbourne. După aceea ne-am întâlnit cu Pam și Cass să bem ceaiul de după-amiază la cafeneaua de la parter. A fost o zi plăcută, m-am bucurat de compania celorlalte fete, chiar dacă Pam m-a monopolizat, delectându-mă cu povești din trecutul ei, printre altele despre cum a locuit cu un pictor nudist. Am încercat să mă concentrez asupra istorisirilor ei, dar era greu cu Beatrice și Cass care șopocăiau în colț; expresia îndurerată de pe chipul ca de spiriduș al lui Cass îmi stârnea curiozitatea. Nu l-am mai văzut pe Ben de la petrecerea lui Monty. Nu m-a sunat niciodată să mă invite în oraș, și gândind în perspectivă, poate că e mai bine așa. Nu pot să neg că e o atracție între noi, dar n-ar fi o idee bună să am o relație romantică cu un colocatar, mai ales cu fratele geamăn al lui Beatrice. Simt că ea îl protejează cu îndârjire, poate e un pic prea posesivă.

– Abi! mă strigă Beatrice, luându-mă cu brațele pe după gât de parcă m-ar ști de ani întregi. Ce mă bucur că te-ai mutat cu noi!

Râde cristalin ca de obicei. Apoi se trage din îmbrățișare și se întoarce spre tata să se prezinte. Mă amuză să-i văd pielea aspră cum se înroșește când ea se ridică pe vârfuri ca să-l pupe, spunându-i cât de fericită e să-l cunoască în cele din urmă.

Îmi arată mobilul din mână.

– Să facem un selfie. Trebuie să ținem minte momentul ăsta.

Suntem cu obrajii lipiți, umăr la umăr. Întind brațul, încercând să poziționez telefonul astfel încât să ne cuprindă fețele, și apăs. Ne uităm prin cele șase poze făcute, râzând de ochii noștri încrucișați și de strâmbături.

– Puteam să vă pozez eu dacă voiați.

Mă întorc și o văd pe Cass stând puțin în spatele nostru, cu picioarele încălțate în sandale pe marginea trotuarului, cu mâinile la spate. A roșit când ne-a făcut oferta, însă mai e ceva în expresia ei, o urmă de iritabilitate, ca un copil care se simte exclus pentru că cel mai bun prieten îi oferă altcuiva atenție. Îi zâmbesc cu căldură, dar nu se uită în ochii mei.

Luăm câte o cutie din portbagaj și-l invit pe tata să intre. Îl urmăresc amuzată cum face ochii mari de uimire în timp ce contemplă holul imens și camerele cu tavan înalt. Mă uit și eu în jur, sperând întrucâtva ca Ben să fie acasă.

Beatrice vine în spatele meu și ia una dintre cutiile mici și dreptunghiulare, cea care conține scrisorile vechi ale lui Lucy. Simt nevoia subită de a i-o smulge. Îmi spune cu nonșalanță, de parcă mi-a citit gândurile, că Ben a trebuit să se ducă la muncă.

– M-a rugat să-ți transmit că-i pare rău că nu poate să ne ajute, îmi spune.

O ia la fugă pe lângă mine și în sus pe scări. O urmez cu pași greoi, chinuindu-mă cu cutia mea și întrebându-mă abătută dacă nu cumva Ben încearcă să mă evite.

Ne ia aproape toată după-amiaza să scoatem cutiile din mașină și să le cărăm două etaje în noul meu dormitor, care a fost golit complet de lucrurile lui Josie. Acum a rămas doar un pat îngust de o singură persoană, cu cadru de fier și o saltea lăsată, care a fost împins la peretele opus ferestrei. Lângă el sunt o comodă șubredă din lemn de pin și o noptieră. Pereții indigo au semne acolo unde Jodie și-a dezlipit posterele, lăsând tencuiala la vedere. Covorul care fusese odată de culoarea șampaniei este acum murdar de la nenumăratele încălțări care l-au străbătut, iar lângă dulapul încastrat e o pată dubioasă de forma unei molii uriașe. Entuziasmul că mă mut la Beatrice, că fac parte în cele din urmă din viața ei e puțin atenuat din cauza stării în care se găsește încăperea. Cu excepția mărimii, îmi amintește de cea împărțită cu Nia în studenție. Mă înțeapă regretul când mă gândesc la apartamentul meu mic și îngrijit din centrul orașului, cu pereții proaspăt vopsiți și podelele din lemn. Las cutia la picioare și deschid fereastra, inspirând aerul proaspăt, în speranța că mirosul stătut al lui Jodie va dispărea.

– Te ajut să-l zugrăvești. Aud în spatele meu vocea lui Beatrice cu un vag accent scoțian. Mă întorc și o văd în prag, cercetând încăperea și strâmbând dezaprobator din nasul ei cârn. Sebby, pisica ei, i se tot plimbă printre picioare. Pare luminoasă și drăguță în rochia ei vintage, chiar și după ce a cărat cutii toată după-amiaza, pe când mie mi s-au lipit blugii de coapse și am o pată gri pe tricoul alb. Nu-mi place cum a întreținut Jodie camera, adaugă. Am rugat-o să pună covoare pe jos când lucra la sculpturi, dar n-are nici un respect pentru lucrurile altora.

Nu pot decât să fiu de acord și mă angajez în sinea mea să am grijă de dormitor ca să fie în armonie cu casa asta splendidă și eclectică. Ridic privirea spre ornamentele de ipsos din jurul tavanului înalt. Dintr-un colț atârnă o pânză de păianjen, pendulând în curentul de la ușa deschisă, și dintr-odată îmi dau seama că, dacă zugrăvesc și spăl covorul, o să mă simt ca acasă.

În ciuda rezervelor tatei de mai devreme, roșeața care i se ridică pe gât și felul în care râde ori de câte ori îi adresează Beatrice cuvântul îmi demonstrează că e la fel de entuziasmat ca mine. Peste câteva ore, când mă îmbrățișează de rămas-bun, îmi spune:

– Cred că o să fii fericită aici, scumpa mea. În orice caz, mama ta se va liniști.

Se îndreaptă cu pași repezi spre mașină, apoi se încovoaie de spate ca să încapă în spatele volanului. Îi fac cu mâna până când iese din raza mea vizuală. În depărtare aud sirena stridentă a unei ambulanțe, în contrast cu cerul albastru, cu ziua perfectă de vară, și simt fiori pe șira spinării imaginându-mi viața care atârnă de un fir de păr, familia care ar putea fi distrusă. N-o să mai pot auzi niciodată sirena unei ambulanțe fără să mă gândesc la noaptea când a murit sora mea geamănă.

Stăm la masă, bem vin, farfuriile sunt goale, suntem relaxate și ne simțim bine împreună. Pam ne povestește cum a dat nas în nas la petrecerea lui Monty cu fostul ei iubit alături de noua lui iubită, atrăgătoare și mult mai tânără, când Ben intră și, dintr-un motiv sau altul, amuțim toate. Se simte tensiunea în aer.

Are părul puțin ciufulit de la ziua umedă de iunie și poartă o cămașă răcoroasă de in, deschisă la guler, din care iese un gât bronzat. Brusc mă imaginez sărutându-l, viziune care mă descumpănește.

Beatrice își împinge scaunul în spate și se ridică de la masă.

– Ben. Pare surprinsă să-l vadă, de parcă a uitat că locuiește și el acolo. A mai rămas niște lasagna.

Se duce la cuptor și, protejându-și mâinile cu o pereche de mănuși de bucătărie marca Emma Bridgewater, scoate o farfurie cu grijă, ca un chirurg în toiul unei operații. O pune pe masă lângă Cass. Observ cu coada ochiului că Ben s-a așezat în fața mea și lângă Cass, dar mă uit fix la pastele arse care au mai rămas în farfuria mea.

– Nu știu dacă ai uitat, Ben, dar Abi s-a mutat azi, îi spune Beatrice așezându-se în capul mesei.

– N-am uitat.

Mă uit în ochii lui căprui cu pete aurii, la zâmbetul lui strâmb familiar, și mă năpădește un val de dorință puternică și neașteptată care mă face să roșesc, dându-mă de gol. Fac eforturi să-mi iau ochii de la el și să-i îndrept spre Beatrice, care ne privește cu luare-aminte, în timp ce degetele ei palide aproape se contopesc cu cana din porțelan pe care o ține strâns.

Dintr-un motiv inexplicabil, încep să transpir abundent.

Mai târziu în acea seară stau pe marginea patului proaspăt făcut. Camera e încă în dezordine, în jurul meu sunt cutii goale, dar și pline, comoda e larg deschisă, lăsând la vedere hainele pe care le-am înghesuit mai devreme, un morman de cărți se sprijină de plintă, gata să se prăbușească în orice clipă. Ridic fotografia înrămată cu mine și Lucy pe care am pus-o pe noptieră. Părem bronzate și ne ținem amândouă pe după gât, zâmbind larg în obiectiv. Poza a fost făcută în vacanța petrecută în Portugalia cu Callum și Luke, în vara de dinainte să moară. Veniserăm de la plajă și, pe când stăteam rezemate de perete așteptând ca Luke să se întoarcă cu înghețata, Callum, căruia îi plăcea să ne pozeze, ne-a făcut câteva fotografii cu aparatul. Amândouă avem – sau ar trebui să spun *aveam* – aceeași poză la capul patului. Mă întreb cu un aer absent ce s-a întâmplat cu a ei. Oare a luat-o mama când s-a dus să-i strângă lucrurile, o treabă pe care m-am simțit incapabilă s-o fac singură, așa că mi-am lăsat mama îndurerată s-o ducă la bun sfârșit? Încă mă roade sentimentul de vinovăție. Pun jos poza.

Ceața învăluie cerul violet cu nuanțe portocalii, iar soarele e pe cale să apună în spatele șirului de case de vizavi. Briza serii pătrunde prin fereastra deschisă, aducând mirosul ierbii tăiate și al focului în aer liber. Închid ochii și inspir adânc mirosul verii. „Sunt aici, sunt aici în sfârșit." Dacă stau să mă gândesc, a fost mai ușor decât aș fi crezut. Am reușit să fac parte din viața ei în doar șase săptămâni.

Cineva bate ușor în ușa pe jumătate deschisă. Deschid brusc ochii și văd un picior lung în blugi și o mânecă de in. Mă ridic entuziasmată din pat, făcând salteaua să protesteze.

– Bună, îmi zice Ben cu un aer timid. Pot intra?

Ridic din umeri.

– Dacă vrei.

– Scuze că nu te-am sunat, dar e greu cu Bea. Știi, are niște reguli.

– E-n regulă, poate nici n-a fost o idee bună oricum, îi zic pe un ton nonșalant.

Aud vag discuții, râsul gălăgios al lui Pam și clinchetul tacâmurilor, ceea ce înseamnă că fetele sunt tot în bucătărie. Închid ușa cu piciorul, separând camera de holul cufundat în beznă.

Mă întorc cu fața la el și îi observ expresia abătută.

– Ce păcat, oftează. Pentru că mă tot gândesc la tine de la petrecere.

– Serios?

Mă irită faptul că nu-mi pot ascunde încântarea.

Ben mă ia de mână. Suntem la câțiva centimetri unul de altul, ochii lui sunt întunecați și profunzi în penumbră, inima îmi bubuie în piept și tremur de emoție. Nu știu cine face prima mișcare, dar deodată ne sărutăm, el e cu mâna în părul meu, iar eu îi mângâi pielea caldă și catifelată de sub cămașă. N-am mai simțit atâta dorință de la Callum. Îmi lipesc corpul de al lui ca să fim cât mai aproape posibil, în ciuda hainelor de pe noi. Erecția i se înfige în abdomenul meu, dinții lui îmi ciugulesc buzele. Nu știu cât timp ne sărutăm, dar îmi dau seama că e mai întuneric în cameră. Dintr-odată Ben se oprește și mă îndepărtează cu blândețe, aproape făcându-mă să mă împiedic de o cutie.

– Îmi pare rău, murmură trecându-și mâinile prin păr. Nu știu ce m-a apucat.

Mă încrunt nedumerită.

– Ben, e-n regulă. Am vrut să mă săruți. Mă bucur că ai făcut-o.

Se duce în dreptul ferestrei, iar fața îi e ca hârtia de pergament în lumina lunii ce se profilează prin draperiile trase. Ceva îl tulbură cu siguranță.

– Beatrice mi-a interzis să am o relație cu tine, îmi spune în cele din urmă.

– Poftim? De ce?

Sunt șocată. De ce ar face Beatrice una ca asta? Nu-s destul de potrivită pentru fratele ei geamăn? Sunt furioasă pe ea pentru prima dată.

– Din cauza surorii tale gemene. Mi-a zis că a murit. Abi, îmi pare tare rău.

Înghit nodul din gât.

– Mersi. Gândindu-mă că toată povestea n-are nici un sens, mă duc lângă el la fereastră. Dar de ce ți-ar spune să nu te vezi cu mine din cauza asta?

Se întoarce să mă privească.

– Crede că ești vulnerabilă după tot ce ai pătimit.

Mă încrunt, oscilând între măgulire că lui Beatrice îi pasă suficient cât să se îngrijoreze și furie că își bagă nasul în ceva ce nu o privește.

– Nu știe ce mi s-a întâmplat.

– Normal că nu, răspunde el prea repede. Dar știe că ai trecut printr-un calvar. Spune-i intuiție feminină, nu știu.

– Sunt îndeajuns de matură ca să iau singură decizii, îi zic răstit.

– Asta i-am spus, îmi șoptește.

Mă apucă de talie și mă trage la pieptul lui. Când își pleacă fruntea, închid ochii, așteptând, dorind, simțind nevoia să fiu aproape de el.

Suntem pe punctul de a ne săruta din nou când scârțâitul ușii ne face să sărim în lături. Sunt sigură că nu-mi pot masca vinovăția față de Beatrice, a cărei siluetă neclară s-a oprit în prag.

– Mă gândeam că vă găsesc aici. De ce e așa beznă? întreabă aprinzând lumina din plafon.

Agresiunea la adresa ochilor mei mă face să clipesc des, încercând să alung petele negre care mi-au inundat câmpul vizual.

– Despachetez, și Ben mă ajută.

Îi arăt cutiile din spatele mele și pe cea aproape goală de lângă pat. Știu că nu par foarte convingătoare.

– O să-ți dau o mână de ajutor, se oferă ea. Ben, fii drăguț și adu-ne niște vin.

Ben o zbughește docil din cameră, aruncându-mi un zâmbet plin de regrete. Observând că-i atârnă cămașa din blugi, nu-mi pot înăbuși un surâs larg..

Mă aștept ca ea să mă interogheze în legătură cu Ben, să-mi spună că știe că e ceva între noi, dar nu o face. În schimb, se duce spre cutia dreptunghiulară pe care a cărat-o mai devreme, cea cu scrisorile de la Lucy, așezată acum peste două cutii mai mari. Îmi țin respirația când o ridică, dorindu-mi să o lase în pace. „Nu știi cât de prețioasă e?" vreau să strig. Dar e ca o coțofană cu o bijuterie strălucitoare. Se răsucește spre mine ținând cutia ca pe o ofrandă, ca pe un miel gata de sacrificare.

– Asta a fost deteriorată, îmi spune pe un ton nevinovat.

Constat că a fost strivită și că banda adezivă maro care ținea capacul s-a dezlipit, așa că partea de sus e căscată și se văd niște plicuri colorate dedesubt. Încruntată, i-o iau din mână.

– Mă duc să văd unde s-a dus Ben cu vinul, îmi spune, apoi trece pe lângă mine cu o expresie indescifrabilă în privire.

Mă las pe salteaua pleoștită cu cutia în poală. O deschid, scot teancuri de plicuri pastel legate cu un elastic și trec agale prin ele. Cuprinsă de groază, le parcurg din nou, știind că trebuie să fie douăzeci și șapte, dar, deși le frunzăresc de cinci ori, de fiecare dată mai panicată, mai disperată, nu-mi ies decât douăzeci și șase. Lipsește o scrisoare. Inima îmi bate nebunește în piept și simt că-mi vine să vărs. Una dintre scrisorile mele prețioase e de negăsit, singurul lucru tangibil pe care-l mai am de la sora mea, singura cale prin care-i mai aud vocea. Lipsește, și știu că doar Beatrice putea s-o ia.

Lasagna de la cină îmi bolborosește neplăcut în burtă. De ce mi-ar face una ca asta?

Îmi amintesc cum s-a purtat Beatrice în grădină la petrecerea lui Monty, cât de calmă și nonșalantă era când m-a văzut cu Ben, cum ne-a privit lung în seara asta la cină, și deodată, plină de durere, îi înțeleg motivația.

Beatrice bănuiește că-mi place de Ben și așa vrea să mă pedepsească.

Mă aplec, încercând să inspir adânc, deoarece mă strânge pieptul și mintea mi-e încețoșată. N-o aud pe Beatrice decât atunci când stă deasupra mea cu câte un pahar cu vin roșu în fiecare mână.

– Te simți bine? mă întreabă și îmi dă un pahar, pe care îl iau și-l pun pe comoda de lângă mine. Are ceva sub braț, o hârtie colorată. Observând încotro îmi stăruie privirea, explică: Cred că îți aparține, are numele tău pe plic. Am găsit-o pe scări. Probabil a căzut din cutie când am cărat-o mai devreme.

Îmi zâmbește senin și scoate scrisoarea lui Lucy de la subsuoară, iar eu o iau cu o mână tremurândă, nedumerirea întunecându-mi gândurile. Cum de n-am văzut plicul roz pe dalele crem? Am tot urcat și coborât pe scările alea de suficiente ori de când a dus cutia.

– Haide, îmi spune veselă, părând să nu-mi bage de seamă durerea. Să despachetăm câteva cutii. Mi-e teamă că Ben n-o să poată să ne ajute. A venit Monty, și au plecat să bea ceva.

De ce oare nu mă miră?

Pun scrisoarea lui Lucy alături de celelalte și, când Beatrice e cu spatele, absorbită să umble prin hainele mele, mă întind și așez cutia sus pe șifonier, departe de privirea ei curioasă.

8

Beatrice urăște minciunile și detestă haosul și suferința pe care acestea le provoacă inevitabil. Își amintește foarte bine impactul, devastarea care urmează când adevărul e scos în cele din urmă la iveală. Are încă totul clar în minte. Și acum ies la suprafață sentimentele familiare de trădare. De ce se tot gândește la *el*?

Se întoarce pe spate și împinge cuvertura de pe ea. Camera are un iz de mucegai, deși fereastra e întredeschisă. Picioarele îi lucesc de la transpirație, iar cămașa de noapte i se lipește de corp ca un al doilea strat de piele. Se rostogolește pe o parte și vede o rază de lumină pe sub ușa închisă de la dormitor. Cine o fi treaz așa târziu? Oare Abi are probleme cu somnul în noua casă? Sau Ben nu se poate destinde când știe că obiectul afecțiunii lui se află pe același culoar? Oftând, se ridică în capul oaselor, aprinde veioza și se întinde după telefon să vadă cât e ceasul. E trecut de unu. N-are rost, cum să doarmă când știe că doar un perete o desparte de Abi și e la un singur palier distanță de fratele ei geamăn?

E doar o chestiune de timp până când vor avea o relație. Vede atracția dintre ei, de parcă ar avea un câmp gravitațional al lor. Era evident încă de la petrecerea lui

Monty. Chiar credeau că e oarbă și n-a văzut cum se uitau unul la celălalt în grădină în seara aceea? Nici măcar nu se gândise s-o cheme pe Abi la petrecere, dar îi lăsase multe mesaje pe mobil în care îi propunea să se vadă înainte să se mute. Beatrice începuse să se streseze și în cele din urmă a invitat-o mai mult ca s-o liniștească.

Se gândește că nici măcar regulile ei stupide n-o să aibă nici un efect asupra lor. N-o să-i mai poată ține despărțiți multă vreme, ar fi naivă să creadă altceva. Doar dacă...

Se dă jos din pat, se duce la măsuța de toaletă și atinge ușor bijuteriile aranjate printre cremele de față și farduri. Se calmează ca de obicei la gândul că are o nouă afacere în plină dezvoltare. În sfârșit a găsit ceva la care se pricepe, ceva care s-o ajute să estompeze toată suferința din trecut. „O, Abi", se gândește pe când atinge brățara de argint cu margarete încrustate cu safire, creația cu care se mândrește cel mai mult, „avem mai multe în comun decât îți poți imagina."

Deschide un sertar al măsuței de toaletă și scoate o pagină ruptă dintr-un ziar, mototolită, care a început deja să se îngălbenească. O pune în poală, o netezește într-o încercare inutilă de a îndrepta cutele acolo unde a fost împăturită în repetate rânduri și citește articolul a suta oară.

Geamănă identică găsită nevinovată de uciderea surorii ei într-un accident

O femeie care și-a ucis sora geamănă identică într-un accident pe autostrada A31, în zona localității Guildford din Surrey, a fost găsită nevinovată de omucidere prin conducere imprudentă.

Ieri, la Tribunalul Coroanei din Southwark, juriul format din șapte femei și cinci bărbați a intrat la deliberări și în nici o oră a ajuns la concluzia că Abigail Cavendish, 28 de ani, din sudul Londrei, este nevinovată.

Doamna Cavendish, Lucy, sora ei geamănă, care stătea în față, și alți trei pasageri se întorceau acasă de la o petrecere de Halloween în 31 octombrie anul trecut, când autoturismul Audi A3 a derapat pe șosea pe o ploaie torențială și s-a răsturnat într-un șanț. Acuzata a fost testată cu aparatul etilotest la fața locului și s-a constatat că nu a depășit limita legală de alcool.

Acuzarea susținuse că doamna Cavendish conducea cu viteză mare în condiții de ploaie și nu s-a concentrat asupra drumului foarte periculos. Potrivit declarației lui Luke Munroe, unul dintre pasageri, iubitul decedatei, o ceartă în desfășurare i-a umbrit judecata doamnei Cavendish în acea noapte, ceea ce a făcut-o să conducă imprudent.

Avocata emerită Ruth Millstow a declarat Curții că moartea lui Lucy Cavendish a survenit în urma unui accident tragic cauzat de condiții meteorologice improprii.

Beatrice se uită la imaginea care însoțește articolul, la fețele zâmbitoare ale gemenelor fericite, identice ca două picături de apă. N-ar fi reușit să le deosebească dacă le-ar fi văzut împreună. Poza pare să fie făcută în vacanță, se vede un palmier pe fundal, gemenele sunt bronzate și blonde și se observă bretelele subțiri de la o bluză sau de la o rochie în cadrul care le cuprinde capetele și umerii.

Beatrice era în metrou, se ducea la o prietenă în Islington când a văzut știrea în ziarul gratuit pe care cineva îl lăsase pe scaunul de alături. Îl răsfoise fără chef, abia acordând atenție articolelor deprimante despre tineri înjunghiați sau bunici jefuite în miezul zilei, până când poza îi captase interesul. Surorile blonde, zvelte, cu fețele rotunde și cu obrajii plini puteau fi înrudite cu ea, atât de asemănătoare erau. Și când a văzut titlul, a simțit un val de empatie. Erau gemene, ca ea și Ben. Apoi a exclamat cu voce tare când a văzut numele lui Luke. Stomacul i s-a făcut ghem. Oare avea să scape vreodată de trecut? Luke fusese iubitul surorii decedate. Clar alesese pe cineva care să semene cu ea. Oare universul încerca să-i spună ceva?

A pus ziarul în geantă, a venit acasă și a decupat articolul, știind că-i va fi de folos într-o zi.

Se uită în oglindă: părul blond e un pic lucios de la transpirație, iar obrajii îi sunt prea trandafirii în lumina slabă a lămpii. Nu contează cum se simte în legătură cu ce se întâmplă sub nasul ei, cum încearcă cei doi să se ascundă și cum își bat joc de ea pe la spate. E de datoria ei s-o ajute pe Abi, trebuie să-și amintească asta, chiar dacă Ben pare dispus să uite.

„Abi, nu ești singura care nu se poate ierta."

Beatrice împăturește cu grijă foaia și o pune la loc în sertar. În timp ce se vâră la loc în pat, își spune că trebuie să intervină. Înainte să fie prea târziu.

9

Îmi ia câteva secunde să-mi dau seama că sunt la Beatrice acasă când deschid ochii a doua zi dimineața. Sunetul metalic al radioului plutește până sus de undeva din măruntaiele casei, iar razele soarelui pătrund prin perdelele bleumarin străvezii ale lui Jodie, formând reflexii dreptunghiulare pe tavan. Ridic privirea spre modelele schimbătoare, nesigură ce să fac, cum să mă port acum că sunt în sfârșit aici. A trecut atâta timp de când am locuit cu oameni de vârsta mea, că tracul mă paralizează.

Mă crispez jenată când îmi amintesc de noaptea trecută și de reacția deplasată pe care am avut-o în legătură cu scrisoarea de la Lucy. Fusesem atât de convinsă că o luase Beatrice ca să mă pedepsească pentru sentimentul din ce în ce mai profund pe care-l nutresc pentru Ben, de care sunt sigur că e conștientă, că abia am putut să mă concentrez pe ce spunea când m-a ajutat să împachetez pe urmă. Dacă mi-a observat comportamentul bizar, s-a prefăcut de minune în timp ce sorbea din vinul roșu. A fost dezamăgită de starea garderobei mele și mi-a zis că trebuie să mergem la cumpărături să luăm alte haine.

– Abi, ai doar blugi rupți, pulovere cu găuri și tricouri lăbărțate.

Când, într-un târziu, m-a lăsat să mă culc, aruncându-mi o expresie îngrijorată înainte de a închide ușa, m-am prăbușit în mijlocul dormitorului și mi-am luat genunchii în brațe, înconjurată de o fortăreață formată din cutii goale de carton. Mi se aduna transpirația deasupra sprâncenelor și buzei superioare, iar inima îmi bătea atât de tare, încât am crezut c-o să mor. În cele din urmă am fost atât de îngrozită, că am format numărul lui Janice, deși era trecut de miezul nopții.

M-a calmat asigurându-mă că era doar un alt atac de panică și mi-a amintit toate mecanismele de adaptare pe care le învățasem.

– Să crezi că Beatrice ar fura scrisoarea lui Lucy e felul tău de a te pedepsi pentru că ești fericită, mi-a explicat în felul ei calm și logic, vocea ei liniștitoare topindu-mi nervii încordați ca o cremă antiseptică aplicată pe o julitură. Și te simți vinovată că ești fericită. Abi, asta se numește vina supraviețuitorului. Am mai discutat, îți amintești? E un simptom al tulburării de stres posttraumatic. Nu lăsa aceste gânduri distructive să-ți distrugă prieteniile.

Acum știu, în lumina rece a dimineții, că Beatrice nu e crudă, că nu ar încerca să-mi facă rău intenționat. Cu siguranță știe cât de importante sunt scrisorile acelea pentru mine. Am o legătură cu Beatrice, a fost minunată, mi-a permis să fac parte din viața sa. E ca și cum ar fi știut de la prima noastră întâlnire câtă nevoie aveam de prietenia ei. Trebuie să am încredere în ea. Asta a fost sfatul lui Janice de noaptea trecută. Trebuie să accept să mă apropii de oameni și să-i las să mă cunoască.

Telefonul îmi bâzâie pe noptieră și mă întind pe burtă ca să-l iau. Sunt încântată când văd un mesaj de la Nia care mă întreabă ce mai fac și simt o înțepătură în inimă că nu i-am spus unde m-am mutat, știind că va fi sceptică și-și va face griji pentru mine. Mă ridic în capul oaselor sprijinindu-mi ceafa de tăblia incomodă din fier și, bine învelită cu plapuma, îi răspund cu conștiinciozitate zicându-i că sunt bine și că să o sun în câteva zile. Amân inevitabilul.

Mă îmbrac cu halatul gri din velur și mă duc repede spre baia mare din hol, ușurată că nu am dat nas în nas cu Beatrice sau cu fratele ei înainte să mă spăl pe dinți și pe figură. Mă opresc desculță în fața oglinzii, pe gresia albă rece, și-mi privesc reflexia cu ochii încețoșați în timp ce-mi șterg rimelul rămas din ajun, analizându-mi chipul tras ca de obicei, chipul *ei*. Îmi pieptăn părul blond și observ cărarea lățită și scalpul roz de dedesubt, un efect secundar al stresului și medicamentelor pe care le iau în fiecare zi.

Dezamăgirea îmi crește cu fiecare treaptă când nu dau nici de Beatrice, nici de fratele ei. În afară de vocea lacrimogenă a Lanei del Rey, tot mai sonoră pe măsură ce cobor, casa e liniștită. Pare că muzica vine din bucătărie, și sper ca Beatrice sau Ben să mă aștepte acolo.

Când ajung în hol și trec de camera de primire în care era sculptura cu trei capete a lui Jodie, o pată de culoare mă face să mă opresc și să mă întorc. Bag capul pe ușă și descopăr surprinsă că pereții au fost zugrăviți într-un verde-gălbui care contrastează perfect cu tavanul și ornamentele de un alb strălucitor. În locul sculpturii lui Jodie, care domina camera, se află o canapea mare din piele și un birou. Fără să stau pe gânduri, împing ușa și mai mult. E o cameră minunată, cu uși care duc spre grădina întinsă din spate, cu gazonul tuns impecabil. Mă duc la biroul amplasat lângă perete. Câteva bijuterii de-ale lui Beatrice sunt dispuse ca în vitrina unui magazin, și îmi atrage privirea un cercel galben în formă de margaretă pe care îl iau, amintindu-mi că-l purta când ne-am cunoscut. Îl țin în palmă și mă minunez de cum a creat floarea aceea atât de complexă, atât de delicată. Îl înconjur cu degetele, lăsând amintirea primei dăți când am văzut-o să persiste ca versurile de neuitat ale unui cântec de dragoste, și încerc să rezist dorinței subite, *nevoii* subite de a-l pune în buzunarul halatului. Ating lănțișorul pe care nu mi-l dau jos niciodată, deoarece îmi reamintește că am deja o parte din Beatrice cu mine, și pun cercelul galben la locul lui, pe birou. Apoi observ brățara. E fascinantă, încrustată cu safire, dar lipsesc câteva pietre, de parcă nu a terminat-o încă. Pe când ies din cameră, mă gândesc cât de norocoasă e Beatrice să aibă toate astea: casa, banii, talentul și, ce e mai important, un frate geamăn.

Muzica e și mai tare – Lana del Rey a fost înlocuită de Arctic Monkeys. Cobor scara în spirală spre bucătărie, iar când ajung jos, tresar surprinsă. Mă așteptasem, sperasem ca unul din ei să fie acolo. Dar singura persoană din încăpere e o femeie scundă și plinuță, cu părul blond încărunțit tuns bob, pe care nu o recunosc. Nu mă observă; stă aplecată deasupra mesei și frământă un aluat cu atâta vigoare, încât sânii ei mari și grei, prinși într-un șorț cu motiv floral, aproape că ating blatul de lemn.

Mă uit rapid la ceasul din bucătărie, care arată zece și câteva minute. Îmi dreg glasul ca să-mi anunț prezența, și femeia ridică privirea. Are ochii mici și negri, două mure pe fața cărnoasă și rotundă, de culoarea aluatului pe care-l frământă energic.

Se întoarce pe gleznele ei groase ca să dea mai încet radioul Roberts de pe blatul din spate și mă măsoară cu privirea, judecându-mi ținuta sumară.

– Pff, alta, spune cu un accent pronunțat ce pare est-european, deși nu pot fi sigură. Sunteți ca niște cățel vagabonzi, îmi zice, nu fără o anume blândețe. Cățel vagabonzi drăgălași. Fetelor, voi veniți și stați puțin, apoi plecați fără urmă...

Scutură din cap de parcă ar încerca să-și șteargă amintirea acelor „fete".

Vreau să-i spun că n-am de gând să plec nicăieri. Vreau s-o întreb cine naiba e și de ce face pâine în bucătăria lui Beatrice. (În mintea mea casa e a lui Beatrice, deși știu că-i aparține și lui Ben.)

– Sunt Abi, îi zic.

Pășesc spre ea pe gresia lipicioasă, trăgându-mi halatul în jurul meu și încercând să nu tremur de frig. Fereastra mare e deschisă. Deși afară s-a încălzit, în bucătărie e frig, deoarece se află la subsol, unde nu intră deloc razele soarelui.

Îmi zâmbește enigmatic, dar nu se prezintă. Vreau să strig la ea și s-o întreb cine e și ce face aici.

– Unde sunt ceilalți? o întreb în schimb.

– A, ceilalți, face în timp ce-și înfige coatele cu putere în aluat. Joacă tenis afară.

Mă simt puțin prost că s-au dus să joace tenis fără să mă invite.

Se duce la cuptor, se pune în genunchi în fața lui și așază tava cu grijă pe unul din cele patru grătare.

– Să-ți fac o cafea?

Se ridică și se șterge pe șorț. Eu încuviințez recunoscătoare și mă așez cu fața la ușa bucătăriei, ca să fiu sigură că-i văd imediat ce se întorc de la tenis. O ascult vorbind peste un cântec mai ritmat de la radio, pe când încearcă să dea de capăt mașinii de cafea. Îmi spune că o cheamă Eva, e din Polonia și face menajul pentru Beatrice și Ben de șase ani, de când s-au mutat la Bath.

– Sărmanii de ei, zice cu un aer secretos întinzându-mi ceașca de cafea cu mâinile ei surprinzător de delicate pentru o femeie așa de corpolentă. Tare le lipsea o mamă când i-am cunoscut. Știi, le-au murit părinții cu multă vreme în urmă.

Iau o gură de cafea, satisfăcută la gândul că în sfârșit voi afla mai multe despre ei.

Eva se așază lângă mine și începe să-mi povestească despre prima ei zi de muncă aici. Deși are un accent puternic și uneori nu înțeleg exact ce-mi spune, îmi dau seama după entuziasmul din glasul ei că-i place să bârfească, și cred că asta ar putea să funcționeze în avantajul meu.

– Stau în zonă, așa că nu trebuie să fiu tot timpul aici, îmi explică. Dar încerc să trec în fiecare zi și să le fac niște mâncare pe care s-o încălzească mai târziu sau pe care s-o pună la congelator.

Așadar, lasagna delicioasă de la cina de ieri-seară a fost una dintre creațiile Evei.

– Le mai fac și curat, continuă peste câteva momente. Mai cu seamă lui Ben îi place să fie toate la locul lor. Au și un grădinar. Au nevoie de cineva să aibă grijă de ei.

„Au treizeci și doi de ani", vreau să-i strig. „Nu mai sunt copii." Dar tac, pentru că nu vreau să-i întrerup debitul verbal. Se oprește să mă cântărească din priviri; îmi dau seama că se întreabă dacă poate avea încredere în mine. În mod clar răspunsul e afirmativ, pentru că reia:

– Când Beatrice s-a mutat la Bath, părea foarte fragilă, tot izbucnea în plâns, îmi spunea că nu știe ce să facă – n-am aflat niciodată în legătură cu ce. Nu mi-a dezvăluit ce s-a întâmplat înainte să se mute aici, dar am avut impresia că fugea de ceva sau de cineva. Casa era – cum se spune? – ca o maghernită. Când dau din cap încurajator, Eva continuă: S-a apucat s-o renoveze. I-a luat un an să termine lucrările, cred că a costat-o o avere. Apoi s-a mutat și Ben și a părut mai fericită, se simțea mai stăpână pe ea.

Sunt tare curioasă să aflu de cine sau de ce a fugit Beatrice. Mi se pare deconcertant că are un trecut despre care nu știu nimic. Vreau să știu totul despre ea, altfel suntem ca două străine. Sorb din cafea și îi savurez gustul amar.

– Cum au murit părinții lor?

– Cred că într-un accident de mașină. „Altă coincidență, alt lucru pe care-l avem în comun", mă gândesc. Gemenii erau bebeluși, să fi avut un an-doi, nu mai știu exact. Se încruntă. Au fost crescuți de bunici, care, din câte înțeleg, erau foarte bogați. Când au murit, banii au fost puși într-un cont pentru când gemenii urmau să împlinească douăzeci și cinci de ani.

Deci de acolo au bani. De asta își permit o asemenea vilă și tot de asta n-au nevoie să-mi ceară bani de chirie.

Mă gândesc la casa cu patru camere, lipită de cea vecină, dintr-un mic complex locativ din Farnham, Surrey, acolo unde am crescut cu Lucy. Nu era rea, părinții noștri o țineau curată, aranjată și confortabilă, iar nouă ne era bine așa, era căminul nostru, însă nu se putea compara cu o vilă ca asta. Mi-i imaginez pe Beatrice și Ben copii, gemenii orfani, alergând prin camerele mari și aerisite din conacul imens al bunicilor, cu grădini întinse și o alee lungă, pe un teren complet diferit față de locul unde ne-am petrecut noi copilăria.

Eva soarbe zgomotos din cafea.

– Acum au rămas doar ei de când le-au murit bunicii.

– Măcar se au unul pe altul, îi zic, gândindu-mă la Lucy.

Încuviințează din cap, lingând spuma de pe buza superioară cu vârful limbii.

– Desigur, însă sunt foarte grijulii unul cu celălalt. Se uită la mine peste marginea cănii. N-o să lase nimic și pe nimeni să intervină între ei.

Cuvintele ei sună amenințător.

Zgomotul pașilor pe podeaua de piatră și vocile joviale sonore o fac să tacă. Inima îmi bate mai tare când o văd pe Beatrice coborând în fugă pe scară cu racheta de tenis în mână, urmată îndeaproape de Cass, Pam și Ben. E roșie în obraji, iar fusta albă de tenis îi acoperă partea de sus a coapselor bronzate. Încerc s-o privesc direct în ochi, dar nu se uită înspre mine.

– Eva, pâinea miroase delicios, spune ea, de parcă nici n-aș fi aici. Ben, am jucat bine, nu?

Întinde mâna și îi trage șapca în jos ca să-i acopere ochii, iar el se opune în joacă. Îl privesc stăruitor, dorindu-mi să mă bage în seamă, și mă simt ușurată când se uită la mine și-mi zâmbește strâmb ca de obicei. Poartă pantaloni scurți kaki care-i ajung la genunchi, dezvăluindu-i, spre plăcuta mea surprindere, gambele musculoase.

– 'Neața, Abi.

Se îndepărtează de sora lui și mă face fericită așezându-se pe scaunul de lângă mine. Soarele îi scoate în evidență pistruii de pe nas, și pare în formă maximă în tricoul alb Fred Perry. Mă abțin cu greu să-l ating. O roagă pe Eva să-i facă o cafea, iar menajera, după îl ceartă în glumă că nu e sclava lui, se ridică și se duce la aparatul de cafea. Îmi dau seama după cum se luminează la față când glumește cu el, deși accentul i se îngroașă și abia o înțeleg, că ar face orice pentru Ben.

Acum că suntem cu toții aici, bucătăria pare mai mică, de-a dreptul claustrofobică. Noroc cu briza ușoară ce intră pe fereastra deschisă. Pam stă lângă aragaz, minunându-se de pâinea care miroase atât de ademenitor, iar Cass ni se alătură la masă. Beatrice zace într-un fotoliu vechi din catifea în colț, cu picioarele atârnate peste braț, și vorbește despre meciul de tenis la care aș fi dorit să fi participat și eu. Mă simt expusă, sunt încă în pijama când ceilalți sunt treji de ore întregi. Deși Beatrice e binedispusă ca de obicei, descriind în amănunt partida pe care a câștigat-o cu Ben și cearta cu o adolescentă din casa de vizavi care voia să folosească terenurile, evită să se uite în direcția mea, nu mă bagă în seamă deloc. Am senzația că am supărat-o cumva și acum se poartă cu răceală. Simt fiori reci pe șira spinării și tremur involuntar; străduindu-mă să-mi înăbuș suferința, mă uit la Ben.

– Ești bine? mă întreabă, aplecându-se să-mi cerceteze chipul.

Cass s-a așezat în stânga mea, dar se uită în gol ca într-o stare de prostrație. Am auzit-o vorbind doar cu Beatrice.

– Sunt bine.

Îi zâmbesc timid și mă joc cu ceașca goală de cafea, iar stomacul îmi chiorăie de foame.

Beatrice vorbește acum cu Cass, care se duce lângă ea pe fotoliu. Cum e prea mic pentru amândouă, Cass stă practic în poala lui Beatrice, cu picioarele încrucișate. Dezgustată, mă forțez să mă uit în altă parte. Ben îmi atinge genunchii cu ai lui pe sub masă, trezindu-mi fiori de plăcere, așa că uit imediat de restul lumii.

– Hei, răsună vocea limpede a lui Beatrice.

Ne întoarcem cu toții spre ea și Cass, care sunt îngrămădite pe fotoliu. Ambele poartă aceiași adidași, Dunlop Green Flash. Mereu mi-am dorit și eu o pereche.

– Ne strângem în seara asta? Să cinstim mutarea lui Abi? Se răsucește spre mine în cele din urmă. Abi, ce părere ai? Te-ar deranja?

Îmi aruncă o privire nerăbdătoare. Orice animozitate pe care mi se păruse c-o percep mai devreme a dispărut din ochii ei superbi de culoarea mierii, fiind înlocuită de un optimism radios.

Când murmur că e în regulă, ea scoate o exclamație de bucurie și sare din fotoliu.

– Super, o să fie distractiv!

Vine în spatele meu și mă ia cu brațele pe după gât. Ni se ating capetele, iar părul ei blond îmi mângâie obrazul. Are un miros dulce și sărat deopotrivă, și nu pot să nu mă molipsesc de entuziasmul ei. De acum o cunosc destul de bine ca să știu că va profita de orice pretext ca să dea o petrecere. Afabilitatea ei mă face să mă simt ușurată și să înțeleg, cu toată rușinea, că aș face orice ca să nu mai fiu lăsată deoparte.

10

Abia ce-am terminat micul-dejun, adică un ou poşat pe pâine prăjită pregătit rapid de Eva, care a zis că trebuie să mai pun carne pe mine, că Beatrice mă trage cu forța la etaj, în dormitorul ei.

– Draga mea, sper să nu te jignesc, dar ai nevoie disperată de haine noi, îmi spune pe când mă țin ca o umbră după ea pe scara în spirală. Dar poți să împrumuți de la mine până apucăm să mergem la cumpărături.

Mă invită să intru şi mă conformez, amintindu-mi cu nostalgie de ziua porților deschise, de câtă plăcere mi-a făcut să-i dau o mână de ajutor şi cât de generoasă a fost să-mi dăruiască lănțişorul.

– Iată, îmi spune deschizând larg uşile dulapului imens de culoarea fildeşului, plin cu fuste colorate, rochii de mătase şi bluze drăguțe, dintre care unele sunt încă în celofan.

Are mai multe decât Lucy, Nia şi cu mine la un loc.

Stau lângă măsuța ei de toaletă şi mă joc cu lanțul de la gât în timp ce Beatrice trece în revistă rochie după rochie.

– Asta o să arate super pe tine, şi asta... ooo, clar asta, exclamă pe când scoate rochii, fuste şi bluze de pe umeraşe şi le aruncă pe pat. Uită-te prin grămăjoara asta, cred că avem aceeaşi măsură. Deşi... Se întoarce şi mă măsoară din cap până în picioare, strâmbând din nasul ei drăguţ şi ridicat, ceea ce am văzut că face des, apoi conchide: Eşti un pic mai slabă decât mine.

– Nu am fost, zic în şoaptă.

Mă duc înspre pat şi iau o rochie verde cu alb cu mâneci scurte, lăsând mătasea moale să mi se scurgă printre degete.

Beatrice mă atinge uşor pe umăr.

– Abi, îmi pare rău, n-am vrut să te supăr. Văzând rochia din mâinile mele, exclamă: Ţi-ar veni perfect! E de la Alice Temperley, nu e superbă? Şi asta..., spune luând o rochie bleumarin cu pliuri crem. Asta ţi-ar fi ca turnată.

– O, Beatrice, nu ştiu dacă aş putea să le iau cu împrumut. Rochiile sunt minunate.

Şi scumpe.

– Nu fi prostuţă, insist. Beatrice caută prin dulap, apoi îmi aduce o fustă în stilul anilor '50 şi o bluză albă. Uite, probează-le şi pe astea. La ce caniculă a dat peste noi, oricum e prea cald pentru blugi.

Ca să-şi puncteze spusele, îşi dă jos fustiţa de tenis şi tricoul, iar acum stă într-un sutien alb drăguţ şi chiloţi. E minionă şi tonifiată, iar pe umeri şi piept are pistrui deschişi la culoare. Încercând să-mi feresc privirea, dau de oja roz-perlat, sărită pe alocuri, cu care m-am dat pe unghiile de la picioare în urmă cu câteva luni. Îmi ard obrajii. Când decid că pot mă uit iarăşi la ea, are o rochie subţire din bumbac cu bretele, iar în zona decolteului străluceşte de la transpiraţie. Mi se pare cald şi sufocant în cameră şi vreau să-mi dau jos halatul, să-l las să-mi cadă la picioare, dar n-am încrederea de a mă expune în lenjerie intimă.

– Ce noroc pe Ben să aibă balcon în dormitor, spune ea. Uneori cred că am făcut o greșeală să-i dau camera aia. Și e cu vedere la grădină, pe când asta dă spre stradă. Dar cred că asta e mai mare.

Se uită în jur și strâmbă din nas, de parcă s-ar întreba dacă a făcut într-adevăr cea mai bună alegere. Apoi îmi pune cu grijă în brațe restul hainelor pe care le pot împrumuta, făcându-mă să arăt ca și cum aș purta o fecioară căzută. Însă ținutele astea nu sunt stilul meu. De obicei mă simt mai bine în blugi și tricou decât în rochii de designer. Lucy a fost mereu cea stilată dintre noi două. Când mergeam la cumpărături, ea vâna haine vintage în magazine second-hand pe la mama naibii, iar eu mă duceam glonț la Gap. Mi se pune un nod în gât că nu e aici cu mine să aleagă, să se entuziasmeze la vederea materialelor. Stilul ei era similar cu al lui Beatrice. Știu că sora mea ar fi arătat fantastic în oricare din rochiile astea.

– Îmi amintești de ea atât de mult, mă trezesc spunând.

Beatrice face o pauză. E cu o bluză din bumbac în mână.

– Te referi la Lucy? Când încuviințez din cap, incapabilă să vorbesc, îmi spune: Mi se pare cel mai frumos compliment.

Îmi pică fisa doar când mă întorc la mine în cameră și-mi trag pe cap rochia Alice Temperley. Nu le-am zis niciodată lui Beatrice sau lui Ben cum o chema pe sora mea.

„De unde știi că o chema Lucy?“

Prietenii lui Beatrice trebuie să ajungă la șapte, însă nu e nimeni când intru în salon la cinci și ceva. Ușile de sticlă sunt deschise și soarele intră în cameră, albind podeaua din lemn. Voalul alb brodat al perdelei – „un chilipir, dragă", după Beatrice – plutește în briza blândă, care aduce înăuntru un miros distinct de fum de țigară.

Mă mișc prin cameră, ridic, cercetez și apoi pun la loc un Buddha din lemn, o vază Ming, poza înrămată a unui cuplu tânăr îmbrățișat, probabil părinții lor. În tot acest timp încerc să fac abstracție de tulburarea pe care o simt până în stomac.

„Beatrice mi-a zis cum o cheamă pe sora mea, cu siguranță m-a căutat pe Google."

Evident că știe mult mai multe despre mine decât a lăsat impresia. Probabil și Ben. Deodată mă cuprinde rușinea că acum ei știu că am provocat moartea lui Lucy. Cum mai poate Ben să se uite la mine, darămite să mă sărute? Cum mă poate invita Beatrice să locuiesc în casa asta? Mă uit în ochii cuplului din fotografie. La douăzeci și ceva de ani, sprijiniți de trunchiul unui stejar uriaș, par amândoi la prima dragoste. Femeia poartă blugi evazați și o bluză din etamină și are aceiași ochi de culoarea mierii și același nas cârn ca fiica ei. Bărbatul cu păr ondulat și perciuni se uită iubitor la ea și seamănă leit cu Ben. Au murit și ei ca Lucy, însă diferența e că Beatrice și Ben nu au ce să-și reproșeze.

– Sunt părinții noștri.

Vocea lui Beatrice mă face să tresar. Mă întorc și o văd intrând prin ușile deschise. S-a schimbat iar, și acum poartă o rochie crem vaporoasă până în dreptul gambelor, care îi dă un aer diafan. Sigur a fost pe terasă în tot acest timp. Strâng fotografia între degete paralizată complet, de parcă aș fi fost prinsă cu bijuteriile coroanei.

– Nu-mi băgam nasul, bâigui.

Beatrice scutură din cap.

– Stai liniștită. Îmi ia poza din mâini și atinge cu blândețe sticla cu degetul mare. Miroase a țigări. O chema Daisy[1]. Mereu am crezut că e un nume drăguț. Aș vrea să mi-o pot aduce aminte – mă rog, pe amândoi, dar eram așa de mici când au murit.

Îmi dau seama că motivul margaretei, omniprezent în decorațiunile casei și în bijuteriile pe care le face, reprezintă omagiul adus de Beatrice unei mame pe care nu a cunoscut-o foarte bine. Trag aer adânc în piept. Trebuie să spun ceva ca să liniștesc apele.

– Știi cum a murit sora mea, nu-i așa?

Se încordează și pune încetișor la loc poza pe raftul de deasupra șemineului înainte de a se întoarce să se uite la mine.

– O, Abi! Mă ia de mână și mă duce la o canapea, apoi adaugă: Țin minte că am citit în ziar, atâta tot. M-a impresionat, pentru că și eu sunt geamănă. Nici eu nu-mi băgam nasul.

Sună plauzibil, și îmi amintesc că atunci când ne-am cunoscut am văzut în ochii ei că mă recunoaște când i-am zis cum mă cheamă. Cavendish nu e un nume de familie pe care-l auzi în fiecare zi, e probabil genul de nume care îți rămâne în minte. Nu înseamnă că a început să-mi scotocească prin viață.

– Deci știi că am ucis-o?

Îmi pun mâinile în poala rochiei verde din mătase, incapabilă să mă uit în ochii ei.

– Abi, nu ai ucis-o.

– Eu am provocat accidentul de mașină. Simt un suspin în gâtlej și mă copleșește greața când mă gândesc

---

[1] Joc de cuvinte intraductibil: Daisy înseamnă „margaretă" în limba română.

la noaptea aceea și la tot ce s-a întâmplat ulterior. Conduceam. A fost vina mea.

– A fost un accident. *Un accident.* Vremea era urâtă, era întuneric, i se putea întâmpla oricui. Te rog... trebuie să încetezi.

– Nu cred că pot, îi spun, aproape plângând. Nu cred că o să pot vreodată să nu mă pedepsesc.

– Oare Lucy ar vrea să faci așa? mă întreabă cu asprime și, când ridic privirea, văd o sclipire de furie în ochii ei. Dacă Ben m-ar fi ucis din greșeală, nu aș vrea să se pedepsească pentru tot restul vieții. Mă ia de mână și, strângându-mi-o, reia pe un ton mai blând: Abi, aș vrea să fie fericit. Aș vrea să trăiască.

Îi respect opinia cel mai mult. Până la urmă, ea înțelege, fiind geamănă. Dar nu e la curent cu toată povestea; din fericire, o știm doar noi, cei cinci care eram în mașină în noaptea aceea.

Stau pe canapea când intră Ben cu un pahar cu vin roșu în mână. Beatrice a dispărut în bucătărie cu Cass ca să aducă niște sticle cu vin și pahare. Soarele încă strălucește pe cer, mirosul de iarbă proaspăt tăiată plutește prin ferestrele deschise și, după căldura înăbușitoare de peste zi, se simte o briză binevenită.

Ben se încruntă când mă vede stând singură și nu-i pot descifra expresia, se uită de parcă a văzut o fantomă. Privirea lui se duce spre rochia Alice Temperley pe care o port.

– E a ta? mă întreabă când se așază lângă mine.

Stă atât de aproape, încât genunchiul lui gol îl atinge pe al meu. Trag jenată de fusta verde ca să-mi acopăr coapsele.

– E a lui Beatrice. Nu am deloc haine de vară cu mine, chiar nu mă așteptam la o asemenea caniculă.

Râd ca să risipesc tensiunea din aer, care vine dinspre el și mă nedumerește. De ce i-ar păsa lui Ben ce port?

Se întoarce spre mine cu o insistență care mă miră.

– Sper să nu te superi. Nu mă înțelege greșit, îmi ador sora, dar, Abi, n-o lăsa să te transforme în clona ei.

Mă fac roșie în obraji.

– Ben, doar împrumut niște haine. Nu e mare scofală.

Pare că vrea să spună mai multe; în schimb, ia o gură de vin. Îmi frământ mâinile în poală, temătoare că trebuie să întâlnesc alți oameni pe care nu-i știu. Se pare că atât Beatrice, cât și Ben au un cerc mare de prieteni. Îi invidiez.

Ben îmi ia mâinile între palme ca să le liniștească.

– Abi, o să fie distractiv. Nu-ți face atâtea griji, îmi spune pe un ton consolator, de parcă mi-a citit gândurile.

Deschid gura să răspund, dar nu apuc, pentru că sunt întreruptă de o voce stridentă și impertinentă. În clipa următoare Monty își face apariția în prag, acoperind lumina de pe hol. Măcar e o față cunoscută. Ține în mâinile lui mari o sticlă cu vin roșu pe care o pune pe măsuța de cafea din lemn de nuc.

– Monty!

Ben se ridică, îi dă o palmă amicală pe spinare și-l poftește în salon, unde masivul vizitator se așază cu toată greutatea pe un scaun Ludovic al XIV-lea din setul elegant al lui Beatrice. Ben se așază din nou lângă mine, cu genunchiul lipit de al meu, trimițându-mi fiori prin tot corpul.

– Ben, bătrâne, mersi pentru aseară, îi spune Monty, apoi se întoarce să-mi explice: Am avut nevoie de un sfat legat de computer, și nimeni nu e mai priceput decât Ben la tehnologie.

Ben scutură din cap cu modestie.

– Monty, ție tehnologia pur și simplu îți repugnă.

Se aude soneria de jos, și peste câteva minute Beatrice își face apariția cu câteva pahare într-o mână și cu o sticlă cu vin în cealaltă. Trei bărbați și două femei o urmează în încăpere.

– Abi, ei sunt Grace și Archie.

Lasă paharele și vinul lângă sticla adusă de Monty. Fata e minionă, cu tenul măsliniu și drăguță, iar însoțitorul ei e bondoc, cu părul roșcat și pistrui pe față. Ben se ridică de pe canapea să-l salute pe Archie, apoi el și Monty încing o discuție pe când Grace stă cu un aer jenat pe canapea.

– Iar ei sunt Maria, Edward și Niall.

Maria, care se apropie de cincizeci de ani, are sprâncene groase și negre și un nas roman și e splendidă într-un caftan voluminos. Edward și Niall par de vârsta mea, dar, dacă Edward e scund, timid și șters, nu pot să-mi iau ochii de la Niall. E aproape la fel de înalt ca Ben și are un corp atletic și ferm, însă nu e blond ca Ben, ci are un păr brunet ciufulit care se cârlionțează în jurul urechilor și gulerului sacoului negru din piele. O chitară acustică îi atârnă în bandulieră. Are pielea de culoarea caramelului topit și ochi căprui migdalați. Deși de obicei detest părul facial la bărbați, barba scurtă, neagră îi stă bine. Înfățișarea lui ușor neglijentă îmi amintește de Callum.

Beatrice îl pune pe Niall lângă mine și se așază pe canapeaua din față între Maria și Grace, iar Edward li se alătură bărbaților. Monty pare să-i știe pe toți suficient de bine, deși nu-mi amintesc să-i fi văzut pe nici unii la petrecerea lui de luna trecută.

Fiecare primește câte un pahar cu vin, iar Niall își face rapid un joint. Eu stau tăcută, sorbind din băutură, și mă uit prin cameră. Niall, care e în dreapta mea, abia mi-a zis două cuvinte, și bănuiesc că e deja fumat. Ben încă stă cu Monty, Archie și Edward lângă ușile de sticlă, cu o țigară între degetele lui lungi, iar în fața mea Beatrice pălăvrăgește cu cele două femei. Nu depune nici un efort de a mă introduce în discuție. Sunt singura care o observă pe Cass furișându-se în salon ca un ogar agitat, toată ochi mari și membre lungi, cu privirea fixată asupra lui Beatrice în timp ce mai pune niște pahare de vin pe măsuța de cafea, alături de o sticlă de sauvignon blanc. Mă uit la ea și îi zâmbesc încurajator, dar ea se întoarce cu spatele și se așază pe scaunul în stil Ludovic al XIV-lea lângă Beatrice.

Când Beatrice își dă seama de prezența ei, se întinde peste Grace ca s-o strângă de genunchi înainte de a continua conversația. Gestul are ceva familiar și afectuos. Deschis. Și brusc mă simt abandonată, stând aici lângă Niall, care tace mâlc. Femeile râd de ce zice Beatrice și toate sunt întoarse spre ea, privind-o afectuos. Chiar și Maria, cea mai în vârstă și mai prost îmbrăcată, pare fascinată. Ce-o fi având așa de special? Are vocea limpede, catifelată și aproape hipnotizatoare. Mă uit la Ben, sperând să mă vadă, dar e cu spatele la mine, ceea ce-mi îngăduie să observ cum cămașa cu dungi pe care o poartă îi accentuează umerii lați.

Pe când vocea tunătoare a lui Monty reverberează prin cameră, mirosul dulce de marijuana îmi gâdilă nările. Îl întreb pe Niall dacă pot să trag un fum. „De ce nu?“ mă gândesc în timp ce inhalez profund, rezemată de spătar. N-am mai fumat iarbă de când eram la universitate cu Nia, dar e mai bine decât să nu pot discuta cu Beatrice. Niall pare deodată mult mai interesant, și chicotim amândoi fumând pe canapea. Din când în când o observ pe Beatrice ridicând privirea ca să ne scruteze cu o expresie impasibilă pe față.

Mai târziu, când soarele stă să apună și ceilalți s-au dus fie acasă, fie la culcare, mă trezesc singură cu Beatrice, care închide ușile de sticlă, apoi, mișcându-se repede prin încăpere, aprinde lumânările de pe șemineu.

– Ți-a plăcut de ei? mă întreabă când se trântește pe canapea lângă mine. Sunt foarte de treabă. Când nu-i răspund, se întoarce îngrijorată să mă studieze. Nu te-ai simțit bine? Are legătură cu Lucy? Dacă vrei să vorbim...

– De asta am terapeută, i-o retez, încă afectată de invidia de mai devreme.

Vreau să-i fac rău, s-o resping. Îmi dau seama că nu e corect, dar porumbelul mi-a ieșit deja.

Șocată, face ochii mari, și suferința i se citește pe față. Mă simt imediat vinovată.

– Îmi cer scuze. Sunt doar obosită, n-am vrut să mă iau de tine.

Înainte să-mi dau seama, îi mărturisesc că am o terapeută, că sufăr de sindromul de stres posttraumatic, că am probleme cu paranoia. Totuși, omit detaliile legate de Alice și tot ce s-a întâmplat ulterior.

– Of, Abi! Mulțumesc că mi-ai zis. Și sunt aici dacă vei dori vreodată să stăm de vorbă. Știi, și eu am avut problemele mele – desigur, nu se compară cu ale tale, dar am suferit o cădere psihică. Am fost... Se sprijină cu capul de pernele moi, iar ochii îi par mai mari în lumina lumânării. Reia peste câteva momente: Am fost rănită îngrozitor de o persoană pe care am iubit-o.

Îmi povestește despre primul an la facultate, când l-a întâlnit pe cel cu care credea că va fi tot restul vieții, despre cât de devastată a fost când relația s-a încheiat.

Despre cum nu a putut să facă față din punct de vedere emoțional.

– A trebuit să plec din Exeter, nu puteam trăi în apropierea lui, era prea dureros să-l văd. Așa că am început să călătoresc.

– Ai studiat la universitatea din Exeter?

Se încruntă de parcă ar fi iritată că i-am întrerupt șirul ideilor, povestea de dragoste sfârșită cu inimi frânte.

– Da, de ce? Și tu?

– Nu, un prieten, îi zic, gândindu-mă la Luke.

Desigur că pe atunci nu se vedea cu Lucy, s-au cunoscut câțiva ani mai târziu. Dar îmi amintesc conversațiile despre studenție din serile când stăteam la masa noastră preferată din barul local, luându-ne la întrecere cu poveștile legate de petreceri desfrânate și droguri recreaționale. Luke mereu scotea câte o anecdotă pe care o credea amuzantă despre Exeter, și Lucy îl tachina că orașul ăla a fost prima lui iubire.

Beatrice mă privește cu o expresie serioasă.

– Abi, ce prieten?

– Cineva din trecutul meu. Nu mă mai văd cu el.

Nu-i pot explica acum, e prea dureros să-mi amintesc cum a fost totul. Înainte.

– Ah, acel tip de prieten.

Râde, de parcă ar fi ușurată. Nu sunt în stare s-o corectez. Îmi sprijin capul lângă al ei, cum făceam și cu Lucy. Tăcem o perioadă, apoi ea deschide brusc ochii și-și înalță capul de pe pernă ca să se uite lung la mine. În ochi i se citește entuziasmul.

– Cum ți s-a părut Niall?

Ochii îi strălucesc, e optimistă.

– E foarte arătos.

Îi zâmbesc conspirativ, dar ea se încruntă.

– Este, nu? Se apleacă să-și ia paharul cu vin de pe măsuța de cafea și ia o gură. Cu expresia ascunsă de șuvița de păr care i-a căzut peste față, îmi spune pe un ton nonșalant: M-am gândit că e perfect de când l-am văzut. Pentru tine.

Când sunt sigură că Beatrice e în dormitorul ei și n-o să mai iasă, mă duc la el.

Stă pe o parte în pat, cu genunchii ridicați spre pieptul gol, învelit cu un cearșaf de bumbac cu dungi. Ușile de la balcon sunt întredeschise, și o perdea subțire din voal se mișcă în briza slabă. Razele lunii îi luminează fața, genele lungi îi împrăștie umbre pe obraji, și simt o dorință bruscă de a mă apleca să-l sărut pe nasul pistruiat. Seamănă leit cu sora lui. Ochii i se deschid ușor când își dă seama că e privit.

– Bea?

Vocea îi e grea de somn.

– Sunt eu, Abi, susur.

Clipește ca pentru a-și obișnui ochii cu întunericul.

– Ce se întâmplă?

– Asta vreau să știu.

Mă pun pe vine, astfel încât fața mea să fie la câțiva centimetri de a lui. Îi simt respirația, care miroase a vin roșu și țigări.

Se încruntă.

– Ce vrei să spui?

– Beatrice încearcă să-mi facă lipeala cu Niall, îi spun în ceea ce-aș vrea să fie o șoaptă, dar nu-mi iese, din cauza celor patru pahare cu vin băute mai devreme. Dacă simți ceva pentru mine, trebuie să-i spunem. Nu e corect.

Pe față i se așterne un zâmbet. Se întinde și-mi dă ușor părul din față.

– Bine, să-i spunem.

Apoi dă cuvertura deoparte, arătându-și trupul superb, îmbrăcat doar cu o pereche de boxeri, și picioarele lungi și bronzate, și mă invită să mă întind. Trage cearșaful răcoros peste noi, protejându-ne de lumea de afară, iar eu mă lipesc de el, bucurându-mă de căldura pielii lui, de părul moale de pe piept care-mi dezmiardă obrazul. Cred că nimic rău nu mi se mai poate întâmpla în brațele lui.

Și, pe când gura lui o găsește pe a mea, trage fermoarul rochiei lui Beatrice. Mă descotorosesc de ea și o arunc pe jos, unde rămâne șifonată, uitată.

11

Banca lor preferată e plină de pete mari și albe de găinaț, ceea ce i se pare un semn de rău augur lui Beatrice. Când se întinde să-i atingă brațul, simte sub degete lemnul înfierbântat de soarele care continuă să bată fără milă. Nu poate să oprească lacrimile care-i curg de sub gene. Poate că, dacă ar ceda și-ar plânge, totul s-ar termina și ar putea să-și continue viața, să uite.

Își șterge furioasă lacrimile cu dosul palmei și, cu șlapii în cealaltă mână, se ridică de pe bancă și se duce spre marginea dealului, unde iarba aspră îi înțeapă tălpile goale. Ar putea fi Gulliver care se uită la orașul de dedesubt, propriul ei Liliput. Distinge sumedenia de arcade și cele patru turle ale abației în stânga ei și, un pic mai departe, Royal Crescent. Un câine latră în spatele ei, iar de pe terenul de joacă din apropiere se aud țipetele ascuțite ale copiilor.

Își dă seama că ar trebui să fie fericită pentru fratele ei. *Este* fericită. Abi s-a mutat de două săptămâni, și Beatrice bănuiește, de fapt *știe* că e cu Ben, ceea ce nu face decât să-i aducă aminte că ea e singură. Mereu a fost convinsă că se va mărita până acum, poate c-o să fie deja însărcinată. Dar când l-a cunoscut pe *el*, cursul vieții i s-a schimbat, ca un tren silit să facă un ocol mare spre altă destinație, iar acum e pierdută, nu mai poate să se întoarcă pe calea cea dreaptă spre țelul inițial. La treizeci și doi de ani, nu e căsătorită, nu are un iubit și nici copii. A crezut că o să-i priască dacă se mută la Bath, să înceapă de la zero, dar *el* e aici cu ea, mereu cu ea, în mintea ei, în inima ei. Oriunde se duce, *el* o va urma mereu. Pentru tot restul vieții ei. Au trecut treisprezece ani, își spune. S-a scurs peste un deceniu de când inima ei a fost nu numai frântă, ci zdrobită, așa că de ce nu poate depăși momentul? Ben nu înțelege. El a mai fost îndrăgostit și a suferit, dar a reușit să treacă peste durere și să meargă înainte. „Eu de ce nu pot?"

Ben. Se gândește la ochii căprui ai fratelui ei, la nasul lui cârn. Nu-l poate pierde. În afară de el nu mai are pe nimeni. Se simte mai puțin singură de când și-a deschis casa unor colocatari cu aspirații artistice, simte că face parte dintr-o comunitate, dar nu sunt familia ei, nu sunt rude de sânge. Numai Ben are genele ei, ADN-ul ei.

„Nu te pot pierde, Ben. Am nevoie de tine."

Cineva îi pune o mână pe umăr. Tresare și, întorcându-se, îl vede pe Ben în spatele ei. Îl privește surprinsă, de parcă n-ar fi chiar el, ci un miraj din cauză că a stat prea mult în soare.

– Știam că o să te găsesc aici. Am cumpărat ceva de băut, spune el arătându-i o pungă de plastic cu dungi. Dar se pare că banca noastră a fost folosită pe post de toaletă.

Strâmbă dezgustat din nas și Beatrice râde, bucuroasă să-l aibă alături. Stau tăcuți sub cedrul impunător, la umbra coroanei cu frunze catifelate, și se uită la cuplurile tinere întinse pe prosoape; bărbații sunt la bustul gol, poartă doar pantaloni scurți, fetele au bikini care lasă frâu liber imaginației. Un grup mare de femei ieșite la picnic cu copiii bârfesc sub un stejar învecinat.

– Bea, ești bine? Îi dă o doză de Pimms, pe care Beatrice o ia și o dă pe gât recunoscătoare. Pari un pic melancolică.

Furia i se răspândește prin corp odată cu alcoolul.

– La ce te aștepți când mă minți permanent?

Soarele i-a scos în evidență pistruii de pe față, așa că arată bronzat și sănătos. Își trece o mână prin păr, ceea ce face mereu când e agitat. Beatrice își dă seama că nu e sigur dacă să o mintă în continuare și vrea să-l avertizeze că decizia lui e foarte importantă. Ar putea distruge tot.

– Te referi la Abi, nu?

E ușurată că a hotărât să fie sincer cu ea.

– Vă furișați pe la spatele meu de săptămâni întregi. Însă cel mai mult mă doare că nu mi-ai zis.

Are bunul-simț de a părea rușinat.

– Îmi pare rău, Bea. Nu știam cum să-ți explic. Abi m-a îndemnat să-ți spun. Se simțea jenată. Se gândește mult la tine. Și știu că tu nu ești de acord cu relațiile între colocatari.

Beatrice pune doza pe pământ.

– Ai încălcat regulile, însă nu e numai asta, îi zice fără să-l privească. Smulge o păpădie din apropiere și începe să-i rupă metodic petalele. Îmi pasă de Abi, dar e dată rău peste cap. Se întoarce ca să fie cu fața la el. Știi asta, nu? Ai văzut articolul din ziar despre Lucy. Abi se învinovățește pentru moartea ei. Face terapie și mi-a zis că suferă de iluzii paranoide și de vina supraviețuitorului. E fragilă, poate că nu e cea mai nimerită persoană cu care să începi o relație. Pe deasupra, crede că nu i-am observat cicatricile de la încheieturile mâinilor. Le-am observat, Ben. Tu nu?

El încuviințează ușor din cap.

– Am bănuit, recunoaște.

– N-a zis, dar pun pariu că a fost internată într-un spital de boli mintale. Ai grijă, atât îți spun.

Ben face o pauză, de parcă s-ar gândi dacă să fie sincer.

– Îmi place mult de ea. Nu m-am mai simțit așa...

Nu vrea să audă. Aruncă pe jos păpădia golașă, rămasă fără petale.

– Înțeleg, îl întrerupe. Stau o vreme și se uită la grupul de adolescenți care joacă fotbal, apoi Beatrice reia: Crezi că ar trebui să-i spunem adevărul? Legat de trecut, legat de ce-am făcut?

Stacojiu la față, Ben se holbează neîncrezător la ea.

– Cred că glumești! Am zis că n-o să spunem nimănui niciodată.

Bea restul de Pimms și mototolește doza în pumn.

– Abi e diferită. Ai zis-o tu însuți. Vrei s-o minți?

– Bea, am făcut ceva îngrozitor, spune el pe un ton scăzut. Abi nu m-ar mai privi cu aceiași ochi. Sau pe tine. Ai distruge tot. Asta vrei?

Ea pufnește dezaprobator.

– Nu, desigur că nu.

– Abi n-ar înțelege niciodată, și clar n-ar putea să ne ierte. Cu un hohot de râs fără pic de veselie, Ben adaugă: Viețile noastre ar fi distruse. Ar trebui să ne mutăm din nou. Ne-am clădit o viață aici. Nu poți spune nimănui, insistă întunecându-se la față. Niciodată.

Băutura i se agită lui Beatrice în stomacul gol, dându-i o senzație de greață.

– Știu. Dar mă simt așa de vinovată, Ben. Îl ia de mână pe când stau tăcuți, uitându-se peste acoperișurile caselor din Bath. Îi vine să verse la gândul ăsta, dar e nevoită să-l întrebe. Te culci cu ea?

El îi dă drumul mâinii ca și când ar avea o boală molipsitoare.

– Nu răspund la așa ceva.

O înțeapă lacrimile, așa că e nevoită să clipească des. Simte cum îi crește furia în piept.

– Mă scoți din sărite, în paștele mă-sii, șuieră printre dinți. Ți-am zis că nu-i o idee bună să te încurci cu ea. E prietena mea, eu am găsit-o. Eu sunt cea care trebuie s-o ajute, și tu o să strici totul, așa cum o faci de obicei...

E conștientă că a ridicat tonul. Femeile de sub copacul învecinat se întorc să se uite la ea și își strâng copiii la piept de parcă ar fi vreo bețivă, o amenințare.

Ben o ia de mână și i-o strânge cu putere.

– Încetează, te rog. Se uită lumea.

– Nu-ți pasă deloc de sentimentele mele, nu-i așa? Nu era îndeajuns de oribil c-ai hotărât să începi o relație cu ea în ciuda regulilor casei, îi strigă Beatrice, furia înecându-i rușinea. Când ne-am mutat împreună, am fost de acord că ne vom respecta... am zis...

Se oprește să tragă aer adânc în piept.

– Știu ce-am zis, Bea.

E transpirat, i se citește panica pe față.

– Atunci de ce ți-o tragi cu ea, Ben? Sub acoperișul meu, în casa mea...

– Nu mai fi atât de melodramatică, în pizda mă-sii, scuipă el cuvintele, făcând-o să tresară. Și e casa *noastră*, Bea. Casa noastră.

– Mă rog.

Acum plânge, știe că-i face o scenă. Alți oameni s-au întors să se uite la ei, iar o adolescentă o întreabă dacă e bine.

– E bine, izbucnește Ben. Se ridică și o trage și pe ea, zicându-i: Hai să mergem.

Beatrice își pune șlapii și o ia după fratele ei, care coboară furios dealul, cu punga cu doze goale legănându-i-se pe braț. Se întreabă dacă n-a zis prea multe, dacă nu a mers prea departe. Trebuie să alerge ca să-l prindă din urmă, dar el nu se oprește decât la jumătatea drumului. Când îl ajunge, abia dacă mai poate să respire. Îl apucă de braț, iar el se întoarce furios.

– Ce naiba e cu tine, Bea?

Ea pleacă privirea, surprinsă de accesul lui brusc de mânie.

– Îmi pare rău.

– Și nu ești nici tu mai brează. Cu Niall cum e?

Beatrice îngheață.

– Niall? Nu se întâmplă nimic cu Niall. E un prieten, atâta tot. Și nu locuiește cu noi.

Se încruntă la ea fără s-o creadă. Apoi oftează și scutură din cap, iar furia i se disipează ca aerul care iese ușor dintr-un balon. Când însă Beatrice vrea să-l ia de braț, se trage în spate.

– Ce e? îl întreabă, simțindu-se jignită de refuzul lui. Iartă-mă că am făcut scandal.

Știe cât detestă el certurile în public, cât urăște să atragă atenția.

– N-are legătură.

– Atunci ce e?

Scoate un șervețel din buzunar și își șterge nasul.

El ezită.

– Să știi că Abi înseamnă mult pentru mine.

Beatrice simte un fior pe șira spinării, în ciuda căldurii.

– Poftim?

– Vreau să dau o șansă relației cu Abi. Vreau să ne iei în serios și să încetezi cu gelozia asta. Bea, știu că ți-e greu, mereu ai fost cea mai importantă femeie din viața mea. Înțeleg. Dar nu văd de ce Abi nu poate fi și iubita mea și prietena ta. Nu trebuie să ne certăm pe seama ei.

– Nu cred că e momentul prielnic pentru ea să înceapă o relație, spune Beatrice cu glas stins. M-am gândit că, dacă pot s-o ajut, atunci totul va fi în regulă cumva.

– Bea, lasă rahatul ăsta cu karma, te rog! Ben oftează înainte de a vorbi mai departe: Nimic n-o să compenseze ce s-a întâmplat în trecut, ce-am făcut noi doi. Știi asta, nu?

I se învârte capul și se reazemă de zidul unei grădini ca să nu se prăbușească. În ce fel să-i explice ca să înțeleagă? Pierde controlul asupra lui, asupra vieții lor. Doar încerca s-o ajute pe Abi, și iată că totul îi explodează în față. Masându-și tâmplele cu ochii închiși, își spune că trebuie să găsească o soluție. Când îi deschide din nou, constată că Ben o privește precaut, cu luare-aminte. Se uită la șortul lui Armani, la tricoul polo roșu Ralph Lauren, la ochelarii de soare noi-nouți de la Tom Ford puși pe creștetul cu păr blond-nisipiu. Chiar dacă lucrează în IT, nu câștigă atât de mulți bani, și ea știe că trebuie să-l lovească sub centură, acolo unde doare.

„Eu dețin puterea, Ben. Aș putea să-ți stric toate ploile."

– Sunt mișto ochelarii tăi de soare, îi spune cu subînțeles, și, după roșeața care i se ridică pe gât, își dă seama că Ben s-a prins unde bate.

Până la urmă, a fost mereu cel mai isteț dintre ei. Când îi oferă brațul de data asta, el nu se mai trage înapoi, ci i-l ia și, împreună, coboară tăcuți dealul spre casă.

12

Țara e năpădită de o caniculă cum n-am mai văzut de șapte ani. Ne petrecem zilele zăcând la umbra copacilor din grădina lui Beatrice, jucând tenis sau făcând plajă în Alexandra Park, unde orașul Bath se întinde sub noi ca o machetă. Mergem la picnic, care constă mai mult din țigări și vin, și trăncănim ore întregi, până când soarele se transformă într-o bilă portocalie și coboară peste oraș. Uneori, mai ales când Beatrice lucrează la bijuterii, Ben și cu mine reușim să ne furișăm doar noi doi în grădina botanică, unde ne sărutăm la adăpostul tufișurilor uriașe, pline de flori cu nume exotice. Uneori vorbim despre Lucy, și fără să stau pe gânduri mă deschid în fața lui și îi povestesc despre ea, despre vina mea, iar Ben mă asigură, ca și sora lui înainte, că a fost un accident. Când îi zic că nu mă pot ierta niciodată, se uită lung la mine cu o expresie distantă în ochi, de parcă ar fi prins într-o amintire de-a lui.

– Știu cum te simți, îmi spune în cele din urmă, când iese din transă.

Îmi povestește puțin despre copilăria din Scoția, dar când încep să-i pun întrebări despre părinți și bunici, intrându-mi automat în rolul de jurnalistă, se închide și schimbă subiectul, dându-mi de înțeles că, până și după atâția ani, îl doare să discute despre asta. Oare va exista un moment când o să pot vorbi despre Lucy fără să mi se adune lacrimile în ochi, fără să simt piatra familiară care-mi apasă pieptul ca și cum m-ar strivi un luptător de sumo?

Ben a refuzat două contracte în ultimele săptămâni.

– N-o să lucrez pe canicula asta, îmi spune.

Mă simt din nou o studentă fără loc de muncă și fără responsabilități, deși sunt conștientă că nu poate dura la nesfârșit. Am intrat în ultimele economii și nu pot continua să profit de pe urma generozității lui Beatrice.

Într-o dimineață îl găsesc pe Niall dormind pe o canapea, cu gura deschisă și sforăind ușor, cu chitara proptită cu grijă la picioare, înconjurat de sticle de vin și scrumiere ticsite cu mucuri de țigară, dar lucrul cel mai surprinzător e că Beatrice se află în brațele lui, cu picioarele ei lungi și bronzate încolăcite într-ale lui, cu capul pe pieptul lui. Amândoi sunt îmbrăcați.

Într-o zi, la vreo două săptămâni după ce m-am mutat, sunt în bucătărie, unde scot din mașina de spălat și pun într-un coș de rufe puținele haine pe care le am, plus rochiile pe care mi le-a împrumutat Beatrice. Până la urmă am reușit să găsesc sursa mirosului de violete de Parma pe care l-am simțit la prima vizită aici. Era de fapt de la detergentul de rufe. Îmi îngrop fața în hainele ude și inspir parfumul acela minunat: e mirosul casei, al lor. Împăturesc hainele și-mi fac o cafea la aparatul fițos, gândindu-mă că mă simt ca acasă; peste câteva clipe, Ben coboară grăbit scările cu un aer îngrijorat.

– A ieșit Bea? mă întreabă pe când îmi pun lapte spumos în ceașcă.

Dintr-un motiv sau altul, prescurtarea numelui ei mă irită nespus.

– A zis ca să se duce să se plimbe ca să-și limpezească mintea.

– Când?

Stă în fața mea, cerându-mi pe tăcute un răspuns rapid.

Dau din umeri.

– Nu știu, acum vreo zece minute. Vrei să...

Înainte să pot încheia fraza, se răsucește și o ia spre parter, urcând treptele două câte două. Îl urmez cu cana în mână și îl prind când dă buzna afară pe ușă, ciocnindu-se de Cass, care intră. Bâiguie niște scuze, dar își continuă goana pe alee fără să se uite înapoi.

– Care-i graba? face ea mirată.

Așa cum stă în pragul ușii, cu părul blond ciufulit, cu un tricou marinăresc în dungi și pantaloni negri scurți, îmi amintește de o actriță dintr-un film francez aparținând Noului Val din anii '60, și mă gândesc cu invidie cât e de frumoasă și de tânără. N-are cum să aibă mai mult de douăzeci și doi de ani. Ține o doză cu ceva chimic într-o mână și niște foi lucioase A4 într-alta și, după ce intră în hol, închide ușa cu piciorul. Mă uit lung la ea fără să scot o vorbă. Din toți cei pe care i-am cunoscut prin Beatrice, Cass mă face să mă simt cel mai nelalocul meu, nu-mi dau seama de ce. Poate pentru că e atât de liniștită și are conversații profunde doar cu Beatrice, după care se ține ca un pudel pretențios. Poate pentru că e sigură pe sine cum nu am fost niciodată la vârsta ei. În orice caz, e un mister total. Nu cred că am purtat o discuție ca lumea nici măcar o dată în puținul timp de când o cunosc.

– Tocmai am făcut cafea dacă vrei, îi zic, ridicând cana ca să rup tăcerea incomodă.

E cea din care bea Beatrice de obicei. Din porțelan alb, cu o pasăre neagră cu aripile desfăcute.

Se uită la cană, apoi se încruntă la mine.

– Nu, mersi, îmi spune cu răceală. Trebuie să developez niște fotografii.

– Ai propria ta cameră obscură?

Sunt impresionată. Nu știu multe despre fotografie, dar mi-am încercat mâna când am făcut studii media.

– Beatrice mi-a amenajat-o într-o baie dezafectată. E mică, dar își face treaba.

Roșește de parcă ar fi zis prea mult și, ținând strâns hârtia la piept, urcă în grabă pe scara în spirală, lăsându-mă să mă întreb ce gen de poze face și dacă e la liceu sau la facultate.

O urmez în sus pe trepte. În timp ce ea continuă spre mansardă, eu mă duc în salon și ies pe terasa cu vedere la grădina întinsă și îngrijită. Dacă ridic privirea, mai văd o terasă deasupra mea, însă mai mică, de dimensiunea balconului Julietei. Știu că acolo e camera lui Ben. Cum ziua e la fel de călduroasă și sufocantă ca precedentele, îi sunt recunoscătoare lui Beatrice că mi-a dat cu împrumut atâtea haine minunate de vară, deși Ben mă tot pisează să-mi cumpăr unele noi.

Nici nu m-am întins bine pe un șezlong, că îmi bâzâie telefonul în buzunarul de la fustă. Pe ecran apare numele Niei, și mă gândesc să nu răspund. Cum o să-i explic tot ce s-a întâmplat în ultimele săptămâni fără să se îngrijoreze? Dar, dacă nu vorbesc cu ea, o să-și închipuie ce e mai rău. După ziua aceea cumplită din urmă cu peste un an, când m-a găsit semiconștientă în baie, cu sângele prelingându-mi-se din venele abia tăiate, știu că-i sunt datoare cu o replică sinceră.

– Bună, Nia, îi zic pe un ton optimist.

Vocea jovială îmi sună și mie fals, iar transpirația care mă înțeapă la subsuoară e cauzată doar parțial de căldură. Las cana cu cafea pe brațul șezlongului.

– Abs, ce se întâmplă?

Aud zgomot de mașini în fundal, un claxon, un zumzet slab de voci și clinchetul unei linguri care se lovește de porțelan. Mi-o imaginez undeva pe terasa unei cafenele în Muswell Hill, o zonă a Londrei pe care n-o prea cunosc, motiv pentru care probabil a ales să se mute acolo. Mi-o închipui jucându-se cu cafeaua, luând cu o linguriță spuma de pe cappuccino și lingând-o cum o face de obicei, cu părul ei brunet și cu fața palidă, cu ochii căprui serioși.

– N-am mai vorbit de săptămâni întregi, îmi mai dai doar câte un mesaj în care îmi spui că ești bine. Chiar ești? Ești bine?

Reacția mea la stilul ei excesiv de protector e oscilantă, ca fluxul și refluxul. În cea mai mare parte a timpului înțeleg că-mi vrea sincer binele, nu vrea să se mai repete incidentul, dar uneori simt că mă sufocă. Oare nu pricepe că, oricât aș iubi-o, când vorbesc cu ea îmi aduc aminte de fosta mea viață, iar asta îmi stârnește o dorință atât de puternică de a mă întoarce în trecut că simt că am primit un pumn în stomac?

– Sincer, sunt bine, Nia. Am fost ocupată, atâta tot... Eu..

– Ai avut de lucru?

Îi aud speranța din glas, știe cât de mult însemna munca pentru mine înainte să moară Lucy.

– Nu chiar. Eu... ei bine, am cunoscut pe cineva. E minunat, sunt sigură că o să ți se pară minunat. Și Beatrice, sora lui. Îmi amintește atât de mult de Lucy...

– Of, Abi, spune, și îi simt panica din voce. Nu e o altă Alicia, nu?

Mi se înroșesc obrajii de indignare.

– Nu e deloc la fel. Beatrice mi-e o bună prietenă. De fapt, locuiesc cu amândoi. Îl cheamă Ben Price. Sunt gemeni, îți vine să crezi? Au o vilă splendidă și nici măcar nu-mi cer chirie, în schimb punem bani într-o pușculiță ca să luăm de mâncare și au o menajeră care vine și ne gătește.

La celălalt capăt al telefonului se lasă o tăcere lungă și apăsătoare. O clipă cred că mi-a închis, ceva ce Nia n-a făcut niciodată. În toți anii de când suntem prietene am evitat să ne certăm, la fel cum unii evită să mănânce carne sau lactate. Poate că uneori am fost tentate, dar am rezistat mereu impulsului. Știam însă că n-o să fie de acord cu alegerea mea, fapt pentru care am tot amânat s-o informez. Îmi ating lanțul de la gât și mângâi litera A. Cum s-o conving că-mi priește să stau aici?

– Nia, mai ești pe fir?

– Desigur.

– Te rog să încerci să mă înțelegi.

Îi zic că am întâlnit-o pe Beatrice într-o zi ploioasă la sfârșitul lui aprilie, că ne-am împrietenit, că prin ea l-am cunoscut pe Ben și m-am mutat la ei.

– Și nu e ca atunci cu Alicia? stăruie Nia.

O asigur că e cu totul altceva. Sper că am reușit să par convingătoare.

– Totul s-a petrecut cam rapid. Și jobul tău? Abi, îți place la nebunie să fii jurnalistă. Și acum ce faci? Trăiești pe spezele acestei *Beatrice*.

I-a scuipat numele de parcă ar suna scârbos. Strâng telefonul între degete, făcând un efort să nu plâng.

– E mai greu decât mi-am închipuit să fii liber-profesionist...

– Ai încercat măcar?

– Cine te crezi, maică-mea? mă răstesc.

O aud pe Nia inspirând adânc ca să înăbuşe tot ce vrea să spună. Mâna cu care țin telefonul la ureche a început să-mi tremure. Aud râsete în fundal, scârțâitul unui scaun de fier pe asfalt. Îmi dau lacrimile. De ce nu poate să vadă lucrurile din perspectiva mea? Încerc s-o calmez.

– Nia, uite ce-i. De ce nu vii să mă vezi? N-ai mai fost la Bath de nu ştiu când. Mi-ar plăcea să-i cunoşti şi tu. Apoi o să înțelegi.

– Ce să înțeleg, Abi?

– Cât de importanți sunt pentru mine... Fac o pauză. Nia, nu eram în apele mele când am cunoscut-o pe Beatrice. Da, eram mai bine ca înainte, dar tot nu cum mi-aş fi dorit. Şi mă deprima să trăiesc singură-cuc în apartamentul acela.

– Şi eu stau singură.

– Ştiu. Dar nu mă asculți... Ezit, dar, cum ea nu mă întrerupe, continui: Simt că Beatrice şi Ben, ei bine... Înghit nodul care mi s-a format în gât. M-au salvat într-un fel.

– Of, Abi, îmi spune, şi îi simt disperarea din voce. Nu trebuie să mai cauți pe cineva care să te salveze. Doar tu o poți face.

În ciuda criticilor, Nia e de acord să vină peste câteva săptămâni, în jurul zilei mele de naştere. Când închid, sunt încrezătoare că ne aflăm iarăşi pe un teren sigur şi că am evitat la mustață să ne certăm.

M-am săturat să-i aştept pe Beatrice şi Ben să se întoarcă de unde s-or fi dus, aşa că iau autobuzul până în centru. În timp ce mă plimb pe străduțe, îmi derulez în minte conversația cu Nia. Ştiu că are dreptate, nu e în regulă să profit de Beatrice, ar trebui să-mi caut de lucru. Am vrut să fiu jurnalistă de la unsprezece ani, și acum o să arunc la gunoi toată munca grea pe care am depus-o? Am trăit într-o bulă în ultimele săptămâni și știu că nu mai pot continua așa. Îmi propun ca de mâine să-mi sun cunoscuții, chiar și pe cei care nu prea m-au susținut de la proces încoace.

O iau pe Northumberland Passage, recunoscătoare că mă pot feri de soarele persistent datorită clădirilor înguste care fac umbră pe fiecare parte. Strada e ticsită de oameni care roiesc la tarabele care vând genți din mușama, se uită la vitrinele unde sunt expuse tot felul de bijuterii, ornamente sau haine de copii ori stau la mesele bistrourilor cu o cafea cu lapte sau un cappuccino în față. Mirosul de pateuri cu brânză umple aerul.

Înaintez impregnându-mă de toată acea forfotă și în cele din urmă ajung la un magazinaș retro care vinde genul de rochii pe care le poartă Beatrice. Evident că simt dorința să intru. Înăuntru e doar vânzătoarea, care, în spatele unei tejghele în stil victorian, vorbește plictisită la un telefon de modă veche. Trec în revistă marfa: au de toate, de la rochii de bal în stilul anilor '80 la cele în stil flapper ca în anii '20 ai secolului trecut. Și apoi o văd, și inima îmi bate mai tare. E o rochie de după-amiază cu crinolină din anii '40, grena cu rândunici albe minuscule, cu guler Peter Pan și mâneci scurte. Este exact în genul lui Beatrice. O iau de pe umeraș și las materialul să mi se scurgă printre degete; descopăr încântată că au mărimea mea. E scumpă și nu mi-o permit, dar o cumpăr.

Traversez piața în fața băilor romane, ținând strâns rochia nouă în punga maro de hârtie, când aud cum cineva o strigă pe Beatrice. O femeie solidă cu un caftan colorat vine în fugă spre mine zâmbind larg, cu mâna ridicată. În timp ce se apropie, îi citesc îndoiala în privire, iar acum se încruntă.

– Scuze... Am crezut... Își aranjează stângaci părul brunet, părând jenată. Am crezut că ești Beatrice. Ești Abi, nu? Ne-am cunoscut acum vreo două săptămâni, acasă la Bea. Sunt Maria, mă lămurește când mă uit la ea fără nici o expresie.

Desigur, una dintre prietenele lui Beatrice. Ne străduim să închegăm o conversație câteva minute, după care își ia la revedere și se îndreaptă spre biserică. O urmăresc cu privirea gândindu-mă că probabil m-a luat drept Beatrice pentru că port rochia ei verde Alice Temperley. Cu toate acestea, sunt măgulită de confuzie.

Când ajung acasă aud vag niște voci dinspre bucătărie. Beatrice și Ben stau la masa de lemn adânciți în conversație, însă tac amândoi când intru.

– Ai venit, îmi spune Beatrice pe un ton plat.

Are ochii roșii și umflați, de parcă ar fi plâns. Ben își trage scaunul în spate și se duce la aparatul de cafea.

– E prea cald, zice ea când Ben îi oferă o ceașcă.

Începe să-și pigulească o crustă inexistentă de pe brațul neted și bronzat.

Mi se strânge stomacul când mă așez în fața ei și las la picioare punga cu rochia cea nouă. Îmi dau seama după ostilitatea lui Beatrice că Ben i-a recunoscut în cele din urmă că avem o relație. Brusc, înțeleg că a plecat grăbit mai devreme tocmai ca s-o prindă din urmă. Mi-aș fi dorit să fi fost și eu prezentă, să-i fi spus amândoi lui Beatrice, ca să facem front comun. Mă simt exclusă, și asta mă scoate din sărite.

– Așadar, spune când Ben se așază la loc și îmi dă o cafea. Frate-meu mi-a zis de voi doi.

Vreau să-i zic că m-am prins, dar nu scot o vorbă.

– Nu trebuia să vă ascundeți de mine, îmi spune cu răceală. Abi, credeam că ești prietena mea.

– Sunt prietena ta, știi asta. Eu... noi nu știam ce să-ți spunem, bâigui, încercând să-mi înăbuș indignarea că trebuie să mă justific pe când Ben tace mâlc.

Ne cercetează pe amândoi, mutându-și privirea de la mine la Ben și apoi iar la mine. În cele din urmă ne ia pe fiecare de câte o mână.

– Mă bucur pentru voi, sigur că da, spune, de parcă ar vrea să se convingă pe sine. Dar vă rog să nu mă mai mințiți. De-o viață sunt mințită.

Se uită cu luare-aminte la Ben, dar el fixează un nod din lemnul mesei.

Deschid gura să-i explic că mă tot țin de Ben să-i spună de când m-am mutat, că el a decis să păstreze secretul, însă mă răzgândesc; plec capul și îmi cer scuze, ușurată că măcar știe acum. Nu mai sunt secrete între noi.

Cina e destul de liniștită. Beatrice nu spune mare lucru în timp ce împinge salata de pui cu furculița prin farfurie. Cass e ursuză ca de obicei, iar Ben și cu mine stăm unul lângă altul ca doi copii mustrați. Doar Pam trăncănește cu accentul ei cald din sud-vest.

Mai târziu, mă duc în camera lui Ben. Soarele a apus, și în dreptul ușilor de la balcon stă o pisică egipteană sculptată din piatră neagră netedă, un artefact scump – așa mi-a zis odată – pe care l-a cumpărat într-o excursie. Aerul nu circulă, iar perdelele din voal sunt nemișcate în briza inexistentă. Ben, doar în boxeri, stă întins pe cearșaf cu ochii închiși. Ca de obicei, dormitorul lui e îngrijit și minimalist. Observ un fel de antenă satelit cu picioare de lemn în colțul camerei. E uriașă și futuristă, având o eleganță scandinavă. Îmi amintesc că mi-a arătat-o în vitrina de la Bang and Olufsen și mi-a tot spus că scoate un sunet uimitor, că ar fi super pentru petreceri. A costat o mică avere. Nu pot să cred că a dat atâția bani.

Deschide ochii când mă aude. Mă duc înspre el și-l sărut pasional, dorindu-l mai mult decât oricând. Mă retrag apoi ca să-mi dau jos rochia și-mi desfac grăbită sutienul, pe care îl las să cadă pe podea.

– Ce faci?

– Mă dezbrac, tu ce faci? Mă sui în pat și-i trag boxerii peste șolduri. Te pot ajuta, îi spun.

Ben mă apucă de mâini. La început am impresia că se prostește, că e un joc nou, dar, când mă întorc să mă uit la el în penumbră, disting dezgustul care-i schimonosește trăsăturile.

– Abi, încetează, îmi spune și se îndepărtează de mine, trăgându-și la loc boxerii. Te rog să te îmbraci.

Trag furioasă cearșaful și mă înfășor în el, șocată să fiu respinsă. În picioare lângă pat, încerc să-mi găsesc cuvintele:

– Ce vrei să spui? Ce s-a întâmplat? Nu mă mai placi?

În lumina razelor lunii care intră pe fereastră, îl văd așezat în mijlocul patului, cu genunchii la piept. Tânjesc să mă duc la el, să-l îmbrățișez, să-i sărut gâtul, pieptul, dar parcă nu-l mai recunosc. Eram absolut sigură de sentimentele lui Ben pentru mine.

– O, Abi, îmi spune cu greutate, făcându-mă să mă opresc din respirat. Sigur că-mi place de tine. Numai că nu cred că ar trebui să facem sex.

– De ce nu? Ce se întâmplă?

Ochii lui sunt negri și intenși.

– Din cauza lui Bea. Are o problemă cu faptul că ne culcăm împreună.

Râd. Fără îndoială glumește.

– De ce i-ar păsa?

– Nu e prea respectuos, nu? Ai vrea să te culci cu mine dacă am sta la părinții tăi?

Mă gândesc o clipă.

– Nu, dar e diferit. Noi locuim aici, Ben.

Oftează.

– Uite ce-i, deja i-am încălcat regulile. Nu vreau s-o enervez și mai mult. Ești prima mea iubită după mulți ani. Cred că se simte puțin amenințată de tine. A fost mereu geloasă. Abi, am fost doar noi atâta vreme. Las-o întâi să se obișnuiască cu ideea că suntem împreună. O să vezi că-și schimbă părerea.

– Dar cum rămâne cu ce vreau eu? Nu contează? Trebuie mereu să mă supun dorințelor scumpei Bea?

Sunt atât de furioasă, că trebuie să-mi mușc buza ca să nu zic ceva ce-o să regret.

– Nu-i așa. Abi, fii serioasă! Fii rezonabilă! Sigur o poți înțelege. Numai pe mine mă are. E doar un pic geloasă, atâta tot. Și e cam scârbos să te gândești că fratele tău face sex în camera de lângă tine.

– Deci eu sunt nerezonabilă? Lacrimi fierbinți și mânioase îmi inundă ochii în timp ce-mi strâng hainele. Vreau să dorm singură în noaptea asta, îi zic azvârlindu-i cearșaful. Aterizează în poala lui, dar nu-l atinge, de parcă a fost contaminat cu goliciunea mea. Poate că ar trebui să vorbești cu Beatrice, adaug. E limpede că nu-ți pasă decât de sentimentele ei.

Plâng abia atunci când ajung în patul meu și mă învelesc cu plapuma care miroase a Ben.

13

Vremea s-a schimbat.

Stau trează cam toată noaptea, ascultând ploaia cum izbește țiglele de pe acoperiș și sperând că Ben se foiește și el în dormitorul aflat pe același palier. În ultimele două săptămâni mi-am petrecut multe nopți ghemuită la pieptul lui, furișându-mă doar la primele ore ale dimineții ca să nu ne prindă Beatrice. Îmi trag pătura peste cap ca să nu văd lumina felinarului de afară, care se filtrează prin materialul subțire al perdelelor albastre oribile ale lui Jodie. Mă gândesc că poate asta merit. Beatrice a fost bună cu mine, m-a invitat să mă mut aici, mi-a oferit prietenia ei când aveam o nevoie disperată, iar eu i-am răsplătit gestul culcându-mă cu fratele ei geamăn fără să-i spun.

Ochii căprui ai lui Ben mă bântuie. Îi văd de câte ori strâng pleoapele. O apă adâncă de culoarea mierii, cu pete verzui. Cum să-i fi rezistat? „Nici măcar de dragul tău, Beatrice."

Mă cuprinde un sentiment de singurătate atât de copleșitor, încât simt că mă sufoc.

„Lucy, în momente ca astea mi-e dor de tine. Mi-e atât de dor de tine. Dacă am putea vorbi acum, ce m-ai sfătui să fac? Când ai murit, a fost ca și cum aș fi ucis o parte din mine, așa că nu mă mai simt întreagă. Lucy, nu știu cum să trăiesc fără tine. Nu știu cum să fiu eu fără tine."

Tânjesc să mă scufund în uitare, ca să nu mă mai chinuie gândurile, să nu mai fiu eu, iar mintea mi se întoarce în acea noapte întunecată din Balham, când eram pregătită să închei socotelile cu totul. Nu eram în apele mele, o știu acum, așa cum știu că n-aș mai face așa ceva niciodată. Însă uneori viața mă face să sufăr, ca atunci când mi-am tăiat venele. Cicatricile sunt o amintire constantă a vinii și a durerii mele.

Pesemne c-am adormit în cele din urmă, pentru că începe să se lumineze când mă trezește scârțâitul ușii. Zgomotul pașilor grei despică întunericul, apoi îl simt cum se suie în pat, salteaua se lasă de la greutatea lui când mă ia în brațe și mă trage mai aproape, iar mirosul lui familiar de lămâie îmi umple nările în timp ce mă sărută pe gât.

– Îmi pare rău, îmi șoptește.

Respirația lui fierbinte îmi încinge urechea. Mă simt în siguranță în brațele lui și mă scufund în inconștient, sperând ca totul să fie bine în cele din urmă.

Nu mai e lângă mine când mă trezesc și, dacă nu i-ar fi rămas mirosul de after-shave pe pernă, aș avea dubii că a fost aici.

Trag draperiile și constat că materialul subțire e puțin lipicios. Cerul e de un gri fumuriu, străzile sunt ude și strălucitoare de la ploaia torențială de peste noapte și simt deodată o pierdere imensă că s-a terminat canicula. Că Ben nu mai e.

Dau să mă întorc când aud un zgomot înfundat dinspre poarta de fier, apoi bipăitul unei portiere descuiate. Îl văd pe Ben îmbrăcat elegant, la costum și cravată, instalându-și trupul deșirat la volanul Fiatului. Îmi amintesc că mi-a zis că are un nou contract cu o companie din Swindon. În timp ce mașina se îndepărtează, mă întreb dacă nu sunt cumva nerezonabilă. Beatrice e geloasă pe Ben, dar e de înțeles după ce copilărie au avut, orfani de părinți și, din câte mi-am dat seama, cu niște bunici bogați, dar dezinteresați.

Plec de la fereastră ca să-mi iau șampoanele și gelurile de duș. Mă simt energizată când mă stropește apa cu presiune. Din păcate, e prea frig ca să port rochia nouă cumpărată ieri. În schimb îmi pun o pereche de blugi skinny decolorați și un tricou cu mânecă lungă, simțindu-mă din nou în pielea mea. Căldura din ultimele săptămâni a fost atât de intensă, de persistentă, că sunt aproape fericită că a plouat și că a scăzut temperatura. Mă gândesc la hainele lui Beatrice, care atârnă într-un șir viu colorat în dulapul meu. Poate că a venit vremea să i le dau înapoi, să nu mă mai prefac că aș fi altcineva decât sunt.

Beatrice și Cass stau una lângă alta la masa din bucătărie, cu capetele atât de apropiate că aproape se ating, uitându-se peste niște poze alb-negru lucioase. Abia ridică privirea când intru.

– 'Neața, le zic și pun în funcțiune ceainicul.

În bucătărie e întuneric, deși becul din plafon e aprins. Din când în când aud vâjâitul roților care despică bălțile de pe șoseaua de deasupra noastră.

– În regulă, mormăie Beatrice fără să ridice ochii.

– Ce faceți?

Îmi trag un scaun și mă așez în fața lor.

– Asta e super, spune Beatrice întorcându-se spre Cass, ca și când n-aș fi de față. Îmi place cum pică lumina pe brățară. Pare că bijuteriile strălucesc.

Sângele îmi bubuie în urechi și simt cum mă strânge pieptul. „Abi, ești paranoică. Nu te ignoră."

– De acord. Cass are ochii umezi și e roșie în obraji. Dar asta?

– Sunt pozele tale? o întreb acum pe Cass.

Ridică privirea și dă aproape imperceptibil din cap drept răspuns. Probabil e afirmativ. Beatrice se uită în continuare la poze.

Mă ridic și îmi fac un ceai fără să le ofer și lor, apoi bag două felii de pâine în prăjitor. Roșie în obraji, ung feliile cu unt și le ascult analizând încadrarea unei poze și felul în care cade lumina în alta. Oare asta developa Cass ieri? Dacă da, de ce fotografiază bijuteriile lui Beatrice?

– Uau, arăți superb în asta, exclamă Cass.

Îi aud admirația din voce. Mă uit la poza în care e o femeie cu părul blond și fața rotundă. E Beatrice, dar la prima vedere ar putea fi Lucy. Sau eu. Pare goală, cu excepția unui lănțișor din argint cu smaralde pus la gât. Cass a reușit să-i surprindă ochii migdalați, nasul cârn și gura plină într-un mod flatant, iar efectul e copleșitor. Pistruii îi sunt vizibili pe puntea nasului și arată proaspătă și naturală, mult mai tânără decât vârsta ei de treizeci și doi de ani.

Mi se strânge inima și îmi rețin lacrimile pe când Beatrice râde, amintindu-mi ca de obicei de Lucy. Mușc din felia de pâine prăjită și mă sprijin de blatul din marmură în timp ce ele continuă să vorbească despre site-uri, clienți și comisioane.

– Ben a făcut deja un site excelent. Odată ce adăugăm pozele, putem să „intrăm în direct", cum ar spune el. O colaborare de familie, spune Beatrice uitându-se afectuos la Cass.

Îmi dreg glasul.

– Dacă vrei, pot să scriu ceva pentru site-ul vostru..., încep, dar Beatrice dă din mână fără să ridice ochii.

– Mersi, dar nu va fi necesar.

Cass îi șoptește ceva indescifrabil, apoi Beatrice râde iar, cristalin ca de obicei. De data asta, râsetul ei mă scoate din fire. Știu că mă pedepsește. Mereu o face pentru că eu și Ben ținem unul la altul, și, uitându-mă la părul ei șic și la hainele perfecte, îmi dau seama că nu se compară deloc cu sora mea. Dacă Lucy era caldă, bună la suflet și deschisă, Beatrice, deși vrea să pară veselă și efervescentă, e foarte autoritară, de parcă i-ar plăcea să mă ademenească în lumina soarelui doar ca să mă împingă la loc în umbră.

Deodată nu mai am poftă de mâncare. Fără să spun o vorbă, las pe blat pâinea prăjită și cana și ies din bucătărie.

Iau autobuzul până în oraș și petrec peste o oră într-un magazin de vopsele care are mărci ca Little Greene și Farrow and Ball, neștiind ce să aleg din paleta lor de culori cu nume neobișnuite. Dormitorul din Balham era de un verde *eau de Nil*, al Niei era galben, iar al lui Lucy albastru cu galben, așa că mă feresc de orice nuanță asemănătoare, ca să nu-mi amintească de fosta mea viață. În cele din urmă aleg un mov-pal ca al jeleurilor Dolly Mixture. Ceva nou, proaspăt, care să nu aibă nici o amintire atașată.

Stau în autobuz cu cutia de vopsea, trafaletul și bidinelele la picioare, căci punga șic de carton în care le-a pus vânzătoarea s-a umezit și se desface la margini. O bătrână care miroase a câine ud este strivită între mine și fereastră. Tot ațipește, apoi se trezește brusc și adoarme iar, cu bărbia în piept, cu capul legănându-i-se până ajunge aproape pe umărul meu. Afară, trecătorii cu umbrele și pelerine de ploaie merg repede - e fix opusul zilei de ieri, când a fost așa de cald că, oriunde te uitai, cineva dezvelea mai multă piele decât trebuie. Cum e posibil ca într-o zi temperaturile să se apropie de treizeci de grade și a doua zi să fie frig și vânt, ca și cum ne-am fi întors în primăvară?

Autobuzul gâfâie la deal pe Wellsway și se oprește să-și tragă sufletul la semaforul de pe strada principală, moment în care o siluetă cunoscută, cu părul blond platinat, îmi atrage privirea. O văd pe Cass ieșind din magazinul cu delicatese. Ține de braț o brunetă pe care o recunosc vag. Desigur că e Jodie. Nu știam că păstrează legătura, mereu am presupus că Jodie a plecat în circumstanțe dubioase, deși Beatrice nu mi-a dezvăluit nimic. La următoarea stație cobor cu punga sub braț. Mă uit în jur după ele, dar au dispărut.

Casa e tăcută și goală. Mă frapează gândul că e atât de mare și că mă simt atât de singură când nu e plină de oameni, muzică, petreceri și vin. Observ niște umbre care se joacă în colțurile tavanului ca niște fantome care se fugăresc și urc grăbită cele două etaje, simțind fiori reci pe șira spinării.

Împing ușa dormitorului și las cutiile cu vopsea pe parchet. Cineva a fost în camera mea. În pat. Cuvertura pe care o îndreptasem meticulos în dimineața asta e șifonată și a făcut cute. Nedumerită, mă apropii mai mult, și mi se usucă gura când văd ceva cuibărit între pliurile materialului. Ceva mort, însângerat și urât mirositor. Icnesc. E o pasăre. Fără cap. Penele cafenii sunt pătate de sânge. Urlu și mă dau în spate, tremurând toată. Cine ar fi pus în patul meu ceva așa de scârbos, de oribil?

-Ești bine?

Tresar și mă întorc. Beatrice e în prag, îmbrăcată cu o rochie neagră lungă, și preț de o clipă, din cauză că sunt sleită de puteri, pare a fi un spectru al morții. Se uită peste mine înspre pat.

– Cred că Sebby ți-a adus un cadou.

– Pof... poftim?

Credeam că a ieșit. Însă a fost aici tot timpul. Oare voia să fie de față când găseam pasărea? Trăgea nădejde să mă sperie de moarte? E vreun soi de pedeapsă, vreun semn rău că am pus mâna pe fratele ei? Tânjesc să-i spun că n-ar fi trebuit să-și dea osteneala. Ben deja m-a respins. A ales nevoile ei în detrimentul alor mele.

– Sebby, pisica mea, mă lămurește intrând în cameră. O face des. Vrei să te ajut să schimbăm așternuturile?

Încuviințez din cap, incapabilă să vorbesc. Limba mi-e brusc prea groasă ca să articulez vreun cuvânt. Mă uit cum rulează cu grijă cuvertura, astfel ca pasărea să nu cadă pe covor.

– Mi-e teamă că e distrusă. Am însă una de rezervă.

– Mersi, bâigui.

În clipa următoare Beatrice a dispărut, luând cu ea cuvertura murdară și pasărea moartă.

Până la sosirea lui Ben, seara târziu, am terminat de zugrăvit dormitorul și mă dau în spate să-mi admir opera. Pereții mov nu se asortează deloc cu noua lenjerie de pat de un verde țipător.

– E una de rezervă de-a lui Pam, dar n-o să se supere, mi-a zis mai devreme Beatrice când mi-a dat cuvertura.

Pașii lui greoi răsună pe scara din piatră. Se oprește în fața dormitorului, de parcă n-ar ști dacă e binevenit, apoi se aude ușa cum scârțâie.

– Uau, arată super, Abi.

Dau din umeri cu trafaletul în mână. Nu știu dacă să țip la el sau să-l sărut.

Cerul se întunecă și aud tunetul în depărtare.

– Cred că trebuie să vorbim, îmi spune.

Încă e la costum, dar părul i-a fost aplatizat de ploaie. Cămașa albă îi scoate bronzul în evidență; nu sunt sigură dacă e din cauză că nu mai am acces la trupul lui, dar îl doresc mai mult ca oricând.

– Nu știu dacă avem ceva de discutat, îi zic punând trafaletul la loc pe tavă. Oricum, trebuie să mă spăl pe față și pe mâini. Am vopsea peste tot.

Dau să ies din cameră, dar el mă apucă de talie. Mă strânge atât de tare, că nu mai am aer.

– Te rog, Abi. Nu pot să te pierd. Îi citesc durerea în ochi și mi se pune un nod în gât. Reia peste câteva momente: Știu că sună prostesc și știu că nu suntem împreună de multă vreme, dar mă îndrăgostesc de tine.

Lacrimile îmi înțeapă pleoapele.

– Ben...

Opoziția mi se topește când gura lui o găsește pe a mea și mă sărută rapid.

Mă retrag cu inima grea, știind că asta nu poate duce nicăieri.

– Hai să ieșim să mâncăm ceva. Să vorbim. Doar noi doi.

Îmi chiorăie stomacul. N-am mai pus nimic în gură de la micul-dejun, așa că sunt de acord.

După ce am făcut duș ca să-mi scot vopseaua din păr și mi-am pus haine curate, ne ducem pe jos la pubul de după colț, departe de Beatrice și de casa aceea. Comandăm la bar, apoi ne așezăm în spate la o masă din lemn, cu o lumânare pâlpâind între noi. Mi-era dor să fiu singură cu el, departe de sora lui geamănă.

Ben se întinde peste masă și mă ia de mână.

– Îmi pare rău că te-am pus în fața faptului împlinit! Sunt sigur că lucrurile o să se schimbe când se va obișnui cu ideea.

– Azi am găsit o pasăre moartă în pat. Nu avea cap, îl informez brutal.

Mă bucură să-i văd groaza de pe chip.

– Ce s-a întâmplat?

Dau din umeri.

– De unde să știu? Beatrice a zis că e de la pisica ei.

– Sebby? face el râzând. Ce ciudat! Beatrice glumește mereu că Sebby n-are gena vânatului de șoareci. Că n-ar putea să prindă și să mănânce nimic, chiar dacă ar fi chiar sub nasul lui.

– Adică n-a mai făcut așa ceva până acum?

Simt că mi se strânge pielea capului și-mi dispare apetitul.

– Clar n-a mai făcut așa ceva. Ce dezgustător! Sigur te-ai speriat din cale afară.

– Da, recunosc. Spun apoi pe un ton mai calm: Sper că nu a fost modul lui Beatrice de-a mă avertiza să nu mai fim împreună.

Îi citesc iritarea de pe față.

– N-ar face așa ceva, îmi spune prea repede.

– Glumesc, Ben.

Deși nu e adevărat.

Ne uităm unul la altul câteva minute. Tăcerea dintre noi e înăbușitoare, gravă, ca aerul înaintea unei furtuni.

Vine chelnerul cu mâncarea. Ben începe să-și mănânce friptura imediat ce i se pune farfuria în față, mormăind printre înghițituri că i-e foame. La bar sunt strânși niște bărbați care beau și râd. Zgomotul iritant mă face să tresar. Unul dintre ei, mai tânăr, cu falca proeminentă, se uită la mine și-mi face cu ochiul. Îmi feresc privirea îmbujorată și iau o gură de apă.

– Nu cred că Beatrice o să accepte vreodată relația noastră, îi zic punând paharul la loc pe masă. Nu știu dacă din cauză că mai întâi am fost prietena ei sau că nu vrea să fie dată la o parte de pe soclu.

Roșeața îi apare pe gât și i se suie spre pomeți.

– N-are nici o obiecție. De fapt, se bucură pentru noi.

Știu că minte.

Îl scrutez până când se uită în altă parte, continuând să mănânce din friptură.

– Azi n-a părut prea fericită să mă vadă, îi zic în timp ce mă joc cu somonul. Practic m-a ignorat de dimineață, când era cu Cass. Și apoi faza cu pasărea.

Ben are maxilarul încleștat, gura rigidă. Nu se uită la mine.

– E puțin rănită, atâta tot. Ne-am furișat pe la spatele ei. Nu cred că a vrut să te ignore. Beatrice te prețuiește mult.

Bineînțeles că-i ia partea. E fratele ei geamăn. O fărâmă de vinovăție străpunge zidul pe care mi l-am construit în jurul inimii. „Ben, cum e să fii prins la mijloc între cele mai importante două femei din viața ta?“ Cad pe gânduri. Poate are dreptate. Beatrice e prietena mea, nu m-ar ignora intenționat, era ocupată să-și pună site-ul la punct, atâta tot. „Nu-ți ia mult să zici bună dimineața, să fii politicos.“ Scutur din cap, alungând acest gând lipsit de loialitate. Mi-o trag cu fratele ei geamăn pe furiș, are dreptul să fie puțin supărată pe mine. Și se va obișnui cu timpul.

Îl iau de mână și i-o strâng.

– Îmi pare rău, îi șoptesc. Nu vreau să ne certăm.

– Deci ești de acord s-o lăsăm mai moale pe frontul sexual pentru moment? mă întreabă, apoi coboară glasul: Vrei să mai fim împreună?

– Desigur, îi zic ușurată, și deodată încăperea pare mai strălucitoare, râsetele sunt mai puțin tăioase. Și o să-i cer scuze și lui Beatrice. Are tot dreptul să fie furioasă pe mine.

– Nu e furioasă pe tine. Cred că cel mai bine e s-o lași moartă. Cu un aer enervat, adaugă: Hai să cerem nota și să mergem în oraș.

Se caută în buzunar, scoate un portofel jerpelit și extrage două bancnote mototolite pe care le aruncă pe masă. Abia e suficient ca să acopere consumația lui, darămite și pe a mea. Nu că m-aș aștepta să plătească pentru mine. Îmi zâmbește, are un ton mai blând, dar pare fals acum, lăsându-mi impresia că ascunde ceva.

14

Ploaia lovește repetat ușile de sticlă. Beatrice își duce mâna streașină la ochi ca să se protejeze de lumina din atelier și să poată privi în grădină. „Unde o fi Ben?“ Cerul e plin de nori furioși și rapizi care o fac să tânjească după căldura de ieri. Ce și-ar dori să fie vară mereu! Aerul e străpuns de un fulger care luminează grădina câteva clipe, urmat de un tunet slab. Beatrice tresare și se îndepărtează de fereastră. Mereu i-a fost teamă că va fi lovită de trăsnet. Își imaginează ghearele acestuia trecând prin geam ca s-o electrocuteze.

Tremură și își trage jacheta în jurul corpului. E aproape miezul nopții. Unde e Ben? Nu se simte în siguranță până nu-l vede, detestă faptul că nu e nimeni în casă în afară de ea. E cea mai fericită când vila e plină de oameni și-l are pe Ben alături. Se abține să-l sune pe mobil, nu vrea să pară disperată, deși știe că e. În schimb se plimbă prin cameră, încercând să-și disipeze energia din picioare, din brațe și din mâinile care ard de nerăbdare să apuce telefonul. Privirea i se fixează asupra cutiei din catifea de lângă mobil. Capacul e deschis, iar înăuntru, pe o pernă de satin, tronează brățara cu safire, mândria ei. A fost plătită generos ca s-o realizeze, deși nu e vorba despre bani, ci despre recunoașterea talentului.

Beatrice nu a crezut niciodată c-o să fie creatoare de bijuterii. Voia să fie avocată când a început facultatea, cu mulți ani în urnă, însă nu și-a terminat studiile pentru că totul s-a dus pe apa sâmbetei și a fost silită să fugă unde a văzut cu ochii.

L-a cunoscut în prima lună august a noului mileniu. Majoritatea studenților plecaseră acasă în vacanță, dar ea rămăsese la Exeter cu Laila, prietena ei, pentru că nici una nu voia să renunțe la apartament sau să se întoarcă la familie, ci voiau să profite de ocazia de a se juca de-a adulții. Se duseseră la Seven Stars, barul pe care-l frecventau studenții pentru că era ieftin. De la tonomat se auzea „Groovejet (If This Ain't Love)" a celor de la Spiller, și chiar și acum, după atâția ani, nu poate să asculte piesa fără să-și aducă aminte cum s-a simțit când l-a văzut. Rezemat de bar, vorbea cu un prieten ținând în mână o halbă de bere și nu părea să fi observat reacția ei. Câteva secunde lungi nu a putut să respire, parcă știind că-și găsise sufletul pereche. Parcă știind că erau sortiți să fie împreună înainte ca vreunul din ei să deschidă gura. Iar când au început să vorbească nu s-au mai putut opri, era uimită de câte lucruri aveau în comun. Și el era student acolo, deși la altă facultate. Când a aflat că era în același campus, nu i-a venit să creadă că nu-l remarcase până atunci.

Beatrice nu-și prea permite să se gândească la acele vremuri. Au trecut treisprezece ani și s-au întâmplat atât de multe de atunci, atâta timp irosit, atâtea regrete. Inima ei a fost zdrobită, și n-a avut de ales decât să părăsească atât universitatea, cât și țara. Peste câțiva ani, Laila i-a spus că el avea altă iubită, și a simțit că iar îi e smulsă inima din piept.

Tresare când se trântește ușa de la intrare, zgomot urmat de voci șoptite și un chicot care răsună prin casă. Beatrice se duce grăbită în hol, unde-l vede pe Ben cu brațele în jurul taliei lui Abi. El are părul ud și lipit de cap, pe când al lui Abi atârnă în cârlionți drăguți. Lăsând jos umbrela din care picură apă, își îndreaptă spre Ben fața superbă, pe care, mirată, Beatrice citește adorație. Nu s-a așteptat ca Abi să se îndrăgostească atât de repede de el. Râd amândoi, iar vederea lor îi trezește amintiri neplăcute pe care încearcă din răsputeri să le țină îngropate. Vrea doar să găsească un bărbat pe care să-l poată iubi; după aceea, trecutul ar putea fi șters la fel de ușor ca un desen în creion.

– Bună, Bea.

Ben îi zâmbește strâmb ca de obicei, dar Abi nici măcar nu se uită în direcția ei. Beatrice stă lângă caloriferul de modă veche și deodată se simte jenată în propria-i casă. Își dă seama că Abi are un aer diferit în seara asta, un aer distant care nu părea să-i caracterizeze personalitatea. E adevărat că a fost mereu un pic agitată, având o timiditate și o vulnerabilitate care au făcut-o pe Beatrice s-o îndrăgească, dar mereu era atât de dornică să le placă tuturor, atât de politicoasă. Se simțise flatată când Abi i-a zis că-i amintește de Lucy, crezuse că era începutul unei prietenii de care aveau amândouă nevoie în mod evident.

– Ați avut o seară plăcută? îi întreabă străduindu-se să-și înăbușe gelozia; în definitiv, nu e vina lor că ea nu are pe nimeni.

– Da, mersi, îi răspunde scurt Abi fără să-și dezlipească privirea de pe Ben și brațele de pe mijlocul lui.

Bruschețea ei o surprinde pe Beatrice. „Abi, oare dorința ta de a-mi fi prietenă a fost doar prefăcătorie? Doar ca să te culci cu fratele meu?“ Poate că Ben i-a povestit cât de dur a reacționat ieri, în parc, când s-a pus problema ca ei doi să facă dragoste. Oare să fie atât de lipsit de loialitate? În momentul respectiv nu o deranja faptul că s-a culcat cu Abi. Nu chiar. Pur și simplu nu vrea ca relația lor să devină prea serioasă. Și își dă seama că relația merge prea repede, că unul dintre ei o să aibă inima frântă, iar Abi e atât de vulnerabilă. Dacă iau o pauză de la contactul fizic, poate că lucrurile vor încetini și fiecare va avea șansa de a analiza situația. Sexul e un factor perturbator. După părerea lui Beatrice, e mai simplu când îl scoți din ecuație.

Abi se desface din brațele lui Ben și îl duce în sus pe scări ținându-l de mână.

– Noapte bună, Beatrice, îi spune peste umăr.

În tonul ei, în felul în care-l trage pe Ben pe scări e o notă de tachinare, ca și cum ar informa-o pe Beatrice că nu o s-o lase să câștige.

„Abi, nu e un nenorocit de joc. E viața mea."

Ben are pe față un zâmbet stupid de îndrăgostit în timp ce o urmează pe Abi pe treptele din piatră. Beatrice știe că arată ca o proprietăreasă acră așa cum stă la baza scărilor, cu jacheta groasă din lână strânsă în jurul ei, cu brațele încrucișate la piept, dar cu siguranță că Ben nu i-ar nesocoti dorința, nu? Cu siguranță nu ar fi atât de crud încât să facă încă sex cu Abi după tot ce i-a zis ieri. Nu când știe că ea poate să oprească totul.

Beatrice oftează și stinge lumina în atelier. Trebuie să aibă încredere că Ben va face ce trebuie. Nu poate să stea după el ca o mamă exagerat de grijulie.

Se uită la cutia de catifea de pe birou, gândindu-se că trebuie să i-o trimită clientei de dimineață. De pe palier se aude alt chicotit, care o face să uite cu totul de brățară. Închide ușa și urcă scările după fratele ei și iubita lui.

15

E blocată la etajul superior al casei și bate cu disperare în geamul de la mansardă. Știu că strigă, deși sunetul e înăbușit de sticlă, de flăcările care o înconjoară. În ochii ei măriți se citește groaza; alerg spre casă și încerc să sparg ușa din față, ignorând flăcările care ating vopseaua și o îndoaie, dar fumul mă împinge în spate. Extenuată, plâng în hohote în timp ce ea se face din ce în ce mai mică, până când abia o mai văd, și apoi dispare în fața ochilor mei. Înainte să-mi dau seama, Callum mă apucă de mijloc și mă trage din fața casei lui Beatrice, spunându-mi că n-am ce să fac.

– Abi, a murit. A murit. Trebuie s-o lași.

– Dar nu pot, îi strig.

Continui să urlu până când îmi îngheață sângele în vine și mă doare gâtul. Deodată Luke e în fața mea, iar chipul lui arătos e schimonosit de furie; acum e urât, înspăimântător și mă amenință, îmi spune că e doar vina mea. Casa dispare, și în locul ei se ivește vechiul meu Audi răsturnat în șanț. Lucy e în brațele lui Luke, iar el o leagănă plângând, la fel ca în noaptea aceea groaznică. Acum însă, nu Lucy e cea care se uită fix la mine cu ochii deschiși, nevăzând nimic. E Beatrice.

Mă trezesc speriată, perna e leoarcă de transpirație, cearșafurile umede sunt mototolite la picioarele mele, cuvertura e pe podea. Inima mi se izbește de coaste când mă ridic în șezut, icnind după aer. Ce mi-aș dori ca Ben să stea întins lângă mine, să mă aline, să-mi spună că a fost doar un coșmar. „A fost doar un coșmar", îmi zic atunci când bătăile inimii mi se mai potolesc, știind că ce se întâmplă în vis e diferit de fiecare dată, dar rezultatul e mereu același. Ca realitatea.

Sora mea geamănă a murit, Luke mă urăște și o să mă învinovățesc mereu. Nu o să pot niciodată să-i dau drumul lui Lucy.

Cobor scările care duc la bucătăria din subsol, însă vocile lor ridicate mă fac să mă opresc.

– A dispărut. Am lăsat-o pe biroul meu noaptea trecută, iar în dimineața asta nu mai era, spune Beatrice.

– Vrei să spui că a furat-o cineva?

Vocea lui Ben este neobișnuit de tăioasă, accentul lui scoțian e mai pronunțat. Nu i-am mai auzit certându-se, și inima mi-o ia la goană.

– Era acolo noaptea trecută, spune ea ritos. Atâta zic. Și acum nu mai e.

– Poate ai pus-o în altă parte?

– De ce aș fi făcut-o?

Vorbește sacadat, pe un ton de gheață.

Rămân pe scară, nesigură dacă să urc înapoi sau să cobor la bucătărie. Ascunsă de peretele curbat, încerc să-mi imaginez expresiile de pe fețele lor.

– Nu știu, Beatrice. Dar nu acuza pe nimeni până nu ești sigură.

– Să acuz? Pe cine dracu' am acuzat, Ben? Pe nimeni.

El îi răspunde calm:

– Ai zis pe un ton acuzator că a dispărut. Aşa că fii sinceră, cine crezi că a luat-o?

Aştept cu sufletul la gură. Din cauza zgomotului făcut de maşina de spălat, abia îi aud vocea cu un vag accent scoţian, dar mult mai blândă decât a lui Ben.

– Cass era la Londra noaptea trecută şi Pam, acasă la prietenul ei. Aşa că o singură persoană putea s-o ia, doar dacă nu ai stat cu ea toată noaptea. Aşa a fost? Ai stat cu ea toată noaptea, Ben?

Se referă la mine.

Mi se suie sângele la cap şi ameţesc atât de tare, încât trebuie să mă ţin de perete ca să mă sprijin. Nu-mi pot da seama ce faţă face Ben. Fără să-i mai aştept răspunsul, o iau la goană pe trepte, fără să mă opresc să mă uit la rană când mă împiedic şi-mi julesc fluierul piciorului, ci fug până ajung în camera mea. Închid uşa şi mă reazem de ea. Respir greu şi gâfâi, julitura mă înţeapă şi văd câteva picături de sânge ieşind pe piele. A insinuat cumva Beatrice că sunt hoaţă? Sau e doar paranoia mea, boala mea care iese la iveală?

Mă uit la noptieră. Antidepresivele nu sunt la locul lor. Poate că am uitat să iau unul aseară? Mă târăsc pe podea în patru labe în caz că a căzut cutia în spatele noptierei sau comodei. Şi apoi o văd sub pat. O iau uşurată, trag de folia argintie din învelişul de carton, ca un dentist care scoate o plombă, dar constat că nu mai e nici o pastilă. Cum să fi fost atât de proastă? Verific data, ultima reţetă a fost în urmă cu trei luni, dar ar mai trebui să fie o folie. Agit cutia, însă foliile care cad pe covor sunt goale, iar blisterele lunguieţe sunt dezumflate. Simt un val de panică, întunericul mă împresoară. Oare am luat Prozac înainte să mă culc? De ce nu-mi amintesc? A fost aşa o agitaţie cu mutatul, cu relaţia cu Ben, încât nu-mi amintesc când am luat ultima pastilă.

Ben venise în pat cu mine noaptea trecută, deși am stat îmbrăcați pe cuvertură și am vorbit încet. Apoi trebuie să mă fi luat somnul, pentru că, atunci când m-am trezit, Ben se dusese deja la el în cameră și eu eram încă în blugii și puloverul pe care le purtasem la bar. Aveam gura uscată și lipicioasă, așa că m-am dus jos în bucătărie să-mi iau niște apă. Oare am luat pastila când am urcat la loc? Nu cred. Janice mi-a zis că e periculos să renunț dintr-odată la medicație și că trebuie să mă las treptat, când e momentul prielnic. E încă devreme, dar sigur pot să mă programez de urgență la medicul de familie sau la Janice. „O să fie bine", îmi spun. „Nu trebuie să te panichezi. Dacă nu iei o pastilă, nu e nici o tragedie, ți s-a mai întâmplat." Dar dacă nu am luat mai multe?

Mă așez pe podea și mă sprijin de pat. Cadrul de fier incomod îmi intră în spate, dar nu-mi pasă, primesc durerea cu bucurie. Îmi trag la piept genunchii care-mi tremură, și un suspin îmi iese pe buze. Cum aș fi putut să cred că pastilele alea nenorocite o să rezolve tot? Acum că Lucy nu mai e, o să mă simt mereu așa, de parcă aș fi pe marginea unei prăpastii și, dacă aș face o mișcare greșită, aș putea să cad în hău.

Am reușit s-o evit toată ziua.

Am stat toată dimineața să-mi sun cunoștințele și mă bucur să descopăr că Miranda, fosta mea șefă, pare încântată să mă audă și chiar îmi spune că are ceva pentru mine.

– Patricia Lipton a fost de acord să dea un interviu pentru secțiunea de artă. Știu că îți plac la nebunie romanele ei, îmi spune.

Înseamnă că o să merg pe Isle of Wight, pentru că Patricia detestă interviurile prin telefon, dar poate că am nevoie să plec de lângă Beatrice o vreme, să-mi limpezesc gândurile.

Reușesc să mă programez de urgență la medicul de familie ca să obțin o rețetă pentru antidepresive. După aceea mă duc în oraș să cumpăr o cuvertură de pat care să se asorteze cu pereții proaspăt vopsiți. Pe la cinci, când intru cu punga de cumpărături într-o mână și cu umbrela în cealaltă, o aud din vestibul cum mă salută calm și o văd ieșind din atelier. Deși e răcoare, poartă o rochie din bumbac, e în picioarele goale și are la gleznă o brățară de argint care îi pune valoare tatuajul.

– Tu erai. Credeam că e Ben. Pare dezamăgită. Ai fost la cumpărături? Credeam că nu ai bani. Se uită cu subînțeles la punga de plastic din mâna mea.

Franchețea ei mă face să roșesc.

– Era... era la reduceri. E o cuvertură de pat. Am nevoie de una nouă după ce pasărea...

– Mda.

Îi simt răceala în privire pe când mă măsoară din cap până în picioare. Închid ușa și las jos plasele și umbrela ca să-mi scot geaca, pe care o pun în cuier.

Beatrice mă observă, cu brațele ei subțiri încrucișate la piept, făcându-mă să mă simt stânjenită.

– Mai porți rochiile pe care ți le-am împrumutat?

– Da, mulțumesc. Acum nu mai e atât de cald, așa că nu mai am nevoie de ele. Vrei să ți le aduc?

– Te rog.

Încep să urc pe scară, din ce în ce mai descurajată cu fiecare treaptă. Aud lipăitul picioarelor goale pe piatră și o simt răsuflându-mi în ceafă pe când mă urmează îndeaproape.

Deschid șifonierul ca să iau hainele și las o rochie pe umeraș. Cea pe care am cumpărat-o de la magazin.

Singura care-mi aparține. Beatrice se uită la ea, dar nu zice nimic.

– Poftim. Îi dau hainele, și ea și le așază pe antebraț. Mersi că mi le-ai împrumutat. Mai trebuie s-o spăl pe cea verde Alice Temperley.

Ridică din umeri, dar nu pare dornică să plece.

– Mai ai ceva de-al meu, Abi?

Îi simt răceala vocii. Nu m-am înșelat mai devreme, știe că i-am furat ceva.

– Ca de pildă? spun privind-o în ochi.

– De pildă, o brățară cu safire.

Îmi amintesc că am admirat-o pe biroul ei în atelier, la o zi după ce m-am mutat.

– De ce să fie la mine?

Oftează.

– Nu vreau să ne jucăm. Dacă o ai, te rog să mi-o dai înapoi. Am fost deja plătită, e pentru un client nou și nu vreau să-l dezamăgesc. E cadou pentru soția lui.

– Nu poți să-i faci alta?

Este evident răspunsul greșit, pentru că se înroșește în obraji și privirea i se îngustează până când ochii îi devin două fante. Inspiră adânc, apoi șuieră:

– Nu pot să cred așa ceva. Ți-am fost o prietenă bună. Te-am invitat să stai aici, *fără să-ți cer chirie*, când abia știam cine ești. Am încercat să te ajut să-ți gestionezi drama morții lui Lucy, și asta-i răsplata pe care o primesc de la tine? Abi, știu că tu ai luat-o. Nu știu de ce, dar știu că tu ai făcut-o.

Deschid gura să protestez, dar ea iese ca o furtună din cameră înainte să scot un cuvânt.

Stau întinsă pe cuvertura cea nouă, prea speriată să cobor în caz că Beatrice le-a spus lui Pam și Cass despre brățară. Știu că stau în jurul mesei din bucătărie și mănâncă o masă delicioasă (mai mult ca sigur gătită de Eva) și nu pot suporta să le văd privirile dezamăgite sau să le aud cuvintele acuzatoare. Nu contează ce le spun, ea și-a băgat în cap că i-am furat brățara prețioasă. Cât de mult urăsc confruntările!

„Dar dacă te ascunzi pari vinovată“, mă gândesc. „Cum am reușit să ajung în această situație? Oare am făcut aceeași greșeală ca atunci cu Alicia?“

Scârțâitul ușii de la dormitor mă face să ridic privirea. Îl văd pe Ben în prag, cu obișnuitul lui zâmbet strâmb pe față.

– Pot să intru? Mi-ai lipsit astăzi.

Arată obosit, iar cearcănele întunecate de sub ochi sunt vizibile în ciuda bronzului. Încuviințez abătută, iar apoi, când se așază lângă mine pe salteaua prea moale, izbucnesc în lacrimi.

– Hei, ce s-a întâmplat? mă întreabă trăgându-mă către el.

Îmi pun capul la pieptul lui, alinată de mirosul familiar al balsamului de rufe emanat de cămașa albă imaculată, în combinație cu un iz stătut de birou. Îi povestesc printre lacrimi ce-am auzit de dimineață și cât de rece s-a purtat Beatrice cu mine seara asta.

– Nu pot să cred că ți-a vorbit așa, izbucnește când termin. Nu poate să acuze în stânga și în dreapta. Sincer, nu știu ce a apucat-o.

– Doar nu crezi că i-am furat brățara, nu-i așa, Ben?

Îmi ia bărbia în mână și îmi întoarce fața spre el, ștergându-mi cu blândețe o lacrimă.

– Desigur că nu. Exagerează ca de obicei. Probabil a pus-o în altă parte și a uitat unde. Face mereu genul ăsta de lucruri, nu-ți face griji.

Ușurată, mă sprijin de el. Atâta timp cât Ben este de partea mea, pot să înfrunt orice. Mă întreabă dacă am mâncat, iar când îi explic că am fost prea jenată ca să-i înfrunt pe ceilalți, mă ia de mână și mă duce jos la bucătărie. Pe când trec pe lângă oglinda ornamentală de pe palier, îmi surprind ochii umflați și gura de clovn inflamată. Nu am fost niciodată o plângăcioasă atrăgătoare.

Beatrice și Pam stau la masă când intrăm. Ne aruncă o privire, iar apoi se uită repede în altă parte. Deci Beatrice i-a spus lui Pam despre brățară, exact cum mă așteptam că o va face.

– A mai rămas ceva de la cină? le întreabă Ben.

Încă mă ține de mâna pe care i-o strâng de parcă ar fi o plută de salvare.

– Eva a făcut plăcintă cu pește. A mai rămas ceva în cuptor, îi spune Beatrice ignorându-mă.

Farfuriile lor sunt goale, la fel și paharele de vin, plus cele două sticle din mijlocul mesei. Ben își trage mâna dintr-a mea și merge la aragaz, iar eu iau loc în fața lui Beatrice.

– Beatrice... încep.

Vreau să-i spun atâtea, dar știu că nu prea mă pricep la discuții în contradictoriu. Sunt întreruptă de Ben, care îmi așază în față o farfurie plină cu plăcintă de pește, dar știu că, dacă iau o înghițitură, o să vomit. Se așază lângă mine și, încurajându-mă din priviri, îmi dă tacâmurile și un pahar de vin. Mi se pare încântător faptul că preia controlul, că are grijă de mine.

– Văd că ați dat tot vinul pe gât.

Din voce îi lipsește căldura obișnuită când i se adresează surorii sale.

Pam pare stânjenită și iese grăbită din bucătărie, pretextând că trebuie să-și sune iubitul. Se aud doar răpăitul ploii în geam și câte o pală de vânt care zguduie ferestrele. Dacă eu abia ciugulesc din mâncare, Ben înghite cu poftă, neafectat de atmosfera tensionată care îmi lasă un sentiment de claustrofobie. Îmi doresc să mă ascund în camera mea. Iau o bucată de plăcintă cu furculița înainte de a pune tacâmul jos.

Beatrice se uită de la mine la Ben în timp ce îmi privesc abătută mâinile încrucișate în poală. Sunt surprinsă când observ cu coada ochiului cum întinde mâna peste masă către mine.

- Îmi pare atât de rău, Abi, îmi spune pe un ton solemn. N-ar fi trebuit să te acuz de furt.

- Atunci ai găsit brățara?

Ben îi vorbește pe un ton aspru.

Sora lui clatină din cap, și aproape că îmi pare rău pentru ea.

- Nu, n-am găsit-o. Dar nu contează, dacă mă uit la imaginea de ansamblu. După cum ai spus, Abi, pot face alta pentru clientul meu. Nu e mare lucru.

Ben se uită la mine și văd îndoiala întunecându-i ochii căprui, dar rămâne tăcut.

- Îmi cer scuze că am fost așa de tupeistă mai devreme, dar nu am luat-o, Beatrice. Nu sunt hoață.

Mă gândesc la toate persoanele de la care am luat ceva: de la Lucy, de la Alicia, și da, chiar și de la Beatrice. Poate că sunt o hoață până la urmă.

Când ajung în camera mea, observ că am un apel pierdut și un mesaj vocal pe telefonul mobil. Ascult mesajul de la Miranda în timp ce mă plimb prin dormitor. De la fereastră o văd pe Beatrice cum iese pe poarta grădinii. Oare unde se duce la o asemenea oră? Încerc să mi-o scot din minte și să mă concentrez pe ceea ce îmi transmite Miranda. Interviul cu Patricia Lipton este al meu dacă încă sunt interesată. Mi-a găsit cazare la un hotel și ar trebui să plec poimâine. Mă simt energizată că am un scop și știu că Nia avea dreptate când mă îndemna să nu renunț la meseria mea. Mi-ar prii să plec din această casă, măcar pentru câteva zile. Pentru sănătatea mea mintală.

16

Beatrice merge cu pași mari fără umbrelă, nefiind deranjată de vântul care îi biciuiește pelerina roșie sau de ploaia care îi stropește picioarele goale, ba nici măcar nu observă cât de uzi îi sunt balerinii cu model de leopard. Cerul este întunecat, fără lună, nu ar trebui să iasă singură la ora asta, dar este totuși la Bath. În acest moment se simte mai în siguranță aici, în vânt și ploaie, decât în propria-i casă.

Se adăpostește în pragul cafenelei de pe strada principală și își aprinde o țigară. A început să fumeze mai mult de când s-a mutat Abi. Degetele îi tremură când duce țigara la buze și trage adânc, savurând gustul greţos al tutunului care îi încălzește gâtlejul. Încă se simte răvășită de cearta cu Abi și de modul în care a fost catalogată drept vrăjitoarea cea rea la cină; inima îi bate tare când își amintește. Cum pot să o trateze așa? După tot ce a făcut. Pentru amândoi.

După-amiază a depus un efort să fie politicoasă când a rugat-o pe Abi să-i dea hainele înapoi. Da, le voia înapoi, însă trecuseră două săptămâni, cu siguranță că ar fi putut să-și cumpere niște haine de vară până acum. Și oricum nu voia să o vadă pe Abi în rochiile ei. Nu după tot ce s-a întâmplat. Chiar și așa, a fost șocată când Abi a tras cu furie de rochiile ei prețioase de pe umerașe și aproape i le-a aruncat în față, de parcă ar fi fost niște cârpe. Apoi replica ei zeflemitoare că putea să facă altă brățară, ca și cum prima nu conta: reputația lui Beatrice era totuși în joc, munca ei asiduă se dusese pe apa sâmbetei.

Îi venise să-i tragă una peste mutra aia arogantă.

Mai trage un fum din țigară. „Poate că am greșit s-o acuz pe Abi de furtul brățării", se gândește pe când expiră fumul în aerul umed al nopții. A încercat să-și ceară scuze la cină, dar s-a înfuriat când a văzut cum Abi s-a dus într-un suflet la Ben, încercând să lase impresia că ea e victima în toată afacerea. A avut tupeul să stea acolo cu Ben de mână, îngrijorată, prefăcându-se că e micuța inocentă în timp ce Ben o păzea cu un aer impunător.

„Încerci cumva să-l întorci pe Ben împotriva mea?"

A observat mai devreme rochia grena de ceai în șifonierul lui Abi, precum și tenișii noi-nouți Dunlop Green Flash încă nescoși din cutie și puși pe raft. Se întreabă dacă lui Abi i-a trecut prin minte cât de mult seamănă una cu alta. Aceleași fețe ovale, nasurile cârne, părul blond, faptul că sunt amândouă zvelte.

„Abi, încerci să mă înlocuiești? Despre asta e vorba? De asta ți-ai cumpărat tenișii identici cu ai mei? Genul de rochie pe care aș purta-o chiar eu?" Gândul o face să tremure, și se învelește mai bine cu haina.

Pe vremuri, Beatrice ar fi fost sigură că Ben avea ochi doar pentru ea, că era prioritatea lui. Dar acum încrederea i-a slăbit. E adevărat că a avut un motiv ascuns când a invitat-o inițial pe Abi să se mute, dar ăsta e ultimul lucru la care s-ar fi gândit c-o să se întâmple.

Un felinar bâzâie și pâlpâie, scăldând ploaia fină într-o lumină portocalie. Mai trage un fum din țigară, apoi o stinge de perete și aruncă mucul în spate.

„Indiferent ce plan ai, Abi, n-o să te las să câştigi. Am prea multe de pierdut“, decide categoric pe când îşi vâră mâinile în buzunare şi porneşte spre casă prin ploaie.

17

Maşina Mini Cooper, roşie şi alarmant de străluci-toare, este parcată chiar vizavi de locul unde am coborât de pe feribot, iar bărbatul asiatic slăbuţ, cu un chip frumos, aproape feminin, mă îndeamnă să mă apropii, neobservându-mi disconfortul, frica.

– Domnişoară Cavendish, aţi mai condus vreodată un Mini Cooper? mă întreabă strângând mapa la piept.

În ciuda faptului că e mic de statură, trebuie să alerg ca să ţin pasul cu el. Scutur din cap. Îmi este dificil să înghit. Când ajungem, el notează pe o schemă, cu un pix scârţâitor, în ce stare îmi predă autovehiculul, iar eu sper că va rămâne fără zgârieturi când o voi returna a doua zi. Deschide portiera şi se apleacă înăuntru pentru a-mi arăta cum să pornesc motorul, unde sunt comenzile şi indicatoarele şi cum să folosesc sistemul de navigaţie încorporat. Apoi îmi pune cheia în palma tremurândă şi mă lasă acolo, nesigură dacă am curajul să mă sui la volan după atâta vreme.

Mi-a fost uşor să mă lipsesc de maşină în Londra, pentru că aveam o staţie de metrou la câteva minute de mers pe jos de casă. Chiar şi în Bath pot lua autobuzul când am nevoie să ajung în centru sau să-mi vizitez părinţii. E o pierdere de bani să ai maşină, le spun părinților când se îngrijorează că n-am mai condus aproape deloc de la accident. Audi-ul meu fusese daună totală, dar compania de asigurări îmi plătise câteva mii de lire și toată lumea insistase că trebuie să-mi cumpăr altă mașină, că trebuie să mă „sui din nou în șa“, cum s-ar zice. Dar am cunoscut-o pe Alicia, apoi am încercat să mă sinucid și am avut o cădere nervoasă. Și când m-am simțit suficient de bine ca să mă externez din spitalul de psihiatrie și să mă mut la părinți, n-am mai avut nevoie de mașină. Cel puțin asta mi-am spus. Dar adevărul e că sunt speriată de moarte. Ultima dată când m-am suit la volan, am sfârșit prin a-mi ucide sora geamănă. Dacă o să pun în pericol viața altcuiva?

Încerc să înghit în ciuda vomei care mi se ridică în gât, mă așez și ating ușor volanul. Clar nu prea am ce daune să fac într-un Mini Cooper, nu-i așa? O mamă tânără care împinge un căruț traversează strada în fața mea, și tremur imaginându-mi că intru în ea, capota mașinii ridicând căruțul sus de tot în aer, urletele bebelușului... Depun un efort să nu vomit. „Nu știu dacă o să reușesc.“

Aștept până când mama ajunge cu căruțul în siguranță pe trotuar înainte să am curajul să pun cheia în contact și să pornesc timorată motorul. Stau o clipă cu mașina torcând, îngrozită la gândul că o să conduc pe străzile din Cowes. Întorc capul. Strălucirea soarelui de după-amiază târzie se reflectă în marea din depărtare, iar vela albă triunghiulară a unei ambarcațiuni se ridică și coboară. Îmi umplu plămânii cu aerul sărat și închid ochii, reamintindu-mi mantra pe care am învățat-o de la Janice. Mă liniștesc pe măsură ce mă concentrez pe inspirație și expirație. Înăuntru și afară.

Apoi aud vocea blândă a lui Lucy. E atât de clară, de parcă stă lângă mine pe scaunul pasagerului. *Nu a fost vina ta. Abi, o să reușești.* Apăs ambreiajul, intru într-a întâia și ating ușor accelerația, fiind uimită atunci când mașina începe să se desprindă ușor de lângă bordură și să se înscrie pe stradă.

Și nu-mi pot stăpâni un zâmbet larg când o aud pe Lucy strigând de bucurie și ovaționând lângă mine pe când conduc, *conduc pe bune* spre Crowe.

Pensiunea pe care mi-a rezervat-o Miranda e cu vedere la port, și proprietara îmi amintește de străbunica mea răposată. Se tot agită în jurul meu, mă întreabă dacă poate să-mi gătească micul-dejun de dimineață și dacă vreau să-mi ducă sus geanta de voiaj. Îi refuz politicos ajutorul și mă refugiez în camera mea, care e mică, dar plăcută, de o eleganță fanată. Îmi despachetez rapid trusa de toaletă și îmi atârn în dulapul alb pantalonii pe care o să-i port mâine la interviu. Simt un amestec de emoție și entuziasm că mi s-a oferit șansa de a-i lua un interviu Patriciei Lipton. În cameră e răcoare, deși afară e cald. Desfac puloverul și îl duc puțin la nas ca să inspir mirosul reconfortant de acasă. Casa lui Beatrice. Mi-l înfășor în jurul meu și ies în direcția portului, briza îmi dă părul pe spate, mirosul de pește și cartofi prăjiți plutește în aer, se aud strigătele melancolice ale pescărușilor și îmi amintesc de Lucy și de excursiile la mare din copilărie, cum o fugăream – mereu eu pe ea, deși n-o prindeam aproape niciodată. Aveam costume de baie roșii, cu volane în partea de jos, părul ei blond strâns în coadă flutura în vânt, râdeam în hohote în timp ce făceam să se învârtă moriștile din plastic în mânuțele noastre grăsuțe, aveam fețele mânjite de înghețată, iar mama și tata, în urma noastră, zâmbeau mândri când străinii se opreau să remarce cât de drăguțe eram, cât de *identice*. Se pare că prea identice.

Trec de portul împânzit de ambarcațiuni albe și albastre, de străzile cu piatră cubică din centrul orașului și de promenada unde pensionarii se reazemă de băncile din lemn cu vedere la mare, apoi ajung la plajă. Merg cu grijă printre pietre, uimită de cât de liniștit e totul pentru luna iulie. Sunt câteva familii care profită de ultimele raze de soare și câteva cupluri care se țin de mână ori stau de vorbă lângă zid. Îmi croiesc drum până la mal cu șlapii în picioare și cu manșetele blugilor ridicate până la glezne, bucurându-mă de apa caldă care îmi atinge degetele. Împlinesc treizeci de ani la începutul lunii viitoare. Ori de câte ori mă gândesc la ea, simt o durere puternică sub coaste, simt că am pierdut-o, că trebuie să-mi continui viața singură, fără să împart evenimentele importante cu Lucy. Îmbătrânesc, pe când sora mea geamănă va avea mereu douăzeci și opt de ani.

Îmi îngheață sângele în vine când mă întorc să mă uit spre drum. Stă pe parapet, cu gleznele încrucișate, părul tuns bob îi atinge umerii bronzați, iar degetele subțiri sunt răsfirate ca s-o apere de soare. Sunt convinsă că e Lucy, până când văd o floare întunecată care i se încolăcește în jurul gleznei. Mijesc ochii ca să văd mai bine. Oare a luat trenul până la Southampton și apoi feribotul ca să mă urmărească până aici? Închid ochii și scutur din cap, sperând că, atunci când o să-i deschid din nou, se va fi evaporat ca o iluzie optică, ceea ce și sper că e, pentru că sigur mi-o imaginez stând acolo. E boala mea, paranoia mea. Dar când deschid ochii e tot acolo. Nu pot decât să mă duc peste ea, s-o întreb ce naiba crede că face. Dar imediat ce fac un pas în față, ea se ridică, își curăță rochia, sare jos de pe zid cu agilitatea unei pisici și dispare prin mulțimea de pe stradă, lăsându-mă să mă uit după ea, îngrozită că încep să-mi pierd mințile.

Îmi petrec mare parte din noapte răsucindu-mă în patul dublu, de parcă trupul meu ar fi conștient că e făcut pentru două persoane. Mi se perindă toți prin dreptul ochilor minții cu fețe interschimbabile, ca și cum imaginea ar fi derulată pe repede înainte: Lucy, Nia, Callum, Luke, Ben, Beatrice, Cass, Jodie și Pam. Oare m-ar urmări Beatrice până aici? Și dacă da, de ce? În cele din urmă adorm în țipetele pescărușilor pe când soarele se profilează printre șipcile obloanelor din lemn.

Neliniștea mă macină în continuare când fac duș și mă îmbrac. Îmi trag pe mine pantalonii negri eleganți pe care n-am prea avut nevoie să-i port de când a murit Lucy. Acum îmi sunt un pic mari în talie. Deși soarele e sus pe cer, îmi pun geaca de blugi peste bluza din bumbac ca să fiu sigură. Apoi îmi aranjez puținele haine în valiză și cobor la micul-dejun.

Din sufragerie se vede portul, la fel ca din camera mea. În mod surprinzător mi-e foame și mă bucur de cârnații, șunca presată și ouăle pe care mi le-a pregătit proprietara, dând din cap politicos în timp ce-mi prezintă obiectivele turistice locale.

Drumul până la casa Patriciei urmează coasta și e foarte plăcut. Datorită sistemului de navigare încorporat nu risc să mă rătăcesc. Încă îmi tremură genunchii că sunt la volan, dar mă liniștește gândul că mașina e compactă și că nu am pasageri pe care să-i omor din greșeală. Chiar sunt suficient de încrezătoare încât să pornesc și radioul. În vreme ce Katy Perry cântă despre artificii, depășesc cupluri care se țin de mână și copii care merg fericiți cu pălării de soare pe cap și mănâncă înghețată. Apoi cotesc pe o stradă laterală neîngrijită, mai curând o potecă, iar terenul accidentat face ca mașina să se zdruncine și să se zgâlțâie când trece peste gropi până când ajung la niște porți din fier forjat deschise de unde se vede un conac în stil eduardian. Parchez lângă un Volkswagen Golf negru, întrebându-mă dacă fotograful e deja aici. Pășesc pe pietriș spre ușa arcuită, cu inima bătându-mi ca un ciocan în piept. Mă tem c-o să o dau în bară și-o să par proastă în fața unei femei inteligente ca Patricia. O femeie care a scris tone de bestsellere pe care le-am citit în mare parte. E unul dintre idolii mei și, când mă gândesc că o s-o cunosc, că o să discut cu ea despre viața ei, uit totul preț de câteva minute.

Patricia răspunde la ușă. E înaltă și elegantă și nu-și arată deloc cei șaizeci de ani. Mă prezint și-i strâng mâna, conștientă că a mea e lipicioasă, apoi mă poftește într-un salon la fel de mare ca al lui Beatrice, numai că, dacă al lui Bea e plin de canapele viu colorate și diverse piese decorative, al Patriciei, în nuanțe de crem și maro, îmi amintește de o fotografie sepia. Deși e impecabilă, încăperea pare locuită zi de zi: pe măsuța de cafea e o stivă de cărți, pe canapea se vede păr de câine, iar lângă ușile ce dau pe terasă e un stâlp de ascuțit ghearele pentru pisici. Mă așez pe canapea, iar gazda ia loc pe un fotoliu elegant de vizavi, lângă un șemineu din cărămidă. Salonul dă spre grădina întinsă din spate, și în depărtare se vede o livadă. Ușor-ușor, încep să mă relaxez. Îmi oferă ceai, dar o refuz, propunând să ne apucăm de treabă.

– Fotograful se instalează în grădină, îmi spune Patricia.

Deşi mă intimidează puţin, îmi dau seama că-mi place deja de ea, că nu m-a dezamăgit. Scot carnetul din geantă.

Petrecem aproape o oră discutând despre copilăria ei, cum a ajuns să fie publicată şi ce a inspirat-o să scrie toate acele romane-fluviu. În timp ce vorbim, simt că încrederea îmi revine cu fiecare notiţă pe care o aştern pe pagină. Mă pregătesc s-o întreb dacă are sfaturi pentru scriitorii aspiranţi când uşile de la terasă se deschid, lăsând să intre o briză proaspătă de vară cu parfum de nalbă. Ridic privirea şi sunt atât de şocată, că îmi cad pixul şi carnetul pe covorul ţesut manual. La început mă gândesc că trebuie să fie altă iluzie optică. Dar nu, e chiar el. Are un aparat la gât şi obişnuita expresie încurcată pe faţă, e la fel de înalt şi slab ca Ben. Nu l-am mai văzut de atunci de la spital, la câteva luni după ce a murit Lucy, dar frumuseţea lui îmi taie respiraţia. Nu m-a observat.

– Doamnă Lipton, suntem gata, dacă aţi terminat, îi spune Callum cu accentul lui din sudul Londrei.

În momentul în care mă ridic în picioare ni se întâlnesc privirile. Nu s-a schimbat deloc, e la fel de neîngrijit ca un student în aceeaşi geacă neagră de piele pe care nu şi-o scotea niciodată când eram împreună, poartă blugi decoloraţi şi tenişi retro scâlciaţi. Are părul mai scurt acum şi câteva riduri noi pe faţă, însă ochii lui de un albastru regal sunt cei care mi-au bântuit visele şi coşmarurile luni întregi după ce ne-am despărţit.

– Abi... murmură cu blândeţe.

Ne uităm fix unul la altul, pur şi simplu nu pot să-mi iau ochii de la el. Parcă sunt transportată înapoi în timp şi simt că ultimul an şi jumătate a fost o greşeală teribilă.

Mă străduiesc să reiau conversația cu Patricia, hotărâtă să fiu profesionistă, deși Callum e în aceeași cameră. Îi mulțumesc Patriciei pentru timpul acordat, încercând să vorbesc pe un ton egal, și, ignorându-l complet pe Callum, îmi vâr în geantă carnetul și pixul. Patricia mă conduce până la ușa de la intrare. Dacă a observat cumva tensiunea dinte mine și fotograful ei, se preface de minune.

În spațiul sigur al habitaclului, aștept ca Patricia să intre la loc în casă înainte să am o cădere nervoasă. Mă aplec peste volan icnind după aer, cu inima bătându-mi nebunește. Tremur din tot corpul. „Concentrează-te pe respirație“, îmi spun. Nu pot să conduc în starea asta, trebuie să mă calmez. Dar revederea lui Callum după atâta timp m-a șocat într-un asemenea hal, încât mi-e rău fizic.

În cele din urmă, picioarele nu-mi mai tremură și inima nu-mi mai bate atât de repede. Ce face Callum aici? Sigur a pus el ceva la cale, nu poate fi o coincidență. Mă uit spre casă. Nici urmă de el, din fericire. Trebuie să plec de aici, n-am chef de o discuție.

Pun cheia în contact și pornesc motorul. Dau cu spatele când aud strigătele lui Callum și îl văd venind cu pași mari cu aparatul la gât.

– Abi, așteaptă, te rog! spune tare când ajunge în dreptul mașinii.

Cobor geamul portierei.

– Nu am ce să-ți zic.

Nu pot să mă uit la el, fac efort să-mi mențin privirea în față, la parbriz. Văd un câmp cu vaci.

– Abi, te rog. Speram să fii aici. Nu vrei să bem ceva în jumătate de oră?

– Nu știam că încă mai lucrezi pentru Miranda, îi zic pe un ton sever, încă uitându-mă la vaci.

– Nu, sunt liber-profesionist. Dar m-a sunat Mike de la Picture Desk legat de jobul ăsta...

– N-are sens, îl întrerup. Nu am ce să-ți spun.

Vocea mea e ca un sloi de gheață. Turez motorul intenționat.

– Te rog.

Disperarea din glasul lui mă face să mă întorc și să-l privesc în ochi. Încă mă doare să-l văd. Să-mi amintesc...

Gâtul mi-e complet uscat. Dau foarte ușor din cap.

Callum se luminează la față.

– E un bar pe strada principală. Se numește White Hart. Ne vedem acolo în jumătate de oră?

– Mă mai gândesc. Ar trebui să te întorci. Nu e profesionist din partea ta s-o lași pe Patricia să te aștepte, îi zic înainte să ridic geamul.

Pe măsură ce mă îndepărtez îl văd tot mai mic în retrovizor, până când dau curba și dispare.

Așezată la o masă rotundă într-un pub întunecos, cu lambriuri din lemn pe pereți, sorb posomorâtă dintr-o cola. Oare fac ce trebuie? Nu ar fi mai inteligent să las trecutul în pace decât să-l întorc pe toate părțile, împărțind vina în stânga și-n dreapta?

Îi trimit un mesaj scurt Niei, explicându-i situația și cerându-i sfatul. Ea îmi răspunde în câteva minute și mă încurajează să mă văd cu el. „Nu vrei niște răspunsuri?" Îi scriu că are dreptate, chiar vreau răspunsuri. În cele din urmă sunt pregătită să aud ce are de zis, oricât ar fi de dureros. Tocmai mi-am pus mobilul în geantă când îl văd pe Callum în prag. Se duce cu pași repezi spre bar, probabil își comandă o halbă de Stella ca de obicei, apoi mi se alătură la fereastra cu perdele roșii decolorate.

– Vrei să stăm afară?

Clatin din cap.

– E bine aici.

Vreau să mă răstesc la el, să-i spun că nu suntem la o întâlnire de amor. N-am chef să mă alătur petrecăreților de la terasă, vreau să terminăm repede toată afacerea.

– Cum ți-a mai mers?

Picioarele îi sunt atât de lungi, încât genunchii îi ajung aproape la bărbie când se așază pe un scaun îmbrăcat în catifea. Își pune aparatul Canon greu pe masă, lângă halbă.

– Tu ce crezi?

Oftează. N-o să-i ușurez sarcina.

– Nia mi-a zis că te-ai mutat din Londra, încearcă din nou. N-a menționat unde.

– Am rugat-o să nu-ți spună.

Ia o gură mare de bere, și îmi dau seama că se gândește ce să spună în continuare. Eu tac mohorâtă. Pune halba jos și-mi studiază chipul.

– Arăți bine.

Știu că-și amintește ultima dată când ne-am văzut. Mi-o amintesc și eu, expresia șocată din privirea lui mereu optimistă pe când stăteam ghemuită în poziție fetală pe patul îngust din camera aceea sterilă și verde, învelită doar cu un cearșaf, cu o perfuzie în braț și bandaje la încheieturi, și țin minte cum o lacrimă i-a căzut din ochi și i s-a prelins de-a lungul nasului; crezând că n-am observat, s-a grăbit să și-o șteargă. „Nu-i așa că bărbații adevărați nu plâng, Callum?"

Soarele se profilează pe fereastră, luminând particulele de praf ce plutesc deasupra mesei, înainte să dispară după un nor și să înece iar sala în întuneric.

– Știi... Fără să se uite la mine, ia un suport pentru pahar și-i atinge marginile cu degetele lui mari. Nu e o coincidență că sunt azi aici. Mike mi-a zis că îi iei interviu Patriciei Lipton. Voiam să te văd, dar am fost surprins că ai venit. Știu că n-ai mai lucrat...

– Am mai scris sporadic pentru Miranda de când am plecat din Londra, îi spun.

El ridică mâinile.

– Uite, nu vreau să ne certăm. Am vrut să ne vedem ca să știu că ești bine.

– Ca să-ți alini sentimentul de vinovăție.

Își coboară capul; știu că i-am aplicat o lovitură sub centură. Cum pot să-l acuz când e și vina mea?

– Luke mă mai urăște? îl întreb cu un firicel de voce.

În momentul în care ridică privirea mă străbate un fior de plăcere. În ciuda a tot ce s-a întâmplat, știu că va fi mereu special pentru mine, prima mea iubire.

– Nu știu, nu vorbim despre tine. Abia l-am mai văzut de când s-a mutat.

Îmi amintesc că încă ploua când a ajuns salvarea. Luke o ținea în brațe. A însoțit targa până în ambulanță de parcă ar fi fost dreptul lui de la Dumnezeu, lăsându-mă rezemată lângă copac, prea speriată să mă mișc în timp ce mă examina un paramedic. Lucy nu a supraviețuit până la spital și nu am fost cu ea când și-a dat sufletul. Am pășit împreună în lume, dar ea a părăsit-o fără să-i fiu aproape. Mi-au spus că a avut un traumatism cranian, pe când noi restul ne-am ales cu entorse, tăieturi și vânătăi de pe urma accidentului.

– Mi-a zis că n-o să mă ierte niciodată, murmur.

– N-a vorbit serios, Abi. Era distrus. Iubita lui murise recent.

Simt cum mă împunge indignarea.

– S-a ocupat de tot, n-o să-l iert niciodată. Din vina lui nu am fost lângă ea când a murit.

Apăs cu unghiile în palmă până îmi intră în carne, preferând să mă concentrez pe durere decât pe lacrimile care dau să-mi țâșnească din ochi.

– Cu toții am iubit-o.

Mi-o spune pe un ton scăzut și știu că sunt pregătită să aud adevărul în cele din urmă. Trebuia să știu ce s-a întâmplat în noaptea aia. Un an și jumătate am tot încercat să suprim amintirea și am evitat subiectul, chiar dacă Janice m-a încurajat să-l abordez cu Callum. Dar nu voiam să trec din nou prin noaptea aceea îngrozitoare, să-mi amintesc că ultimele cuvinte pe care i le-am adresat lui Lucy au fost la mânie.

– În noaptea aia... Mi-ai spus că ai crezut că eram eu, nu Lucy, dar n-a fost așa, am dreptate, Callum?

Își mușcă buza și știu că se întreabă dacă să fie sincer cu mine, dacă nu cumva o s-o iau razna din nou. Îmi pun mâna într-a lui. Acum trebuie să știu adevărul. Înainte îl evitam, dar e mai bine să-l înfrunt.

– Nu sunt furioasă pe ea. Niciodată n-am fost. Dar spune-mi adevărul, te rog. Erai îndrăgostit de Lucy?

Scutură din cap.

– Of, Abi, nu eram îndrăgostit de ea. Nu cum îți imaginezi. Gelozia ta bolnavă ne-a afectat mereu relația. Eram prieten cu Lucy, atâta tot.

Simt cum mă apasă furia, dar dispare la fel de repede cum a început. Are dreptate, știu că are dreptate. Nu mă mai pot minți. Dar îmi trag mâna dintr-a lui și iau paharul.

– Știu că eram geloasă...

– Și-mi plăcea asta, mă întrerupe Callum. Cel puțin la început. Erai posesivă, dar o luam ca pe o dovadă de dragoste. După o vreme însă, a devenit obositor.

Îmi ridic privirea să mă uit la el.

– Nu mă poți învinovăți că eram geloasă. Înainte să mă cunoști, ieșeai cu Lucy.

– Abi, de câte ori trebuie să-ți spun că au fost numai două săptămâni? Două nenorocite de săptămâni, cu luni întregi înainte să ne cunoaștem. Știi că am fost cu ea doar la câteva întâlniri, dar nu s-a ales nimic. Apoi l-a cunoscut pe Luke. Nu prea aveam multe în comun. Pe când cu tine...

Își lasă vocea să plutească. Nu trebuie s-o spună. Am fost împreună patru ani, am împărțit totul. Eram pasionați de aceeași muzică, de aceleași filme și unul de celălalt.

– Callum, ai sărutat-o în noaptea cu petrecerea de Halloween.

Oftează.

– Credeam că erai tu, îmi spune cu gingășie. Erați amândouă îmbrăcate în vrăjitoare. Era întuneric. Abi, erați gemene identice. Am sărutat-o crezând că ești tu. Ți-am zis atunci toate astea.

Îi simt exasperarea din voce și mă gândesc la relația noastră, la toate momentele când a trebuit să mă asigure că nu-i plăcea de nici una dintre prietenele mele sau că nu mai nutrea sentimente pentru Lucy și nu voia să fie decât cu mine. Îmi dau seama cât de obositor a fost. Cât de epuizant.

Când l-am văzut pe Callum că o sărută pe sora mea în seara aceea, i-am despărțit cu o ferocitate, cu o putere de care nu știam că sunt în stare și am plecat valvârtej de la petrecere. Amândoi au venit în fugă după mine, susținând că erau nevinovați. Dar nu i-am crezut. Nu am *vrut* să-i cred, eram mistuită de gelozie. Luke a avut dreptate când a declarat la poliție că mi se întunecase judecata când mașina a derapat de pe drum. Urlasem la Lucy. Nu suport să mă gândesc cum am acuzat-o că-i place de iubitul meu. Chiar și Luke îmi spusese că vorbesc prostii, dar eu eram pe val. Toată nesiguranța mea ieșise la suprafață și țâșnea din mine. Ultimul lucru pe care mi-l amintesc de dinainte să pierd controlul mașinii e că Nia mi-a spus să mă calmez. „Calmează-te“, exact așa. Dacă m-aș fi calmat, poate că nici nu s-ar fi produs accidentul. Dacă Callum nu ar fi sărutat-o pe sora mea, ultimele cuvinte pe care i le-am adresat n-ar fi fost groaznice și probabil nu ar fi murit. Atâți de „dacă“. Noi cinci eram atât de apropiați, făceam totul împreună, și totul s-a schimbat pentru totdeauna într-o noapte.

– Îmi pare atât de rău, îngaim.

„Gelozia mea ți-a adus moartea, Lucy.“ O lacrimă mi se prelinge pe obraz și nu mă sinchisesc s-o șterg.

Callum îmi ia mâna în palmele lui.

– Abi, ai încheiat-o cu mine și ai refuzat să-mi mai vorbești după accident. Știu că m-ai învinovățit, dar a fost o greșeală stupidă pe care mi-aș dori să o șterg cu buretele. Coborând glasul, adaugă: Aș face orice ca să nu se fi întâmplat.

Îmi trag nasul.

– Știu, voiam să mă descarc pe altcineva, dar de fapt mă învinovățeam pe mine. Încă o fac.

– Dar e absurd. A fost un accident.

Scutur din cap abătută. N-o să cred niciodată că nu a fost vina mea, indiferent ce spun alții.

– După accident eram cu mințile împrăștiate. Adevărul era că am fost mereu puțin invidioasă pe Lucy. Mereu am simțit că reprezenta tot ce nu eram eu. Era mai deșteaptă, mai drăguță, mai simpatică. Mereu glumeam cu ea că era jumătatea mea mai bună. Evident că nega, dar era.

– Abs, ascultă-mă, n-am de unde să știu ce înseamnă să fii geamăn sau cum te simți acum. Dar trebuie să știi că nu am considerat niciodată că Lucy era jumătatea ta mai bună. Lucy era Lucy. Și tu ești tu. Și pe *tine* te iubeam. Mă crezi? În legătură cu noaptea aia? E important dacă mă crezi.

– Te cred, îi spun cu sinceritate.

După o tăcere prelungă, mă întreabă cum e viața mea acum. Îi zic că m-am mutat la Bath, că am cunoscut-o pe Beatrice, apoi pe Ben.

– Știi, și ei sunt gemeni. Pare cumva predestinat că i-am întâlnit, deși... El ridică o sprânceană ca să mă îndemne să continui. Beatrice e foarte grijulie cu Ben. La început părea că vrea să fie prietenă cu mine, dar, de când sunt împreună cu fratele ei... Îi pândesc reacția. Dacă îl deranjează că sunt cu altcineva, nu lasă să se ghicească. Reiau: Ei bine, Beatrice s-a îndepărtat de mine. Și ieri mi s-a părut că o văd.

– Aici, pe Isle of Wight?

– Da. Îi povestesc despre Janice, despre sindromul de stres posttraumatic de care sufăr, despre paranoia mea, dar nu pot să-i menționez brățara. Știu în sinea mea că n-avea cum să fie Beatrice, spun apoi. N-are nici o logică.

Callum încuviințează și mă strânge ușor de mână.

– Nu lăsa gelozia sau paranoia să-ți întunece judecata sau să-ți distrugă relația cu Ben.

Următoarele cuvinte plutesc nerostite în aer. „Cum ai făcut cu noi."

18

Intră pe ușă râzând, împinși de o rafală de vânt. Beatrice îi miroase sarea din păr și se gândește că i-a fost dor de ușurința cu care se înțeleg. E amurgul, momentul ei preferat din zilele de vară. Casa e tăcută, nu se vede nici urmă de Pam sau Cass, și e ușurată să-l știe că-l are doar pentru ea un pic mai mult.

– Mersi pentru azi, Bea. Închide ușa cu talpa tenisului și aruncă cheile în direcția măsuței de pe hol, unde zăngănesc într-un bol de ceramică. Mereu știi cum să mă înveselești.

– Meritam să ne răsfățăm. Se întinde și îi strânge brațul cu afecțiune, minunându-se de mușchii lui puternici și tonifiați. Acum fugi și pune ceainicul pe foc, trebuie să mă duc sus.

– Ce autoritară ești, glumește el înainte de a ieși pe hol cu pași mari.

Beatrice așteaptă până când a cotit pe treptele care duc la bucătărie, apoi se descalță de sandale, își lasă geanta din pânză cu găletușa și lopățica, crema de plajă și sticla cu Evian și urcă rapid cele două etaje, nelăsându-și timp să se răzgândească. Știe că o să vină curând după ea.

Camera lui Abi e imaculată. Cuvertura cea nouă, despre care Beatrice bănuiește că provine de la White Company – „parcă nu aveai bani, Abi“ – e întinsă pe pat, pereții sunt acum zugrăviți în culoarea lavandei, iar mirosul lui Jodie a fost înlocuit de ceva floral, cunoscut. Pe noptieră sunt patru cărți într-o stivă ordonată, lângă o poză într-o ramă argintie cu Abi și Lucy care zâmbesc bronzate, cu brațele pe după gât. E poza din articolul de ziar, dar color, nu alb-negru. Beatrice o ia și o examinează, încercând să vadă prin ce se deosebesc cele două gemene, dar e ca jocul acela în care trebuie să depistezi diferențele. Sprâncenele lui Lucy sunt mai arcuite, de parcă a fost la salon, buze sunt date cu gloss roz, părul este mai neted, mai drept; e evident că Lucy se îngrijea mai bine, era mai feminină, dar, în afară de atenția acordată modei și cosmeticii, sunt ca două picături de apă. Asemănarea dintre ele i se pare de-a dreptul stranie.

Lasă la loc poza. Privirea îi e atrasă de margareta mare din plastic de pe sticla de parfum din mijlocul mai multor creme de față și loțiuni de corp, și simte fiori reci pe șira spinării.

Daisy de Marc Jacobs. Și ea se dă cu același parfum.

„De ce ai face asta, Abi? De ce ai cumpăra intenționat același parfum ca al meu?“

Beatrice ia prima carte din teanc, e o ediție cartonată cu supracoperta ruptă, posibil să o fi luat-o de la un magazin caritabil sau, cum află după ce dă la prima pagină și vede ștampila, de la biblioteca centrală din Bath. Patricia Lipton, numele autoarei, îi sună vag cunoscut. Întoarce cartea să citească rezumatul de pe spate. E o poveste plictisitoare despre un azil de săraci de care Catherine Cookson ar fi tare mândră. Pune cartea la loc. Nu e deloc genul ei. Deschide sertarul, și inima îi tresare când observă o folie cu pastile. Doar nu sunt contraceptive, nu? Folia nu e apăsată, nu a luat nici o pastilă.

– Ce faci?

Vocea lui tăioasă o face să se îndepărteze în grabă de sertar, scăpând folia pe jos.

– Eu...

Se întoarce și îl vede pe Ben încruntându-se din prag. După doar câțiva pași mari, Ben e în fața ei și se apleacă să ia medicamentele.

– Nu pot să cred că îi umbli prin lucruri. Ce crezi că faci? Și ce-s astea? Le întoarce în mână. Fluoxetine. Pune-le la loc, se răstește.

Beatrice i le ia.

– Sunt antidepresive?

El confirmă pe tăcute, cu maxilarul încleștat.

– Și atunci n-ar fi trebuit să le ia cu ea? Ben, nu sunt doctor, dar sigur nu are cum să sară peste o doză, nu?

– Nu e corect să intri în camera ei fără să știe.

Se duce până la fereastră, trage draperiile pe care Abi încă nu le-a înlocuit și care contrastează cu restul dormitorului și se uită pe geam. Beatrice vine lângă el, cu folia de antidepresive încă în mână. Peste umărul lui observă un felinar care se aprinde.

– Îmi pare rău. M-am gândit că... știi tu, brățara.

El oftează.

– Nu poți s-o lași baltă?

Îl trage de braț.

– Ben, uită-te la mine. Privindu-l în ochii triști, îi spune: Cred că ea a furat brățara. Nu știu de ce. Poate e invidioasă, poate vrea să-mi saboteze noua afacere. Poate o voia pentru ea sau avea nevoie de bani. Nu știu. Îmi pare rău, știu că ții la ea, dar...

– O iubesc, Bea.

Vocea lui e neobişnuit de catifelată şi, la auzul ei, lui Beatrice îi vâjâie capul. Preţ de o clipă crede că o să i se facă rău. El îi cercetează chipul de parcă ar aştepta o reacţie; în expresia lui e o urmă de aroganţă, ca şi când ar fi folosit dinadins cuvintele acelea ca s-o provoace, ca să-i facă rău.

– Chiar dacă poate e o hoaţă?

Ştie că e o lovitură sub centură, dar nu poate să se abţină.

– Nu cred că e. Dar dacă ţi-a luat brăţara, aşa cum susţii, are nevoie de ajutorul nostru.

Cuvintele lui o fac să se ruşineze.

– Ai dreptate.

Se duce la noptiera lui Abi şi pune folia cu antidepresive la loc în sertar, acolo unde a găsit-o. E pe cale să-l închidă când o licărire îi atrage atenţia. E un cercel într-un colţ, aproape ascuns de hârtia parfumată cu model de trandafiri.

– Ben, uită-te.

Şi nu-şi poate ascunde satisfacţia când îi pune cercelul în palmă cu un aer triumfător. Micul giuvaier delicat, în formă de trandafir şi galben ca soarele, stă acolo neclintit, neştiind ce semnificaţie are.

19

Cineva a fost în camera mea. E aproape imperceptibil, dar îmi dau seama că perdelele au fost trase la loc prea mult; cuvertura e boțită acolo unde cineva a stat pe pat; sertarul de la noptieră a fost lăsat întredeschis; romanul Patriciei Lipton a fost pus cu susul în jos.

Las geanta lângă pat și mă grăbesc spre dulap. Deschid ușile și mă ridic în vârful picioarelor ca să ajung la cutia cu scrisorile lui Lucy, ascunsă pe raftul de deasupra selecției mele modeste de haine. Mă cuprinde un val de ușurare când o apuc, dar odată ce-o deschid observ că s-a scotocit prin ea. Scrisorile, pe care le legasem frumos cu o bandă elastică, sunt acum răsfirate, plutesc de la un capăt la altul al cutiei ca niște pești. Le număr febril și simt un junghi în inimă. De data asta nu e o greșeală, lipsesc trei scrisori.

Trag aer adânc în piept ca să lupt cu greața și mă gândesc la Beatrice, profund conștientă de motivul pentru care a făcut-o.

Mă pregătesc să pun capacul la loc când observ ceva strălucitor într-un plic. Să fie o poză? O scot nedumerită, gândindu-mă că nu țin niciodată poze alături de scrisorile lui Lucy. Dintr-odată înghet, lăsând cutia să-mi cadă din poală și să ajungă pe covor, unde scrisorile se revarsă.

Mă trec fiori reci pe șira spinării.

N-am mai văzut poza până acum. E un portret alb-negru, de cincisprezece centimetri pe zece. Bănuiesc că sunt eu, după părul blond. Numai că nu pot fi sigură, pentru că cineva mi-a zgâriat fața intenționat și, din câte observ, destul de violent.

Știu că trebuie să aștept momentul potrivit ca să-i spun lui Ben de scrisori și de poză. Prilejul mi se ivește peste câteva zile.

Stăm întinși pe șezlongurile cu dungi care sunt permanent pe terasă de când e caniculă. La picioare avem pahare goale, pungi de chipsuri mâncate pe jumătate, o scrumieră și o loțiune de plajă cu care s-a dat Ben mai devreme peste nasul pistruiat. Stă cu ochii închiși și fața ridicată spre cerul acoperit de nori, deși soarele nu e suficient de puternic încât să ne încălzească de-adevărat, iar eu am blugi și un jerseu pe mine.

Amândoi am evitat să aducem vorba despre Beatrice și brățara dispărută de când m-am întors din Isle of Wight. Abia am văzut-o, parcă mă evită intenționat, și, când dăm nas în nas la micul-dejun sau pe trepte, purtăm o conversație banală și politicoasă. În ciuda a tot ce s-a întâmplat, a răcelii dintre noi, a supărării pe care i-o provoacă relația mea cu Ben, a acuzațiilor sale, a faptului că a furat scrisorile de la Lucy, a păsării moarte și a fotografiei sinistre, sunt tristă că s-a ajuns aici. Când mă simt mai vulnerabilă, vreau să mă duc glonț la ea, să-mi cer scuze pentru tot ca să fim din nou prietene. Dar știu că e imposibil atât timp cât am o relație cu Ben. M-am înșelat când am crezut că pot să-i am pe amândoi. Am fost prea lacomă.

Îmi dreg glasul. Am emoții să deschid subiectul, dar trebuie neapărat să recuperez scrisorile de la Lucy și, în afară de a-i returna favoarea și de a-i scotoci lui Beatrice prin cameră, n-am idee cum să procedez. Simt că m-am împotmolit în jocul ăsta în care am fost atrasă fără voia mea.

Ben se întoarce sprijinindu-se în cot și mijește ochii la mine.

– Ești bine?

– Trebuie să discutăm ceva.

– Opa, e ceva serios? glumește el.

Totuși, își reglează șezlongul ca să stea drept ca al meu și stinge țigara.

– Când am fost în Isle of Wight... încep.

– Te-ai întâlnit cu fostul tău iubit, îmi termină fraza.

Zâmbetul i se șterge de pe față și pentru o clipă, o fracțiune de secundă, îi surprind o altă latură. Una pe care n-am mai văzut-o până acum. Mă observă atent, are maxilarul strâns, e aproape o altă persoană. Dar dispare la fel de repede și e iar Ben cel de dinainte. Cald, familiar, grijuliu.

Nu pot vorbi câteva secunde pentru că sunt foarte surprinsă.

– Nu asta voiam să-ți zic, reușesc să îngaim.

– Nu e treaba mea, murmură el coborând privirea.

Vreau să-l ating, să-i spun că nu are de ce să fie gelos, dar ceva mă oprește.

– Apropo, de unde știai?

Dă din umeri.

– De la Beatrice.

– De unde naiba știe ea?

Se încruntă de parcă nu s-a gândit până acum.

– Nu știu, bănuiesc că i-ai zis.

Expir frustrată. E orb, nu-și dă seama că Beatrice abia schimbă două vorbe cu mine, că suntem într-un joc bizar de putere și el e premiul?

„Tu erai, nu-i așa, dragă Bea? Tu erai rezemată de zid“, mă gândesc, spumegând în tăcere. „Chiar m-ai urmărit până în Isle of Wight. Dar de ce? Ca să-mi faci zile fripte?“

– De ce ești atât de furioasă? Își ridică picioarele lungi peste marginea șezlongului ca să stăm față în față. Până la urmă, eu ar trebui să fiu furios pe tine.

– Parcă mi-ai zis că nu-i treaba ta, mă răstesc.

– Ești iubita mea.

– Deci ai fi vrut să-ți spun?

Clipește.

– Da.

Strâng din pumni.

– Lui Beatrice îi place să bage zâzanie. Simt furia cum îmi explodează în piept, iar cuvintele îmi ies ca un șuvoi pe gură, fără să le pot controla: Îi displace profund că sunt iubita ta. Te vrea doar pentru ea. A furat niște scrisori pe care mi le scrisese Lucy. E tot ce mai am de la ea, Beatrice sigur știe câte de importante sunt pentru mine. Știu că a umblat la mine în cameră. Știu că mi-a pus pasărea moartă în pat ca să mă sperie – tu însuți ai zis că pisica ei e prea grasă și leneșă ca să vâneze ceva, darămite să omoare. Știi că am găsit o poză? O poză de-a mea, îmi dau seama pentru că port un tricou alb cu formația Blondie. Nici măcar nu știu când a fost făcută. Sau de către cine. Fac o pauză pentru efect dramatic. Fața mi-era acoperită de zgârieturi albe. Nu crezi că pare a fi o amenințare?

El îngheață, iar pe față i se citește groaza. Aproape că-mi vine să râd.

– Încearcă să mă sperie, îi spun în schimb. Poate speră c-o să mă mut, nu știu. Dar e ceva maladiv.

Tăcut, reflectează la cuvintele mele.

– Dacă ți-a umblat prin cameră, înseamnă că are impresia că i-ai furat brățara, îmi spune în cele din urmă fără să ridice tonul. Dar nu pot să cred că ar pune o poză zgâriată printre lucrurile tale. Bea nu este violentă.

Ezit, apoi izbucnesc:

– Mi-a tot mutat antidepresivele. Nu par să fie niciodată la locul lor. Și o dată cutia era goală, de parcă cineva se străduise să scoată toate pastilele din folii. A trebuit să iau unele de urgență. Știi cât e de periculos să sar peste o doză, nu-i așa?

Încuviințează din cap, dar observ cum neîncrederea îi trece peste chip ca un nor prin dreptul soarelui. Deodată mă cuprinde furia.

– Știi ce cred? Fără să-i aștept răspunsul, continui: Nu cred că-i lipsește brățara. Cred că inventează ca să mă acuze. Ca să te saturi de mine. Și evident că îi iese... ești de partea ei. Gemenii rămân uniți, nu? Ar trebui s-o știu mai bine decât oricine. Râd, deși nu mi se pare amuzant. Unde mi-a stat mintea de m-am legat la cap cu voi?

Lacrimile îmi înțeapă ochii. Clipesc ca să le fac curgă.

– Abi. În voce îi simt răbdarea și alinarea; e vocea doctorilor care m-au tratat la spitalul de psihiatrie. Desigur că nu sunt de partea ei. Te rog nu mă pune la mijloc. Vă iubesc pe amândouă.

E prima dată când Ben mi-a zis că mă iubește. Nu mă pot înfrâna, și o lacrimă mi se prelinge pe obraz. El se întinde și mă apucă de mână.

– Vino încoace.

Mă duc pe șezlongul lui, cu picioarele printre ale lui, cu capul la pieptul lui. Îmi dă părul de pe față, iar cu celălalt braț mă ține protector. Furia dispare împreună cu paranoia în timp ce-mi amintesc de avertismentul lui Callum. Nu pot lăsa gelozia și boala să-mi distrugă relația cu Ben.

– O să vorbesc cu ea, rezolv. Te rog să nu-ți faci griji. Totul o să fie bine.

Vreau să-l cred din tot sufletul.

Mai târziu în acea seară, pe când urc treptele cu o ceașcă de ceai și cu o farfurie cu tort de ciocolată făcut de Eva, aud o ceartă din camera lui Beatrice. Mă opresc cu urechile ciulite, bucuroasă că pereții sunt mai subțiri decât par. Aud vocea joasă cu accent scoțian a lui Ben, dar nu disting nimic, deși sunt sigură că mi-a pronunțat numele. Apoi vocea răstită a lui Beatrice, plină de indignare.

– Evident că nu i-am luat scrisorile prețioase.

Nu aud ce-i răspunde Ben, dar știu că o să mă apere. Mă iubește. Nu pot să nu zâmbesc în momentul în care deschid cu piciorul ușa de la camera mea.

Beatrice stă deja la masa din lemn când cobor la micul-dejun a doua zi dimineață. Frunzărește fără chef un ziar și cuprinde cu degetele ei subțiri o cană de porțelan. Poartă un capot roz din mătase, nu e machiată și mă gândesc cât de obosită, cât de palidă arată. Pornesc ceainicul și rămân lângă blat așteptând să dea în clocot, cu privirea ațintită pe geam. Trece o femeie, îi văd doar picioarele în colanți transparenți și pantofii bej cu toc. Pare că vorbește la telefonul mobil, iar conversația vagă devine mai tare și mai clară pe când trece și apoi dispare odată cu sunetul pașilor.

Beatrice nu scoate o vorbă până nu mă așez în fața ei cu ceașca de ceai.

– 'Neața, îmi spune, fără să ridice ochii din ziar.

Mormăi și eu un salut și sorb din ceai. Vreau s-o întreb așa de multe lucruri! De unde știa că m-am văzut cu Callum? M-a urmărit până pe Isle of Wight, chitită să-mi strice ploile cu Ben? Îi e oare teamă că o să-l iau pe Ben de lângă ea? De ce încearcă să mă sperie? Bănuiesc că ea o face, însă tot mă înspăimântă. Dar nu știu de unde să încep, totul îmi sună până și mie atât de deplasat, de ridicol.

Tăcem amândouă o vreme, dar tensiunea dintre noi e palpabilă și mă foiesc pe scaun. Unde sunt ceilalți? Știu că Ben e la muncă azi, dar încă nu le-am văzut pe Pam sau pe Cass ieșind din dormitoare.

– Beatrice, îi zic. Vocea îmi sună încordată în bucătăria tăcută și îmi tremură mâna pe cană la gândul că o înfrunt, dar trebuie să lămurim lucrurile între noi. Acum știu cum stau cu Ben. Mă iubește și Beatrice nu are ce să facă, în ciuda eforturilor depuse. Pot să te întreb ceva?

Ridică privirea și îi văd ochii umflați, de parcă ar fi plâns.

– Te rog.

Pare calmă, plictisită.

– Mi s-a părut că te-am văzut pe plajă când am fost pe Isle of Wight. Așa ai aflat că m-am văzut cu Callum?

Se uită lung la mine cu ochi mari și scutură din cap, râzând zgomotos. Mă simt speriată, deloc în largul meu.

– În rolul ăsta m-ai distribuit, Abi? Al surorii geloase și posesive? Dar prietena geloasă și posesivă cine e?

– Nu sunt nici geloasă, nici posesivă.

Mă gândesc la Lucy și la Callum și știu că e o minciună.

– Of, Abi. Inspiră profund, susținându-mi privirea de parcă ar încerca să-mi citească gândurile. Cine ești?

mă întreabă peste câteva clipe, și în vocea ei se ascunde mirarea, ca și când n-ar fi deloc sigură de răspuns.

Simt transpirație la subraț.

– Ce vrei să spui cu asta?

Mâna îmi tremură atât de tare, că lichidul fierbinte sare din cană și se împrăștie pe masă. Las cana jos.

Beatrice mă sfredelește cu privirea.

– Abi, fii serioasă! Nu te mai preface că ești inocentă! Ben nu e aici, suntem doar noi două. Cum clipesc nedumerită, oftează: Fie! Nici măcar nu știam că te-ai dus pe Isle of Wight. De ce-aș fi venit? De săptămâni întregi aproape că nu ne mai vorbim. Se ridică, împăturește ziarul și-l vâră la subraț. Îmi pare rău pentru tine, Abi. Tace, ca și cum s-ar întreba dacă să spună ce gândește, ca și cum s-ar teme să nu fie implicată, apoi adaugă: Dar te rog să ai grijă de tine. Ia-ți pastilele.

Acestea fiind zise, iese din încăpere. Singură la masă, îi aud o vreme picioarele goale lipăind pe piatra de Bath.

Îmi petrec mare parte din zi în cameră, lucrând la laptop, și mă duc la bucătărie doar ca să-mi mai pun cafea sau să-mi fac un sendviș. Acolo dau nas în nas cu Eva, care face un fel de plăcintă, frământând aluatul cu mâinile ei delicate, în timp ce Pam stă lângă aragaz, vorbind așa de repede cu accentul ei puternic, încât am dubii că poloneza e capabilă să înțeleagă vreun cuvânt. Nici una nu mă bagă în seamă pe când îmi pregătesc prânzul.

Miranda e încântată de discuția cu Patricia Lipton și m-a însărcinat să-i iau un interviu prin telefon unui comediant cunoscut. Se dovedește că e amuzant doar la televizor, îmi răspunde monosilabic și se plânge că e răcit, ceea ce intuiesc că e un eufemism pentru mahmureală. Disperată să ies din casă, îmi pun laptopul în geantă după ce termin interviul și mă duc la cafeneaua de pe strada principală, unde scriu o mie de cuvinte pe care i le trimit Mirandei.

Mai târziu, când norii acoperă soarele și scaldă totul într-o lumină gri, închid laptopul și pornesc spre casă. Am băut două cafele tari și tremur și mi-e puțin greață când intru pe stradă. Încetinesc văzând grupul care iese pe poarta de la numărul nouăsprezece. Beatrice îl ia pe Ben de braț și cu mâna cealaltă o ține de mână pe Cass, iar Pam și iubitul ei sunt în spate. Fac stânga înspre terenurile de tenis; le văd spatele pe când se îndepărtează, râsetele lor plutesc până la mine. Beatrice dă capul pe spate fericită, regina stupului, și îmi dau seama că a câștigat. Nu pot să mă întorc. Nu mai pot să-mi petrec nopțile cu Ben pentru că nu putem face sex, nu mai sunt invitată când Beatrice organizează vreo excursie. Încearcă să mă excludă, îmi amintește că toți sunt prietenii *ei*, nu ai mei. Nici unul nu e prieten cu mine.

Fac stânga-mprejur spre strada principală și, săltându-mi geanta pe umăr, merg cu pași mari cât mai departe de casa *aceea*, departe de ei.

E o plimbare de două minute de la stația de autobuz spre poalele unui deal și dincolo de un canal cu multe bărci drăguțe și puburi cu vedere la râu. Începe o ploaie măruntă, dar din categoria celor care în scurtă vreme poate să te ude la piele.

Părinții mei locuiesc în satul Bathampon. Casa lor e de felul celor despre care citești în cărțile pentru copii, cu ferestre cu multe ochiuri de geam săpate în piatră și cu trandafiri la ușă, genul unde un lup așteaptă să te tragă pe sfoară, îmbrăcat în hainele bunicii tale. Dar știu că aici nu sunt lupi să mă prindă în capcană, i-am lăsat acasă. Mama îmi deschide, iar pe fața ei bună și iubită se citește mirarea. Izbucnesc în plâns imediat ce o văd.

– Abi?

În voce i se simte panica pe când îmi face semn să trec pragul în micul vestibul pătrat. Tata vine într-un suflet din salon și amândoi se strâng lângă mine și mă întreabă panicați dacă totul e în regulă, dacă am încercat să-mi fac rău. Le spun printre lacrimi și muci că nici nu mi-a trecut prin cap să-mi curm zilele, ce idee! Râzând ușurați, mă împing în fotoliul de lângă televizor. *Emmerdale*, serialul lor preferat, e pus pe pauză, și pe ecranul încremenit e o brunetă pe cale să strige o înjurătură. Belle, mopsul lor, care are clar un nume greșit, deși toți credem că e superbă, îmi sare în poală și începe să mă amușine la subraț. O strâng la piept, inspirând mirosul urât de câine. Face pare din familie de aproape cincisprezece ani și, pe când o țin de gât, mă gândesc că și ei trebuie să-i fie dor de Lucy. Deși e sfârșitul lui iulie, șemineul e pornit și e sufocant în cameră, dar părinții mei nu suportă frigul. Mereu au vrut să emigreze la pensie, dar acum nu mai vor. Din cauza mea. Tata șade tăcut pe canapeaua de alături și, uitându-se la mine și la Belle, așteaptă să explic ce vânt mă aduce. Mama se întoarce cu o ceașcă de ceai – leacul ei pentru orice – pe care mi-o pune în mâini.

– Sigur ai înghețat, ai doar un tricou pe tine. Văd că ai pielea de găină pe brațe, îmi spune și se duce sus să ia un jerseu.

E bine să fiu aici, să-mi poarte ai mei de grijă. Când mă așez la loc cu câinele în poală, mă întreb de ce am refuzat să mă mut la ei. Mă uit la pozele care decorează policioara de pe șemineu și mă opresc la fotografia cu Lucy de la absolvire. Nu prea sunt poze cu un singur membru al familiei, dar asta e excepția și iese în evidență, fiind mai mare decât restul. Dr. Lucy Cavendish.

Mama se întoarce cu un jerseu bej gros pe care mi-l pune pe umeri.

– Scumpo, camera liberă e pregătită dacă vrei să stai peste noapte, îmi spune luând loc lângă tata.

– Abi, ce se petrece? mă întreabă el.

Sunt nerăbdători, așa că deschid gura să le spun totul: cum m-am îndrăgostit de Ben, cum m-am simțit în siguranță în brațele lui noaptea, cum a ținut la distanță coșmarurile și vinovăția, cum m-a făcut să mă simt demnă, dar, după câteva săptămâni de sex extraordinar, a decis brusc că a continua să se culce cu mine e împotriva regulilor surorii sale posesive. Le spun despre Beatrice și cum îmi amintește de Lucy în atâtea privințe, numai că ea e autoritară, ceea ce Lucy nu era deloc, e furioasă, probabil geloasă pe relația mea cu Ben. Îmi lasă lucruri urâte în cameră ca să mă sperie și reușește, mi-e mereu frică de ce-o să mai facă sau spună, deja i-a întors pe toți din casă împotriva mea și acum sunt îngrijorată că-i va ieși manevra și cu Ben – până la urmă, e loc doar de o femeie în viața lui și cu siguranță aceasta trebuie să fie sora lui geamănă. Pentru că, așa cum știți, dragi părinți, nu există o legătură mai puternică decât cea între frații gemeni.

Dar cum pot să le zic toate astea? Mai ales lor. Așa că închid gura, sorb din ceai și le spun ce vor să audă, că am avut o zi proastă, că am muncit prea din greu și că sunt obosită.

– Sincer, n-aveți de ce să vă faceți griji, închei.

Și, dacă nu s-ar uita rapid unul la altul, închipuindu-și că nu-i observ, aș crede că i-am convins.

*

Aproape am adormit în camera de sub streașină, în patul dublu, sub o cuvertură Cath Kidston, când mobilul îmi vibrează pe noptiera din lemn de pin.

E trecut de miezul nopții, dar mă sprijin în cot să văd cine sună. Apare numele lui Ben. Răspund.

– Abi, unde ești? Mi-am făcut atâtea griji.

Deși îi detectez insistența și panica în voce, nu pot să nu mă gândesc că nu a fost *atât* de îngrijorat, dat fiind că e prima oară când încearcă să mă sune.

– Sunt la ai mei.

– Nu vii acasă?

Mă întind pe perne și mă uit cum dansează lumina lunii pe tavan.

– Nu în seara asta.

Amuțește. Pe fundal aud „Paint It Black" a celor de la Rolling Stones, zgomotul vocilor familiare, paharele care se ciocnesc, ceea ce-mi spune că petrecerea e în toi.

– Beatrice a zis că ar fi drăguț să ținem o mică serată. Pronunță ultimul cuvânt râzând ironic. Speram să fii aici.

– Nu știam.

– Ei bine, ne-am hotărât pe loc.

Pare abțiguit.

– Trebuia să plec puțin.

– Departe de mine?

Vocea îi este neobișnuit de subțire și stridentă.

– Nu de tine.

Închid ochii, imaginându-mi petrecerea fără mine, întrebându-mă pe cine a invitat.

– Abi... zice, și îl aud respirând. Știu că tu și cu Beatrice nu prea v-ați înțeles. Dar îi pare rău, o știu prea bine. Ar trebui să fie mai înțelegătoare.

„Vrei să spui c-ar trebui să fie mai înțelegătoare cu iubita labilă psihic și paranoică?" Dar nu zic nimic. N-am energie să mă cert cu el.

– Mă întorc mâine.

Îi sesizez optimismul în voce.

– E super, pentru că trebuie să vorbim despre ce-o să facem sâmbăta viitoare, de ziua ta. Facem ce vrei tu. Împlinești o vârstă importantă.

Ziua mea de naștere. Îmi bubuie capul la gândul că o să petrec o altă zi de naștere fără Lucy.

– Ben, ca să fiu sinceră, aș dori s-o petrecem doar noi doi împreună. Poate mergem singuri undeva?

– Nu vrei o petrecere? O să faci treizeci de ani. Beatrice s-a gândit...

– Nu, i-o tai. Clar nu vreau o petrecere.

– Cum vrei tu. O să organizez ceva special doar pentru noi doi. Cadou de ziua ta de la mine. Am putea să mergem la Londra.

– Nu, nu la Londra.

Nu pot să mă duc la Londra acum sub nici o formă.

– Dar undeva pe coastă? La Lyme Regis sau Weymouth?

Sunt de acord că ar fi drăguț la Lyme Regis și el mă asigură că se ocupă, că știe locul, că o să fie o surpriză. Când închid, sunt mai optimistă decât am fost toată ziua și adorm gândindu-mă că o să-mi petrec sfârșitul de săptămână cu Ben, îmbrățișați în camera de hotel, plimbându-ne pe faleză, comportându-ne ca un cuplu normal de îndrăgostiți fără nici o grijă. Fără embargou pe sex, fără regulile casei. Și, cel mai bun lucru, fără Beatrice prin preajmă.

20

Nu mi-a trecut niciodată prin cap că eu o să ajung la treizeci de ani și Lucy, nu. Dar când mă trezesc în camera pe care încă o consider a fi a lui Jodie, sunt dureros de conștientă că fac asta fără ea, că, indiferent de temerile mele, e 3 august și împlinesc treizeci de ani singură. O să fie vreodată mai bine, sau sunt condamnată să petrec fiecare aniversare sub povara absenței ei?

Părinții ne răsfățau întotdeauna de ziua noastră de naștere, având grijă să ne organizeze o petrecere, indiferent cât de rău o duceau cu banii. Mama, care se născuse în toiul iernii, ne tot spunea cât de norocoase suntem că ziua noastră pică vara, chiar dacă foarte mulți ani la rând soarele era un oaspete mai mult absent; dimpotrivă, cerul era înnorat și ploaia furtunoasă ne strica petrecerea. Desigur, asta nu o oprea. Dacă ploua torențial, lua cortul din garaj și-l punea pe tata să-l instaleze în curte, insistând să stăm în aer liber ca să profităm de vară, în ciuda picăturilor de ploaie care se prelingeau de pe cort pe gâturile noastre. Obișnuia să invite toți vecinii, precum și pe colegii noștri de la școală. Iar Lucy și cu mine ne amuzam de ridicolul situației, în timp ce mama se agita în jurul nostru, asigurându-se că toată lumea avea jeleu și înghețată, pe lângă impermeabile și cizme de cauciuc.

– Într-o zi o să fiți recunoscătoare pentru aceste amintiri, ne mustra ea fericită atunci când, aducând la masă o portocală învelită în folie și străpunsă de scobitori cu brânză și ananas, ne prindea chicotind.

Avea dreptate. Privesc în urmă cu atât de multă nostalgie la fiecare dintre zilele noastre de naștere, cu atât de mult dor, încât devine o durere intensă, sfâșietoare. Presupun că nu este atât de ciudat că, pe măsură ce trec anii, voi deveni tot mai absorbită de copilăria mea, de trecut, de o vreme când eram fericiți.

Se aude soneria. Sar din pat, îmi înfășor halatul în jurul meu și cobor repede scările. Dar, înainte să ajung la ușa de la intrare, Beatrice o închide deja, având în brațe un buchet imens de crini albi și trandafiri. Crinii sunt florile mele preferate. Lui Lucy îi plăceau trandafirii.

– La mulți ani, îmi spune zâmbind. Tocmai a sosit buchetul ăsta pentru tine.

Aproape îl scap de cât de greu e. Îmi lipesc nasul de petalele unui trandafir catifelat. Cine să fi dat atâția bani pe un astfel de buchet opulent?

– Vino cu mine, sunt sigură că am vaza perfectă în bucătărie.

Îmbrăcată în halatul ei roz, mă conduce prin hol.

De când m-am întors de la părinți, am observat că Beatrice s-a străduit să fie amabilă; m-a invitat la o galerie de artă, alegându-se cu un refuz politicos, precum și la o petrecere acasă la Niall, unde am acceptat bucuroasă să merg. Pe măsură ce trecea săptămâna, păream să ne înțelegem ca înainte. Bănuiesc că Ben a vorbit cu ea după ce am plecat. Orice i-ar fi spus, pare să fi avut efect. Am ajuns într-un impas. Nici una dintre noi nu a menționat scrisorile, fotografia sau brățara.

Şi, chiar dacă mă tot agit noaptea în pat, gândindu-mă la acele scrisori pierdute, la fotografia ciudată cu fața mea distrusă şi la ceea ce-ar putea urma, momentan nu am altă soluție decât să aştept.

Toată lumea e în bucătărie, iar când ajung pe ultima treaptă, toți încep să cânte „La mulți ani" cu o energie debordantă. Ben stă lângă aragaz, deasupra unei tigăi care sfârâie şi trosneşte. După ce termină de cântat, vine spre mine şi mă ia în brațe, aproape strivind florile în timp ce mă sărută apăsat pe frunte.

– La mulți ani, îmi spune. De la cine sunt florile?

– Încă nu sunt sigură, n-am citit felicitarea, îi spun uşor copleşită.

Este ca şi cum aş fi petrecut ultimele săptămâni în aripa servitorilor, iar acum mi se permite să interacționez cu nobilimea. Pam îmi dă o felicitare şi o sticlă de şampanie scumpă, iar Cass stă lângă mine cu o ceaşcă de ceai în mână.

– Să te ajut, îmi spune Beatrice, observând că nu am mâini libere cu care să iau ceaiul.

Îmi ia florile din brațe şi le aşază pe blat, apoi se apleacă să caute o vază în dulapul de sub chiuvetă.

Ben mă îndrumă spre masă informându-mă că pregăteşte micul-dejun, adică sendvişuri cu costiță ca o surpriză specială. Entuziasmul lui este atât de încântător, încât nu pot să-i spun că nu mă dau în vânt după costiță. Pam şi Cass iau loc în fața mea, cea dintâi trăncănind fără oprire despre ziua când a împlinit treizeci de ani, „cu mult timp în urmă", de parcă n-ar fi evident, după numeroasele ei riduri şi părul cărunt, că au trecut aproape două decenii de atunci.

Cass împinge cu timiditate pe masă un cadou ambalat.

– Nu e mare lucru, spune roşind.

Îi mulțumesc și-l deschid, neputând să-mi ascund surpriza când văd că este o fotografie mare alb-negru. Sunt eu, dar la fel de bine ar putea fi Lucy sau Beatrice. E un prim-plan, astfel încât se văd doar fața mea și partea de sus a umerilor într-un tricou alb. Sunt adâncită în gânduri, vântul îmi flutură câteva șuvițe de păr peste obraz, fundalul este neclar, astfel încât nu pot spune unde sau când a fost făcută. Callum este un fotograf grozav, dar ea este la cu totul alt nivel.

– Cass, este minunat, îi spun, cu adevărat impresionată.

Ceilalți se adună în jurul meu și-și exprimă zgomotos aprecierea. Deodată îmi îngheață sângele în vine. E ceva grețos de asemănător la poza asta – postura, părul blond, tricoul alb – și îmi dau seama unde am mai văzut-o înainte. E o versiune la scară mai mare a celei pe care am găsit-o în cameră, în care fața mea fusese zgâriată, lăsând în urmă un gol alb, mare și înspăimântător.

– Îmi dai și mie o copie? zâmbește Ben când se întoarce la aragaz, cu spatula în mână, neobservându-mi disconfortul.

Inima îmi bate ca un ciocan în piept, sunt confuză. Oare sunt pe punctul de a avea un atac de panică? Mă răsucesc să mă uit la Beatrice, să văd cum reacționează la toate astea, dar ea stă sprijinită de blat cu zâmbetul pe buze, cu buchetul de flori așezat frumos într-o vază în spatele ei.

Ben servește sendvișurile cu costiță. Uitându-mă în jurul mesei, la Beatrice așezată lângă mine povestind fericită despre ziua de naștere a ei și a lui Ben când au împlinit treizeci de ani, la Cass care-i zâmbește timid peste ceașca de cafea, la Pam care face grimase și-și dezvelește dintele de aur, mă simt ca într-o piesă de teatru suprarealistă. Oare Cass a lăsat acea fotografie în camera mea? Oare a făcut-o la cererea lui Beatrice? A fost ca un fel de avertisment? O amenințare?

– Așadar, spune Beatrice întorcându-se spre mine. Farfuria ei e goală. Ce ați plănuit pentru azi?

Deschid gura să-i spun că Ben mi-a promis că mă duce o noapte la Lyme Regis, însă el mă întrerupe.

– E o surpriză, ai uitat?

Își aruncă amândoi o privire pe care nu o pot descifra. Iau o gură din sendvișul cu costiță, deși mi se pare că mănânc carton. Nu mă pot gândi decât la poza aia nenorocită.

– O, aproape am uitat de cadoul meu, spune Beatrice întinzându-mi un pachet învelit în hârtie cu fluturi în relief.

– O, mersi, bâigui, conștientă că nu par recunoscătoare, dar sunt îngrozită de ce-o să găsesc înăuntru.

Îl deschid tremurând. Cutia e mică, bleumarin, ca acelea în care-și împachetează Beatrice bijuteriile înainte să le vândă. Mi se usucă gura. Ridic capacul și scot un icnet. Pe catifeaua neagră e o brățară. La început mă gândesc că e brățara care chipurile a dispărut. E foarte asemănătoare, de un argintiu sclipitor, dar, în loc să fie bătută cu safire, aceasta are o mulțime de pietricele galbene rotunde.

– E peridot, îmi explică urmărindu-mi reacția. E piatra norocoasă a zodiei Leu.

– Am avut mereu impresia că rubinul e piatra mea norocoasă.

Mă uimește cât e de grijulie. Ating ușor brățara, apoi mi-o pun la încheietură. Îmi vine perfect.

– Nu pentru un Leu născut în august. Am făcut cercetări. Îți place?

Judecând după entuziasmul ei infantil din voce, îmi dau seama că e important pentru ea, însă sunt nedumerită. Ce se întâmplă? Se joacă iar cu mintea mea?

– Îmi place la nebunie, îi zic, încercând să am un ton normal.

Sunt mişcată în adâncul meu, dar nu mai am încredere în motivaţia ei. Îmi zâmbeşte drept răspuns, apoi se ridică şi îşi goleşte farfuria murdară.

– Nu uita asta, îmi spune dându-mi plicul mic de lângă vază. A venit cu florile. Nu vrei să ştii de la cine e?

I-l iau şi scot felicitarea din plic, încruntându-mă pe când citesc cuvintele. Sunt atât de neaşteptate, atât de şocante, încât cerneala îmi pluteşte în faţa ochilor. Ţip, şi felicitarea îmi cade din mână pe pardoseala din piatră. Abia dacă-mi dau seama că Ben o ridică, că ceilalţi îmi urmăresc cu toţii reacţia în timp ce el citeşte mesajul.

La mulţi ani, Abi. Să petreci de minune la treizeci de ani. Mi-aş dori să pot fi cu tine.

Cu dragoste, Lucy xx

Se lasă o tăcere mormântală câtă vreme toţi procesează cuvintele şi înţeleg că am primit flori de la geamăna mea moartă.

Respir anevoie. Beatrice rupe prima tăcerea.

– Ar fi... ar fi putut să le comande înainte să moară?

– Desigur că nu, gem eu, acoperindu-mi faţa cu mâinile pe când mă chinui să nu vomit micul-dejun. De unde să ştie că o să locuiesc aici? Oricum, Lucy nu avea cum să fie aşa de organizată. A murit cu aproape doi ani în urmă.

Ben îmi masează umerii ca să mă consoleze.

– E-n regulă, Abi. E doar o farsă bolnavă.

– Şi poza. O iau de pe masă şi i-o flutur lui Cass prin faţă. E identică cu cea pe care am găsit-o în dormitor.

Le zic despre faţa zgâriată, dar toţi se holbează la mine de parcă aş fi inventat totul.

– E de înțeles că ești supărată, îmi spune Beatrice. O să arunc florile.

Îi aud pașii în spate, aud pleoscăitul când scoate florile din vază, gâlgâitul apei care se scurge în chiuvetă. Din tulpinile ude curge apă pe gresia rece. Spune că o să le pună în cutia pentru reciclare și vorbește pe un ton rapid, consolator și binevoitor. Mă întorc și le văd pe Cass și Pam stând lângă scară, nesigure ce să facă sau să spună. Se grăbesc să iasă din bucătărie după Beatrice, care ține departe de corp florile șiroinde, ca și cum ar fi otrăvite.

– Îmi pare atât de rău. Ben se lasă în scaunul pe care a stat sora lui. Nu lăsa asta să-ți strice ziua de naștere.

Scutur din cap.

– Nu-ți dai seama? mă tângui. Cineva vrea să mă distrugă. Îmi dau seama că par foarte paranoică.

Mă ia de mână și mi-o sărută drept răspuns.

– Nu-i adevărat.

– Atunci cum explici tot ce s-a întâmplat? strig. Trebuie să fie cineva din Bath, spun apucându-mă să rup în bucăți poza pe care mi-a dăruit-o Cass, deoarece îmi amintește de toate lucrurile îngrozitoare care mi s-au întâmplat după mutare. Îl văd cu coada ochiului pe Ben cum se uită șocat la mine, dar nu scoate o vorbă. Nimeni din viața mea anterioară nu știe adresa de aici, cu excepția Niei, adaug peste câteva momente.

Ben ridică o sprânceană.

– Nu fi ridicol! mă răstesc la el. O știu pe Nia de la optsprezece ani.

– Dar Callum?

Îmi trag mâna dintr-a lui.

– Callum n-ar face niciodată așa ceva.

Mă gândesc la Luke, dar îl scot rapid din ecuație. Oricât m-ar detesta pentru accident, nu s-ar înjosi atât de mult încât s-o folosească pe Lucy pentru a ajunge la mine. Trebuie să fie cineva care nu a cunoscut-o niciodată. Cineva care locuiește în casa asta.

– De la ce florărie sunt florile?

Ben înalță capul. Se întinde după felicitarea pe care a pus-o pe masă.

– Nu scrie. Și nici pe plic.

Mă gândesc la Beatrice, care stătea la ușa de la intrare în dimineața asta cu florile deja în brațe. Nu am văzut nici urmă de curier. Ar fi putut să sune la ușă chiar ea și să aștepte în hol ca să cobor. Închid ochii și îmi mușc buza ca să iasă sânge. Credeam că am căzut la pace. Cu siguranță Beatrice nu ar fi capabilă de atâta cruzime, nu?

Îmi reamintesc că nu o cunosc aproape deloc.

Încerc să nu las acest incident să-mi distrugă restul zilei de naștere, spunându-mi că exact asta și-ar dori făptașul. Dar o urmăresc pe Beatrice cu atenție, observând că este mai veselă decât a fost de săptămâni întregi în timp ce se agită prin casă, cântând încetișor. Vreau să cred că se datorează faptului că ne-am lăsat neînțelegerile deoparte și nu altui motiv, mai îngrijorător.

Sunt în camera mea și îmi pregătesc bagajul pentru o noapte când Nia mă sună să-mi ureze La mulți ani. Aud ecoul unui difuzor în fundal, iar Nia mă lămurește că este la gară. Când o întreb unde se află, evită să răspundă, interesându-se în schimb ce planuri am. Îi spun că Ben mi-a pregătit o surpriză și că sper ca hotelul să fie în Lyme Regis, pentru că n-am mai fost acolo. Decid să nu-i mărturisesc că nu ne putem petrece nopțile împreună întrucât el nu vrea să „încalce regulile casei lui Beatrice“ – iar aceste cuvinte mă irită, pentru că îmi amintesc cât de obsedată de control și de posesivă e sora lui. Dintr-un motiv care nici mie nu mi-e clar, nu pomenesc nici de flori, nici de fotografie.

– Plecați în seara asta? întreabă, părând nedumerită.

– Sper să reușim după-amiază, deși Ben nu mi-a zis exact.

– Ideea e că...

Tace și preț de un minut am impresia că s-a pierdut legătura, dar îi aud din nou vocea slabă și neclară pe fir, spunându-mi că speră să mă distrez de minune și că o să vină să mă viziteze în curând. Apoi închide, făcându-mă să mă întreb de ce se poartă așa de misterios.

Dimineața se apropie de sfârșit, și Ben tot nu mi-a dezvăluit destinația escapadei noastre. Îi zic că mă duc la prânz la ai mei. Părând ușurat că ies, mă conduce până la ușă și-mi spune să nu mă întorc până la ora ceaiului. Orele pe care le petrec cu părinții sunt lungi, chinuitoare, căci încercăm din răsputeri să ne prefacem că nu am observat că Lucy lipsește, că doar una dintre noi împlinește azi treizeci de ani. Flecărim ținând în poală farfurii cu tort pe care nimeni nu are chef să-l mănânce. Când sosește ora ceaiului, le spun că trebuie să mă întorc pentru că Ben mă duce la Lyme Regis.

– Când o să-l cunoaștem pe noul tău iubit? mă întreabă mama când mă îmbrățișează de rămas-bun.

Râd și îi spun că în curând, o îmbrățișez la rândul meu și mă mir ca de fiecare dată de cât de măruntă e, cât s-a stafidit după moartea lui Lucy, făcându-mi griji că o s-o zdrobesc dacă o strâng prea tare.

Când ajung acasă la Beatrice, soarele se pregătește să apună. Mă opresc cu mâna pe poarta din fier forjat și ridic privirea spre cerul cenușiu, închizând ochii în timp ce-mi amintesc de acele aniversări în ploaie, și simt – exact așa cum am simțit în ziua aceea în mașină pe Isle of Wight – că ea este cu mine, iar când cad primii stropi consider că e un semn de la sora mea că își amintește petrecerile din copilărie. „La mulți ani, Luce“, șoptesc.

– Abi? Deschid ochii și îl văd pe Ben stând încruntat în prag. Ce faci? Plouă cu găleata.

Atunci observ baloanele plutind ca niște capete retezate, legate de poartă, luminile în formă de margarete de deasupra ușii de la intrare și felinarele din grădină luminând cărarea. Împing ușor poarta, trecând pe lângă baloanele cu „La mulți ani!“ și „30 de ani“ imprimate pe ele, și brusc simt frig până în măduva oaselor. Noaptea romantică pe care mi-o imaginam cu Ben în Lyme Regis mi se estompează în fața ochilor.

– Nu plecăm în seara asta, nu?

Chipul îi e străbătut de îndoială. Îmi întinde mâna fără să scoată un cuvânt, ca să mă ajute să trec pragul. Se sprijină de mine și îi simt loțiunea familiară de după ras când buzele lui îmi ating urechea.

– Îmi pare rău, Abi. Te rog să pari surprinsă.

Înainte ca mintea mea să pătrundă înțelesul acelor cuvinte, mă conduce în vestibul și în sus pe scări în salonul colorat. Deschide ușa și mă împinge într-o cameră ticsită de oameni care strigă toți la unison: „Surpriză!“ Cineva pune muzică, altcineva îmi împinge în mână un pahar cu șampanie și nu pot decât să clipesc perplexă când o văd pe Beatrice zâmbind larg în fața lui Monty, Niall, Maria și Grace, cu Cass lângă ea ca un copil care se agață de fusta mamei. O văd pe Pam cum îl sărută pe noul ei iubit (altul, deșirat și cu părul într-o coadă de cal) lângă șemineu, iar Nia arată stânjenită lângă ei.

– Nia?

Sunt atât de șocată, încât aproape îmi scapă paharul din mână. Trece pe lângă ceilalți cu un aer jenat.

– Îmi pare atât de rău că nu ți-am putut spune, murmură când ajunge lângă mine. Mă trage în brațele ei, iar eu îmi înghit lacrimile. E în regulă așa? îmi șoptește la ureche.

Reușesc să încuviințez din cap, să-i spun în șoaptă că desigur că e în regulă, când în realitate simt un nod de dezamăgire în gât și, chiar dacă sunt încântată că cea mai bună prietenă a mea este aici ca să sărbătorim ziua mea de naștere, o petrecere este ultimul lucru de care am nevoie. O petrecere evidențiază doar faptul că Lucy lipsește.

Mai târziu, când toată lumea dansează pe melodia „Groove Is In The Heart", îl zăresc pe Ben în aglomerație, râzând alături de Beatrice și Nia. Merg la el și îl iau de braț, întrebându-l dacă putem vorbi între patru ochi. Fără să aștept un răspuns, îl duc prin sufragerie și pe terasă. Cerul e gri-violet acum, iar amenințarea ploii încă plutește în aer. Văd că Monty este în colț, adâncit în conversație cu Pam și cu noul ei tip, iar Niall stă cocoțat pe unul dintre șezlongurile ude, împreună cu niște oameni pe care nu-i recunosc, poștind o țigară cu marijuana. Mergem până la balustradă și ne sprijinim de ea. Țipătul unui pescăruș mă înfioară; până în ziua de azi sunt surprinsă de cât de mulți sunt la Bath.

– Te simți bine? mă întreabă distras. Uitându-se la fumătorii de pe șezlonguri, comentează: Sper că n-o să stingă țigările pe lemn. E de tec. Șezlongurile alea au fost al naibii de scumpe.

Vreau să-i spun că nu-mi pasă nici cât negru sub unghie de șezlonguri. Își scoate țigările din buzunarul de la spatele blugilor, lovește una de pachet, o așază în palmă și mi-o oferă. Când clatin din cap, și-o pune între buze și o aprinde. Am observat cât e de nervos când nu are o țigară în mână.

– Îți place petrecerea?

– Nu în mod deosebit, spun, și sunt mulțumită să-i văd durerea din ochi. Ce s-a întâmplat cu weekendul romantic pe care mi l-ai promis?

Trage adânc din țigară înainte să răspundă.

– A fost doar o idee. Dar Beatrice a zis că o petrecere ar fi mai potrivită.

Îmi înfrânez furia.

– Deci a fost ideea lui Beatrice?

Pare confuz, ca și cum ar fi îngrijorat să nu spună ceva greșit.

– Ei bine, da. Eu voiam să te duc undeva. Dar Beatrice a spus că deja a pus o petrecere la cale, că deja o invitase pe Nia. Cheltuise o mulțime de bani pe catering și pe vin.

Simt cum mi se încordează tot corpul.

– Și nu ți-a trecut prin cap să-i spui că ți-am zis expres că nu vreau o fututǎ de petrecere? îi șuier.

Pronunț fiecare cuvânt cu grijă pentru a mă face înțeleasă.

E luat prin surprindere.

– Ba da... dar ea mi-a pus în vedere, și pe bună dreptate, că-ți plac petrecerile. Că te-ai bucura s-o vezi pe Nia. Am crezut...

Se uită la mine neputincios. Știu că nu e vina lui, sunt conștientă de cât de manipulatoare poate fi Beatrice. Deși aș vrea ca măcar o dată să mă pună pe primul loc și să nu-și mai facă atâtea griji c-o s-o jignească pe sora lui minunată. Inspir adânc, dar nu sunt în stare sau nu vreau să opresc furia care iese din mine.

– De ce nu-ți dai seama ce încearcă să facă? îi strig. Nu-i pasă nici cât o ceapă degerată de dorințele mele, şi aşa ne-a împiedicat să petrecem împreună weekendul. Fără ea. Ben, te are la degetul mic. De ce refuzi să vezi asta?

Dau să plec, însă mă apucă de braţ, forţându-mă să mă răsucesc asemenea unui câine la capătul unei lese retractabile, şi-mi înfige degetele în carne. Faţa lui albă, crispată se află la doar câţiva centimetri de a mea.

– Abi, a făcut asta pentru tine, îmi spune printre dinţi. A organizat petrecerea pentru tine, chiar a aflat numărul celei mai bune prietene de-ale tale ca s-o invite. Şi tu nu faci decât să te plângi.

– Dă-mi drumul, scrâşnesc.

Slăbeşte strânsoarea, părând uimit de ce-a făcut.

– Îmi pare rău, Abi. Îmi pare atât de rău.

– Du-te în pizda mă-tii, Ben.

Lacrimile îmi întunecă privirea şi sunt vag conştientă că Nia pleacă de lângă Beatrice ca să mă urmeze în timp ce ies în fugă din încăpere.

21

Beatrice îi vede clar pe amândoi prin ușa deschisă. Abi, în ținuta ei obișnuită, blugi și tricou, are fața trasă și agitată, iar Ben, stând aplecat ca să fie la același nivel cu ea, are ochii îngustați de mânie și din gură îi sar stropi de salivă. Beatrice îi recunoaște expresia furioasă. Știe cât de mult detestă Ben să piardă controlul.

O simte pe Nia încordându-se lângă ea.

– Se ceartă? îi strigă Nia peste muzică, cu fața ei drăguță brăzdată de îngrijorare. Mă gândeam eu c-o să se întâmple. Abi spera să-și petreacă un weekend romantic cu Ben, nu să fie la o petrecere.

Beatrice dă din umeri ca să pară nonșalantă, când de fapt inima îi bate de fericire. Nu poate să-și ia ochii de la scena care se desfășoară pe balcon.

Ben încearcă s-o convingă pe Abi să nu plece, dar ea se trage și intră poticnindu-se în salon, cu ochii umezi, palidă la față, făcându-și loc prin mulțimea abțiguită înspre ușa care duce pe coridor.

– Mai bine mă duc după ea, zice Nia dându-i paharul lui Beatrice.

Aceasta ia paharul fără nici un comentariu și privește cum Nia o ia la goană după Abi.

Așteaptă. O secundă, două secunde. Apoi se duce pe balcon.

Când se apropie de el, observă că are trăsăturile încordate.

– Poftim. Îi dă paharul cu șampanie al Niei, de care nu s-a atins. Arăți de parcă ai avea nevoie.

I-l ia fără să scoată un cuvânt și dă pe gât conținutul dintr-o suflare. „Sărmanul de tine", se gândește Beatrice. „Relația cu Abi ți-a amintit totul, nu? Trecutul. Ce-am făcut." Pentru că acum își dă seama. Înțelege în fine de ce a simțit Ben o asemenea atracție față de Abi. O pală de vânt îi înfășoară rochia subțire din bumbac în jurul coapselor; își dorește să fi avut un jerseu pe ea.

– Ai avut dreptate când m-ai prevenit că e traumatizată, spune el în cele din urmă. Abia acum înțeleg în ce măsură.

Îl trage mai aproape de ea și-l îmbrățișează, dorindu-și să-i alunge durerea. Când el suferă, și ea suferă. Își pune capul pe pieptul lui, alinată de bătăile ritmice ale inimii ce răzbat prin cămașă.

– E invidioasă pe mine, spune peste câteva clipe. Pentru că sunt sora ta geamănă și știe cât de specială e legătura noastră.

El se trage puțin în spate și își freacă bărbia cu degetele.

– Știu.

– Ben, toate lucrurile pe care le zice despre scrisori, pasăre și poza aia. Crede că încerc să vă distrug relația. Dar știi că e o prostie, nu? E bolnavă. Nu cred că-și ia pastilele – rămăseseră în sertar când s-a dus pe Isle of Wight. Ar fi trebuit să le ia cu ea. Mi-a furat cercelul, ai văzut și tu. Și mai e ceva.

– Ce? o întreabă el epuizat.

– Crede că m-a văzut în ziua aia când a fost pe plajă. A adus vorba la bucătărie, n-am știut ce să-i zic...

– În regulă, Bea, se răstește el. Dându-și seama că a rănit-o, adaugă pe un ton mai blând: Uite ce-i, mi-a zis că are impresia că-i muți antidepresivele.

Beatrice trage aer adânc în piept.

– Ben, pentru numele lui Dumnezeu! Sper că nu o crezi, nu?

– Desigur că nu, îi răspunde el prea repede.

– Ben, cred că e periculoasă. E total dereglată. Și-a cumpărat o rochie exact în genul celor pe care le port eu mereu, are același parfum. Și aceiași tenişi. Mă gândesc că vrea să fie ca mine. Să mă înlocuiască...

Ben izbucnește în râs.

– E ridicol!

– Da? Se uită lung la el, gândindu-se dacă să o spună sau nu. Ești sigur că n-ai observat?

El își încrucișează brațele. E un gest defensiv. Bicepșii lui sunt puternici și bronzați. Poartă altă cămașă nouă. Cu siguranță de firmă.

– Ce să observ?

Ea deschide gura, dar nu-și găsește cuvintele potrivite. Ar putea să sune foarte prost.

Ben oftează, apoi își pune o țigară în gură și și-o aprinde.

– Ascultă-mă, Bea, îi spune după câteva fumuri. Abi are nevoie de sprijinul și înțelegerea noastră, știi asta. A avut o perioadă foarte grea. Îți poți imagina ce înseamnă să-ți pierzi fratele geamăn?

Se holbează la el, nevenindu-i să creadă.

– Îmi pot imagina foarte ușor cum ar fi. Dar comportamentul ei nu are nici o scuză.

El tace o clipă și o observă printr-o perdea de fum. Beatrice știe că e în căutarea unei soluții. Ben cel de încredere, pe care te poți baza. Bărbatul tipic, care vrea neapărat să rezolve totul, să îndrepte o situație neplăcută.

– Crezi că ar trebui s-o rugăm să plece? o întreabă în cele din urmă.

Inima i-o ia la goană. Desigur că s-a gândit de nenumărate ori. Dar nu și-a imaginat niciodată că Ben va fi de acord. Își alege cuvintele cu grijă.

– După părerea mea, așa ar fi cel mai bine. De când s-a mutat, atmosfera din casă e foarte tensionată.

Ben se întoarce cu spatele la ea ca să se uite în grădină, își aruncă țigara peste balcon, apoi apucă balustrada din fier de parcă l-ar fi lovit brusc amețeala. Beatrice îi masează spatele, așa cum o făcea când erau mai tineri. Încă e lumină afară, norii cenușii atârnă greu, iarba strălucește de la picăturile de ploaie, aerul e proaspăt, umed. În casă cineva a pus „Psycho Hiller" a celor de la Talking Heads și lumea fredonează în ritmul piesei.

– Beatrice?

Se răsucește și o vede pe Nia în prag. Poartă o rochie alb cu roșu cu buline, strânsă pe corp, care îi scoate în evidență trăsăturile celtice. Beatrice își ia mâna de pe spatele lui Ben când tânăra li se alătură, cuprinzându-se cu brațele din cauza schimbării de temperatură. Are ochi căprui, e inteligentă și pare să fie sinceră, ceea ce Beatrice admiră.

– Abi vrea să fie lăsată în pace, le spune Nia cu accentul ei galez cântat. Știam că ziua asta o să fie greu de suportat pentru ea.

– N-ar fi trebuit să-i organizăm o petrecere, am făcut o prostie, îi răspunde Beatrice.

Ben protestează imediat, asigurând-o că intențiile ei au fost bune, că nu putea ști cum avea să reacționeze

Abi, deşi observă că Nia nu zice nimic, îi priveşte de parcă ar încerca să-i descifreze, de parcă ar deranja-o ceva la ei.

– Să pun capăt petrecerii, să le zic tuturor să plece acasă? îi întreabă Beatrice, strâmbând din nas și uitându-se la roiul de oameni care râd, beau și dansează.

Nia se uită la ceas.

– E încă devreme. Poate că Abi se va alătura petrecerii mai târziu, însă acum cred că e dezamăgită. Se întoarce spre Ben. Când am vorbit cu Abi azi mai devreme, susținea c-o să plece cu tine, Ben.

El își mai aprinde o țigară. Fumează prea mult, ceea ce o îngrijorează pe Beatrice. Are ochii injectați, și ea e sigură că, atât timp cât Abi va locui în casă, tensiunea și grijile o să-l îmbolnăvească. Nu e prima dată când regretă că a invitat-o pe Abi să se mute la ei.

– Cred că a fost o neînțelegere, oftează Ben într-un târziu.

„Poți s-o mai zici o dată", se gândește Beatrice.

Ben aruncă mucul de țigară peste balcon și se îndepărtează de balustradă, dându-i surorii sale paharul gol.

– O să vorbesc cu Abi, trebuie să-i spun că-mi pare rău.

Beatrice deschide gura să protesteze, să-l întrebe dacă mai vrea să-i recomande lui Abi să se mute, dar își dă seama că orice ar zice ar fi inutil, așa că-și înghite cuvintele. Se uită la el cum își croiește drum prin mulțimea de invitați, zâmbind și dând din cap politicos spre cei care-l salută, până când se face nevăzut.

– Trebuie să-ți fie greu, îi spune Nia deodată.

Cerul s-a întunecat, așa că fața ei e în umbră și greu de descifrat. N-au mai rămas decât ele pe balcon. Dinăuntru se aude ritmul sacadat al unei melodii.

– Ce vrei să spui?

– Ben e fratele tău geamăn. Încerci să-l ocrotești fără să exagerezi totuși.

– Îl iubesc. Nu vreau să i se frângă inima.

– Și nu crezi că Abi e potrivită pentru el?

Beatrice își cumpănește atent replica, nedorind s-o jignească pe Nia.

– Abi s-a mutat aici ca prietenă. N-am vrut niciodată să fie iubita lui Ben, și nu pentru că nu mi-ar fi simpatică, ci pentru că a trecut prin atâtea. În plus, de când s-a mutat și a intrat într-o relație cu el... au fost numai necazuri, spune oftând.

– La ce te referi?

Beatrice se întoarce cu fața la prietena lui Abi.

– Păi, s-au întâmplat o grămadă de rahaturi ciudate.

Le ia pe toate pe rând, terminând cu rochiile și tenișii.

– Nu din nou, geme Nia.

Beatrice e cutremurată de un fior.

– S-a întâmplat și înainte?

– Ei bine, nu chiar, dar...

Șovăiala Niei e vizibilă.

– Ce vrei să spui?

– Beatrice, imediat ce te-am văzut, m-am gândit că semeni cu ea, îi zice repede.

Beatrice se încruntă.

– Cu Lucy?

Nia scutură din cap.

– Nu doar cu Lucy, ci cu Alicia.

– Cine-i Alicia? întreabă Beatrice, roasă de o presimțire urâtă.

Nia se foiește luându-se și mai mult în brațe, de parcă s-ar ascunde. Beatrice își dă seama că se închide în ea, probabil regretându-și limbuția.

– Nu pot să vorbesc despre asta, va trebui s-o întrebi pe Abi. Nu e corect din partea mea să dau detalii.

Beatrice clocotește de indignare.

– Știu că a încercat să se sinucidă. Nia, știu mai multe decât crezi. E casa mea. Trebuie să știu cu cine locuiesc, ce mama mă-sii? Abi e periculoasă?

– Sigur că nu. E mai bine acum, pare mai bine, mai ales că ia antidepresive.

Totuși, vocea îi tremură și pare nesigură.

– Dar nu-și ia mereu blestematele alea de antidepresive, nu înțelegi? se răstește Beatrice.

E încordată ca un elastic supraîntins. Are un presentiment că povestea cu Alicia nu s-a încheiat bine, indiferent despre ce-a fost vorba. Își amintește de intensitatea din ochii lui Abi, de nevoia ei palpabilă când s-au cunoscut, și știe, în adâncul sufletului, că s-a hrănit cu vulnerabilitatea lui Abi, că-i plăcea că era atât de disperată să-i fie prietenă. Asta o făcea să se simtă dorită, specială.

– Te rog, trebuie să știu, spune peste câteva clipe.

Se lasă tăcerea, iar Beatrice își ține respirația, conștientă că orice mișcare bruscă ar putea schimba cursul lucrurilor, că Nia ar putea decide să nu-i încredințeze secretele.

După o vreme ajunge la concluzia că a pierdut orice șansă, când Nia murmură:

– Îți spun asta doar pentru că țin la Abi și sunt îngrijorată.

Beatrice ascultă cu inima cât un purice în timp ce Nia îi povestește cum Abi a făcut o obsesie pentru noua lor vecină în săptămânile de după moartea lui Lucy, cum s-a împrietenit cu ea, convinsă că sunt suflete pereche, cum a început s-o urmărească peste tot.

– Își făcea apariția în locuri unde știa c-o să fie și Alicia. A început să fie geloasă când Alicia ieșea cu alți prieteni. Alicia credea probabil că Abi era prea intensă, prea tânjea după afecțiune. Eu am înțeles, desigur, o cunosc pe Abi de ani de zile. Dar Alicia nu împărțise atâtea cu ea, nu putea să-i înțeleagă durerea. În cele din urmă, după câteva luni, Alicia i-a spus lui Abi că vrea să stea departe de ea, iar Abi, ei bine... a reacționat urât.

– Ce-a făcut? Beatrice își simte sângele pulsându-i în urechi. Nia, trebuie să-mi spui!

Nia își acoperă fața cu palmele, bâiguind că nu vrea să trădeze încrederea lui Abi. Copleșită de furie, Beatrice vrea să strige la această fată și la ea însăși, pentru că i-a pus pe amândoi, pe ea și pe Ben, în pericol invitând o străină în casa lor. Nu-i pasă de loialitate sau încredere, în acest moment are nevoie să știe adevărul. Face un efort să pară calmă când vorbește, ascunzându-și frica.

– Ce-a făcut Abi când Alicia nu a mai vrut să fie prietenă cu ea, Nia?

Glasul Niei e aproape inaudibil din cauza muzicii din salon:

– A atacat-o.

22

Stau întinsă pe pat cu ochii închiși. Aud sunetele petrecerii care se desfășoară dedesubt – ritmul muzicii dance, ciocnitul paharelor, zumzetul diferitelor conversații – întrerupte din când în când de un râs brusc, o ușă care se trântește și pași pe scări. Nu pot să înfrunt nimic din toate astea.

Când lumina începe să se estompeze, Ben deschide ușa cu o expresie chinuită pe față și vine într-un suflet la marginea patului meu. Se așază în genunchi lângă mine ca și cum s-ar ruga, asigurându-mă că-i pare rău, că mă iubește, că vrea să fie iubitul pe care mi-l doresc. Fără o vorbă, îi fac loc să se strecoare lângă mine în patul îngust de o persoană, și o vreme stăm astfel în tăcere. Când mă ia de mână, îl las.

– Știi, îmi spune în cele din urmă. Nu știu ce s-a întâmplat între tine și Bea. Erați atât de apropiate una de alta.

– Nici eu nu înțeleg, recunosc, gândindu-mă la tot ce s-a întâmplat.

– Are impresia că ești paranoică și geloasă.

– Probabil sunt, zic, pe punctul de a izbucni în lacrimi. Dar cred că e posesivă și obsedată de control. Uite, pasărea moartă poate avea o explicație. Poate. Dar fotografia? Îți dai seama că a fost o amenințare, nu? Încuviințează din cap, dar nu mă întrerupe. Eram atât de fericită că plecăm împreună, că o să fim doar noi doi. Departe de casa asta. Departe de regulile nenorocite ale lui Beatrice. Oare asta mă face posesivă?

Se întinde și mă îmbrățișează drept răspuns. Reiau:

– Și faza cu florile, cine ar face ceva atât de crud? Mi-au dispărut și câteva scrisori. Ben, sunt chestii foarte ciudate. Cu siguranță nu doar în mintea mea, da? Ai văzut florile.

Își drege glasul și se foiește, simțindu-se clar jenat de ce urmează să spună.

– Am găsit numărul florăriei, e una mică de lângă Pulteney Bridge. I-am sunat, și își amintesc că o femeie a intrat în magazin și a plasat comanda.

Inima îmi bate ca un ciocan în piept în timp ce aștept.

– Abi. În voce i se simte îngrijorarea. Te-au descris pe tine.

Îmi îngheață sângele în vine și mă gândesc la Lucy, îmi amintesc de felicitarea care a venit cu florile. *Cu dragoste, Lucy.* Cum să fie posibil când ea e moartă?

Și apoi gândurile mi se îndreaptă spre Beatrice. Florarul m-a descris pe mine, dar putea să se refere și la ea. Înaltă, slabă, blondă...

Înainte să apuc să răspund, Beatrice năvălește în cameră, spunând că trebuie să vorbim de urgență. Nia e imediat în spatele ei. Ben se uită de la mine la sora lui, parcă îngrozit de dezvăluirile care urmează. Beatrice aprinde lumina de sus, îngăduindu-ne să vedem cât de palide și agitate sunt amândouă. Ben și cu mine ne ridicăm în șezut ca la un semn.

– Ce se întâmplă? rostește el.

Nia se așază la capătul patului; arată deplorabil.

– Îmi pare așa de rău, Abi. Ne facem cu toții grijă în privința ta, a trebuit să-i spun.

Nu știu despre ce vorbește.

– Ce anume?

Se uită la mine implorator cu ochii ei căprui și mari care mi-au amintit mereu de un baset.

– Despre Alicia.

Camera se învârte cu mine, mi-e greață și mi-e foarte clar că nu pot să mai am încredere în cea mai bună prietenă. O să fiu mereu etichetată ca bolnavă psihic, n-o să mă mai creadă nimeni niciodată, pentru că lui Abi îi lipsesc mai multe doage, a stat într-un spital de psihiatrie, nu știați? Cum puteți să credeți orice v-ar zice? E paranoică, delirează. Mă simt ca într-un coșmar în care încerc să-i lămuresc pe toți că sunt perfect sănătoasă, că a fost o greșeală stupidă, una singură, că nu reprezint nici un pericol, nu sunt dusă cu capul, dar din gura mea nu iese nici un sunet.

Ochii mi se umplu de lacrimi.

– Îmi pare atât de rău, dar Beatrice îmi spune că nu-ți iei medicația și îmi fac griji pentru tine, Abi. Nia mă privește cu expresia ei plină de franchețe. Îmi fac griji pentru tine, repetă cu lacrimi în ochi.

– De ce tot spuneți asta? îi întreb, găsindu-mi vocea în cele din urmă. Și îmi iau antidepresivele.

Beatrice pufnește neîncrezătoare și strâmbă din nas. A rămas în prag, de parcă s-ar teme să se apropie de mine. Vreau să-i spun că știu că a intrat în dormitorul meu, că mi-a mutat antidepresivele, că se joacă cu mintea mea. Dar, după felul în care mă privesc cu toții, ca și când aș fi sonată complet, știu că nu m-ar crede oricum.

Îl iau pe Ben de mână și mă uit implorator la el.

– Da, e adevărată faza cu Alicia.

– Ce s-a întâmplat?

– Am devenit un pic obsedată de ea. Tresar când îi văd expresia sceptică, dându-mi seama că par complet nebună. Strâng din pleoape, ca un copil care are impresia că nimeni nu-l poate vedea dacă ține ochii închiși, și continui: Practic, am urmărit-o peste tot și, când mi-a zis să dispar, cum avea tot dreptul, eu... ei bine, am recurs la violență.

– *Poftim?*

Deschid ochii. Ben pare îngrozit.

– Am lovit-o, îl lămuresc.

– A trebuit să fie luată de pe ea, completează Beatrice cu o oarecare bucurie.

– S-a... s-a dus la poliție? mă întreabă Ben.

– A sunat la poliție, dar n-a depus plângere. I-am învinețit ochiul. M-am simțit groaznic, și... și... Las să plutească în aer sugestia că am încercat să mă sinucid. Peste câteva zile am fost internată la spital, închei.

Ben se apleacă și mă ia în brațe. Tremur, lacrimile îmi șiroiesc pe față. Îmi mângâie părul, murmură că totul va fi în regulă. Apoi le spune răspicat celor două să iasă din cameră, să ne lase singuri. Mă surprinde cât este de autoritar, că țipă la minunata lui soră. Îmi dau seama că îmi ia apărarea. Că e de partea mea până la urmă.

După ce au plecat, Nia cerându-și scuze peste umăr, Ben mă duce la el în cameră. Îmi spune că nu vrea să mă lase singură în seara asta, că Nia poate să doarmă la mine în pat.

– Regret că nu te-am dus undeva, îmi șoptește în păr când mă ghemuiesc în brațele lui. Regret atât de multe lucruri!

Apoi mă sărută rapid ca atunci când ne-am cunoscut, înainte de regulile lui Beatrice. Când începe să-mi dea jos hainele, îl întreb dacă e sigur, iar el îmi promite c-o să mă pună pe primul loc de acum înainte. Și, în timp ce facem dragoste cu o tandrețe infinită, nu pot să nu mă gândesc că asta mă deosebește de Beatrice, că sexul cu Ben îmi aparține doar mie.

Când mă trezesc, soarele dimineții pătrunde prin perdele și am un sentiment de renaștere, de speranță. Aniversarea de care mă temeam a trecut, Ben mi-a oferit o noapte uimitoare. Fie din cauza pauzei forțate, fie ca urmare a scandalului de aseară, partida noastră de sex a fost mai reușită ca niciodată.

Pe deasupra, simt că scena din ajun a schimbat lucrurile între noi, ne-a apropiat. Ben a izbutit să pătrundă în mintea mea confuză, obsedată, paranoică și nu pare să-i displacă ce-a văzut.

Beatrice și cu mine nu comentăm incidentul de aseară. Suntem prietenoase la micul-dejun. Ea stă lângă Nia, mănâncă pâine prăjită la masa mare de stejar, părul îi este umed, parcă tocmai a ieșit de la duș, și poartă o cămașă galbenă care nu se asortează cu nuanța părului, însă îi vine bine. Mă doare să le văd stând alături. Cea mai bună prietenă a mea și dușmanul meu. „Beatrice, oare încerci s-o întorci și pe Nia împotriva mea? O cunosc de aproape jumătate din viață."

Când mă vede, bâiguie că are multe de făcut, ia un triunghi de pâine prăjită de pe farfurie și fuge din încăpere. Simt privirea Niei urmărindu-mă în timp ce mă duc să iau din dulap o ceașcă pe care o pun sub duza aparatului de cafea.

– Îmi pare atât de rău, Abi, îmi spune imediat ce mă așez în fața ei. Bluza albă fără nici o cută nu poate ascunde faptul că n-a dormit toată noaptea. Mi-am făcut griji pentru tine, dar nu ar fi trebuit să-i spun lui Beatrice despre Alicia. Nu era treaba mea.

Îi răspund că are dreptate, n-ar fi trebuit să spună nimic, dar recunosc că Beatrice e foarte convingătoare, ca un animal care e gata să se năpustească asupra prăzii și nu renunță până nu a înhățat-o în dinți.

– Probabil că ar fi trebuit să le spun oricum despre Alicia, zic și sorb din cafea.

Nimic nu are cum să-mi strice dispoziția în dimineața asta sau să șteargă amintirea nopții petrecute cu Ben.

– Să înțeleg că nu ești supărată pe mine?

Îmi zâmbește slab, cu speranță.

– Nu mai sunt. Mă întind să-i iau mâna și i-o strâng ușor. Știu că i-ai spus doar pentru că erai îngrijorată în privința mea. Am încredere în tine, Nia.

Se lasă înapoi în scaun, evident ușurată.

– Și e minunat să te am aici, adaug. Cum ți se pare casa? Gemenii?

Îmi spune că vila e uimitoare, că am avut noroc, că este o coincidență să fiu într-o casă cu gemeni, după tot ce s-a întâmplat.

– Și seamănă ca două picături de apă, nu-i așa? Mă refer la față. El este echivalentul masculin al ei, încheie Nia.

– Cu excepția ochilor, îi spun, comparând în minte ochii căprui ai lui Ben cu cei migdalați ai lui Beatrice, de culoarea mierii.

– Abi, de asta ai fost atrasă prima dată de ea? Fii sinceră. A fost pentru că seamănă cu Lucy? Și cu tine?

– Presupun că da, zic dând din umeri. Mi-a atras atenția datorită asemănării cu Lucy. În plus, și personalitatea ei e la fel de vivace ca a lui Lucy, deși la natura asta neplăcută... nu mă așteptam, ca să fiu sinceră.

– Te simți dezamăgită că n-ai mers la Lyme Regis?

– Am fost, dar totul s-a aranjat până la urmă. Ceva s-a schimbat aseară. Ben, ei bine, el... noi...

Râd în timp ce Nia scoate un țipăt de uimire. După câteva secunde de tăcere, spune pe un ton precaut:

– Totuși, îmi pare rău pentru ea. Știu că este foarte protectoare, dar tot nu înțeleg ce ai împotriva ei, Abi. De ce ai plecat valvârtej aseară? A fost din cauza dezamăgirii că s-a contramandat excursia? Sau a fost oare alt motiv?

Atunci îi explic totul.

Se încruntă și ochii i se încrețesc încât pot vedea începuturile de riduri, încă un semn că îmbătrânim amândouă, spre deosebire de Lucy. Tăcută, se albește la față când îi descriu pasărea moartă de pe patul meu, fotografia tăiată, florile care păreau a fi de la Lucy. Când termin în cele din urmă, gâfâind ușor și cu gura uscată, se lasă pe spătar și mă privește cu o expresie gravă.

– E dubios. De ce nu mi-ai spus toate astea mai devreme?

– N-am avut ocazia. Pe deasupra, mă temeam c-o să crezi că sunt paranoică, având în vedere trecutul meu.

Rămâne pe gânduri câteva clipe.

– Sună ca și cum Beatrice este foarte manipulatoare. Îmi fac griji pentru tine. Fotografia, florile – se simte răutatea în toate chestiile astea. Abi...

Tace brusc văzând-o pe Cass în pragul bucătăriei. Aliații lui Beatrice. Spioana lui Beatrice. Privim în tăcere cum Cass stă la aparatul de cafea, ignorându-ne complet, fiind în lumea ei. Când ia ceașca și fuge din bucătărie, Nia vorbește din nou. De data aceasta, vocea ei este mai insistentă, împletită cu frică.

– Abi, nu cred că ești în siguranță dacă rămâi aici. Trebuie să te muți.

23

– Stau de vorbă în bucătărie, raportează Cass întinzându-i lui Beatrice o ceașcă cu cafea. N-am auzit ce ziceau. Când am intrat, au tăcut.

– Mersi.

Beatrice ia cana și soarbe încet. Îi e greață, este agitată, prea multă energie nervoasă îi curge prin vene. Îl dă jos pe Sebby din poală când se ridică de pe canapea, iar el sare pe podea mieunând nemulțumit că i-a fost întrerupt brusc somnul. Beatrice se îndreaptă spre ușile de sticlă; pe brațe i se face pielea de găină, așa că își face mâna căuș în jurul cănii ca să se încălzească. A plouat peste noapte, șezlongurile sunt ude și pline de doze goale de bere și mucuri de țigară. Rămășițele de la petrecerea lui Abi sunt încă vizibile pe covor, pe măsuța de cafea și pe policioara de deasupra șemineului: mucuri de țigări, pete de vin, pungi de chipsuri, pahare goale și pe jumătate pline cu șampanie. Încăperea are un miros acru de sudoare și respirație urât mirositoare. Eva o să vină mai târziu ca să facă totul lună. Știe că Ben nu suportă mizeria, îl stresează.

Cass vine în spatele ei și îi pune o mână pe umăr.

– Ești bine, Bea? o întreabă cu blândețe.

Beatrice scutură din cap, mușcându-și buza ca să-și înăbușe plânsul. Cum îi poate explica lui Cass durerea pe care o simte? Ca și cum l-ar pierde din nou pe Ben. Credea că face un lucru bun - un gest de curtoazie - organizând o petrecere pentru Abi. Credea că ar putea să compenseze toate lucrurile urâte care s-au întâmplat, că așa l-ar atrage pe Ben de partea ei. Dar nu, Abi a izbutit să găsească o modalitate de a-i scoate ochii, de a răstălmăci totul astfel încât ea să fie personajul negativ. Ben nu s-a descurajat nici măcar la vestea că iubita lui este o obsedată care și-a atacat propria vecină. „Ben, de ce mai ai nevoie ca să-i vezi adevărata față?"

– E total sonată, spune, vocea ei sunând aspră și răgușită în salonul tăcut. Nu crezi, Cass? După mine, e al naibii de periculoasă. Vreau să plece din casa asta.

Cass îi strânge umărul.

– Nu-ți face griji, îi replică pe un ton consolator. Cred că va dispărea foarte curând.

24

Într-un fel sau altul, tensiunea din jurul zilei mele de naștere se evaporă, iar restul lunii august trece destul de armonios. Nia mă sună în majoritatea zilelor, îndemnându-mă să vin la Londra să stăm împreună, dar îi spun că nu pot să mă mut. Cel puțin nu încă și nu fără Ben.

Refuz s-o las pe Beatrice să câștige.

Beatrice se retrage în atelierul ei, montează pietre pe inele sau coliere de argint; Ben preia un contract pe termen scurt cu o companie importantă din zona marilor firme de înaltă tehnologie, iar eu primesc tot mai multe solicitări de la Miranda. Când suntem toți acasă, ne petrecem serile împreună, mâncăm plăcinte sărate sau tocane gătite de Eva și bem o sticlă sau două cu vin. Beatrice organizează uneori spontan o petrecere, și nu sunt surprinsă când ne anunță într-o zi că ea și Niall au început o relație. Pare fericită, așa cum era atunci când ne-am întâlnit prima oară. Dacă a observat că mă furișez în camera lui Ben în fiecare noapte, nu comentează în nici un fel; pare să nu-i mai pese de ce facem noi doi. Ne înțelegem bine cel puțin în aparență, dar nu am încredere în ea în totalitate. Încă sunt precaută, încă aștept următorul ei pas.

*

Înainte să-mi dau seama, au trecut câteva săptămâni de la ziua mea. Se pare că am găsit calea spre o conviețuire armonioasă, așa că speranțele îmi cresc. I-o spun lui Ben într-o duminică, pe când ne plimbăm în grădinile din Prior Park. Soarele e sus pe cerul de un albastru șters. Ben mă ia de braț pe podul palladian, îmi arată numele, datele și mesajele de la iubiți și prieteni care au fost scrijelite pe coloanele din piatră de Bath și ne uităm mirați la inscripțiile vechi de peste o sută de ani.

– Mă bucur, îmi spune. E important să se înțeleagă cele două fete din viața mea.

Simt o împunsătură de gelozie. Știu că nu-l pot avea doar pentru mine. Până la urmă, cine să le înțeleagă legătura mai bine decât mine? Dar uneori relația lor îmi pune sare pe rană, amintindu-mi ce-am pierdut. Mergem împreună în tăcere, căzuți pe gânduri. În față ni se întind umbrele, versiunile noastre alungite, și sunt curioasă ce-i trece prin minte, pentru că uneori e ca un televizor oprit brusc, așa că nu-mi mai dau seama ce gândește.

După ce coborâm de pe pod și o luăm spre lac, Ben rupe tăcerea:

– Contractul meu s-a terminat, dar o altă companie mi-a oferit de lucru în Scoția. E o sumă frumușică, nu pot să-i refuz.

În fața noastră, o mamă se luptă cu un copilaș care urlă, încercând să-l pună pe umăr și să-l ducă la cafenea, unde-i promite că va primi o felie de tort. Îi zâmbesc cu înțelegere.

– Cât stai acolo?

– E un contract de o săptămână, poate de două.

Nu pot suporta gândul de a fi departe de Ben atât de multă vreme; e ancora mea, și mă tem că fără el o să ajung în larg, pierdută.

– Chiar trebuie să accepți contractul? Dacă tot ai un fond fiduciar...

Se încordează. L-am jignit, i-am rănit orgoliul masculin.

– Provin din clasa muncitoare. Nu mi se pare corect să nu-mi câștig traiul, mi-o retează.

Din ce mi-a povestit Eva, bunicii lui erau bogați, aveau o casă întortocheată la periferia orașului Edinburgh. Nu prea sună a viață proletară. Dar mă abțin, pentru că înțeleg că vrea să-și câștige existența și să nu se bazeze pe moștenirea de familie. De când mi-am reluat munca, îi plătesc chirie lui Beatrice, în ciuda protestelor sale. Nu mi se pare corect să profit de bunătatea altora. Știu cum se simte Ben.

Acum am ajuns la cafenea – sau mai degrabă la o colibă cu mese din lemn în față, cu vedere la lac. La mese stau în general familii tinere, copiii aleargă de colo-colo cu înghețată în mâini, profitând la maximum de ultimele zile de vară. Reușim să găsim o măsuță ascunsă lângă un tufiș de unde se vede lacul. Mă așez, iar Ben se duce înăuntru să cumpere cafea.

Se întoarce cu două căni de unică folosință cu capace de plastic și îmi dă una, apoi își trece picioarele lungi peste banca din fața mea. Mă uit peste umărul lui la un stol de pescăruși care planează pe lac în căutare de hrană, speriind câteva rațe.

– O să fii bine? În casă cu Beatrice și cu ceilalți? Fără mine? vrea să știe.

Mă încântă că-și face griji în privința mea.

– Totul pare să se fi liniștit și mă înțeleg din nou bine cu Beatrice, ceea ce-mi face viața mult mai ușoară. Când încuviințează tăcut și ia o gură de cafea, adaug: Ben, toate lucrurile care s-au întâmplat au fost groaznice, parcă pierdeam contactul cu realitatea.

– Îmi imaginez.

Clatin din cap, încercând să-mi alung amintirile nedorite. Îmi spun că totul e de domeniul trecutului și trebuie dat uitării.

Ben a plecat în Scoția în urmă cu zece zile, lăsându-mă să mă învârt prin casă neliniștită, ca o fantomă care n-are pe cine să bântuie. Îmi lipsește cel mai mult noaptea, așa că dorm în patul lui, inspirându-i mirosul care persistă în lenjeria de pat, imaginându-mi-l aici cu mine.

În vinerea când Ben ar trebui să se întoarcă sunt la masa din bucătărie cu laptopul în față. Pam spală niște pensule la chiuvetă. Părul ei nu mai e negru ca asfaltul, ci portocaliu-sângeriu – tentativa de a se vopsi acasă a dat greș, deși acum pare să se fi „obișnuit". Poartă o salopetă largă stropită de vopsea și turuie non-stop, fără să-și dea seama că încerc să termin articolul pe care i l-am promis Mirandei. Intru pe Facebook, distrasă de vorbăria neîncetată a lui Pam, știind că nu voi putea să lucrez cât timp e ea acolo. Ca în fiecare săptămână, intru pe pagina de Facebook a lui Lucy, pe care încă o țin activă; n-am fost în stare să iau legătura cu ei ca s-o dezactiveze, găsind alinare în postările ei trecute, în fotografiile pe care le-a încărcat înainte să moară, în mesajele amuzante pe care ni le trimiteam. Fotografia ei de profil este cu noi două, făcută la o petrecere; zâmbeam prostește, aveam părul ud de transpirație, o mulțime de oameni dansau în spatele nostru. Poza e un pic neclară. Surâd când îmi aduc aminte că Nia a făcut fotografia la inaugurarea unui club din Covent Garden. Aveam broboane de sudoare pe frunte, părul alandala, buzele nedate cu ruj, și trebuie să analizez imaginea ca să-mi dau seama care din fetele zâmbitoare şi pline de viaţă sunt eu.

Scrisorile din cutia de la etaj sunt singurele lucruri care mi-au mai rămas de la ea. Da, pot accesa pagina ei de Facebook, pot da clic pe videoclipurile pe care le am cu ea, dar scrisorile sunt cele mai importante, pentru că în ele şi-a pus gândurile şi sentimentele. Când le citesc, îi aud vocea, îmi imaginez că vorbeşte cu mine. Corespondenţa ne era destinată nouă, nu celor trei sute de prieteni de pe Facebook. Când mă gândesc că Beatrice a luat trei din acele scrisori nepreţuite şi le-a ascuns Dumnezeu ştie unde, mă străbate o furie atât de puternică, încât îmi ia ceva să-mi recapăt calmul. Am răbdare, dar o să le recuperez până la urmă.

Pam tot trăncăneşte, dar fac abstracţie de ea. A apărut ceva nou pe pagina lui Lucy, statusul i s-a schimbat. Inima mi-o ia la goană şi clipesc rapid ca să fiu sigură că am citit corect. Dar nu e nici o greşeală. Cele trei cuvinte plutesc în faţa ochilor mei, aducându-mă în pragul leşinului.

Am fost înlocuită.

Îmi tremură degetele deasupra tastaturii. După dată, cineva a scris ieri. Mi se usucă gâtul. Oare i-a spart cineva contul? Poate că e vreun idiot care se prosteşte, dar de ce să scrie aşa ceva? Ce înseamnă?

– Eşti bine, draga mea? mă întreabă Pam, văzând cât de şocată sunt.

Nu pot să-i spun, pentru că, oricât de dragă mi-ar fi şi oricât i-aş admira prezenţa reconfortantă şi încrederea în sine, chiar dacă exagerată uneori, mă îndoiesc că ar înţelege. Când am primit florile acelea de ziua mea, Pam păruse netulburată, aproape dispreţuitoare, asigurându-mă că există probabil o explicaţie logică. De parcă ar fi putut să existe.

Așa că zâmbesc forțat și îi spun că sunt bine, iar ea pare să mă creadă. Își strânge pensulele, fredonând un cântecel, și urcă în grabă scările la etaj.

„De ce ai scrie așa ceva, Lucy?" mă gândesc. Îmi dau seama însă, pe când lacrimile îmi înțeapă ochii, că nu Lucy a scris. Cum ar fi putut? „E moartă. E moartă, în paștele mă-sii!" Îmi umplu plămânii cu aer în mod repetat, încercând să mă concentrez asupra respirației. Trântesc capacul de la MacBook, îmi spun că e o greșeală, că nu înseamnă nimic. Că nu e deloc bizar și *dement* că a apărut un mesaj pe pagina surorii mele la doi ani după ce a murit.

Când verific mai târziu, mesajul nu mai e acolo, ceea ce mă face să mă îndoiesc dacă a fost postat de la bun început.

E deja noapte când micul Fiat al lui Ben intră pe stradă. Îl văd pe fereastra de la dormitor cum parchează în fața casei. Cobor grăbită și deschid larg ușa să-l întâmpin. Are pe el o geacă verde din catifea reiată pe care n-am mai văzut-o, iar un fes din lână tras pe frunte îi ascunde părul. Deși e doar sfârșitul lui august, vremea s-a înrăutățit, așa că atmosfera e mai tomnatică. Mi-a fost atât de dor de el! Mă duc într-un suflet să-l îmbrățișez, dar are ceva ce mă face să ezit lângă poarta de fier forjat. Pare obosit, bronzul cu care s-a ales de-a lungul verii s-a estompat și are umerii lăsați. Îl strig, iar el ridică privirea. Zâmbetul îi transformă trăsăturile feței când își dă seama că sunt eu. Deschid poarta și mă arunc în brațele lui, iar el își lasă valiza pe jos ca să mă strângă la piept.

– Mi-a fost tare dor de tine, îmi spune în păr. Au fost niște săptămâni groaznice.

Dau din cap înțelegătoare, amintindu-mi cum mă suna noaptea târziu să se plângă de șeful lui, de orele suplimentare ridicole, de „compania dezorganizată" pentru care lucrează.

Își ia valiza de jos și intrăm în casă.

– Unde-i Bea? mă întreabă. Cum v-ați înțeles?

Îl asigur că Beatrice a fost minunată, că tuspatru ne-am descurcat destul de bine în ultimele zece zile. Și, deși Cass e încă o enigmă pentru mine, m-am obișnuit acum cu tăcerea ei, cu felul în care se furișează prin casă ca o pisică. Singura persoană cu care se simte în largul ei e Beatrice. Când intrăm în bucătărie, mă întreabă dacă l-am văzut pe Niall, și îmi dau seama după nonșalanța lui studiată că încearcă să-și înăbușe gelozia, că îl deranjează că nu mai e singurul bărbat din viața surorii lui.

În timp ce-i încălzesc o porție din tocana de pui făcută de Eva pentru cină, îi spun că Beatrice nu e acasă, s-a dus la o galerie de artă cu Niall. Mă prefac că nu-i observ reacția de nemulțumire, care, trebuie să recunosc, mă irită. Îi pun farfuria în față și mă duc în cămară să iau o sticlă de vin.

– Ceva îmi spune că ai nevoie, îi zic turnându-i un pahar de chablis.

Îmi zâmbește recunoscător, iar în ochi i se citește oboseala. Îmi trag un scaun în fața lui și îmi torn și eu un pahar. Îmi stă pe limbă să-i zic de mesajul ciudat de pe pagina de Facebook a lui Lucy, dar pare atât de obosit și de exasperat, că nu-mi vine să-l îngrijorez.

Mai târziu, când suntem în dormitorul lui, mă duc la sistemul audio Bang and Olufsen și dau să-l pornesc, însă Ben strigă la mine, făcându-mă să tresar.

– Nu-l atinge, se rățește dându-mi peste mână. E scump.

Mă simt rănită, dar îmi amintesc că a avut o călătorie lungă și zece zile stresante la un loc de muncă pe care-l detestă. E doar obosit, frustrat. Este limpede că e pedant în anumite privințe: nu suportă să-i spăl ori să-i calc cămășile prețioase de firmă sau să-i ating vreunul dintre obiectele acelea scumpe. Și e în regulă. E una dintre excentricitățile lui. Nu înseamnă nimic. Așa că mă îndepărtez și mă bag în pat. Când mi se alătură, vreau să-i dau jos boxerii de pe el.

– Nu în seara asta, Abi, îmi spune retrăgându-se în partea cealaltă a saltelei. Sunt cu mintea în toate părțile. Trebuie să dorm.

Se întoarce, așa că nu am de ales decât să mă uit la spatele lui, la alunița în formă de trifoi cu patru foi de pe umărul drept, înfiorată de cuvintele pe care tocmai le-am auzit.

În dimineața următoare îl las pe Ben să doarmă și iau autobuzul până în oraș.

Este o zi răcoroasă, cerul este de un albastru-deschis cu nuanțe de violet, iar norii plutesc puțin prea repede, sugerând că ploaia este iminentă. Îmi înfășor eșarfa de mătase în jurul gâtului în timp ce cobor la stația Bath Spa și mă îndrept spre Milsom Street. Am văzut o pereche de botine până la gleznă pe care vreau să le probez; acum că mi-au sporit veniturile, îmi permit să le cumpăr. Merg cu capul plecat și mâinile băgate adânc în buzunarele gecii, gândindu-mă la Ben și la ceea ce l-ar putea deranja, așa că n-o observ pe femeia care vine din față decât atunci când suntem pe punctul să ne ciocnim.

– Scuze, îi spun ridicând privirea. În fața mea stă Jodie, cu o geacă matlasată și blugi gri strâmți, zâmbind, deși de obicei e bosumflată. Jodie, ce mai faci?

Are în spate un rucsac din piele care arată ca un gândac uriaş.

Se uită lung la mine şi văd că încearcă să mă identifice, să-şi dea seama de unde mă cunoaşte. În cele din urmă, în ochi îi apare o licărire.

– Abi, nu-i aşa? Cum e conviețuirea cu gemenii ciudați?

Lipsa ei de loialitate mă irită.

– Nu sunt ciudați.

Râde, dar sună fals, ipocrit. O femeie încearcă să treacă pe lângă noi pe trotuarul îngust şi face o remarcă dezaprobatoare. Îmi cer scuze şi mă retrag într-o parte, iar Jodie mă imită. Ploaia fină îmi atinge obrazul. Chiar dacă n-o simpatizez pe Jodie, o întreb dacă are timp să bem repede o cafea, întrucât aş vrea să-i pun câteva întrebări. Îmi cântăreşte oferta cu un aer dubitativ. Îmi dau seama că pe de o parte ar aprecia să-i bârfească pe „gemenii ciudați", aşa cum le spune ea, dar pe de altă parte se teme să nu dezvăluie ceva ce s-ar putea întoarce împotriva ei. În final acceptă, aşa că ne îndreptăm către o cafenea din apropierea băilor romane.

Ne aşezăm la singura masă liberă de la etaj şi ne afundăm uşurate în scaune. Jodie îşi scoate rucsacul şi îşi dă jos geaca parcă împrumutată de la omulețul Michelin. Ploaia deja bate furios în geam, cafeneaua este aglomerată, iar răsuflarea clienților şi aburul de la băuturile fierbinți încețoşează geamurile.

– Parcă tot timpul plouă în Bath, spune Jodie uitându-se la torentele de afară. Mă rog. Ia o înghițitură din ceaşca cu caramel latte şi înjură când se frige. Ia zi, despre ce voiai să vorbim?

Mă aplec înainte cu un aer conspirativ.

– Îți aminteşti ce mi-ai spus? În ziua aia în camera ta? M-ai avertizat să-mi „păzesc spatele".

Ea dă din umeri.

-Da. Și ce contează?

-Ce-ai vrut să spui cu asta?

Își îngustează ochii albaștri.

-De ce vrei să știi? S-a întâmplat ceva?

-Mai ești prietenă cu Cass, nu-i așa?

-Da, spune ea șovăind. Despre ce e vorba?

-Dar te-ai certat cu Beatrice, nu? continui, ignorându-i întrebarea.

Oftează și mi se pare atât de tânără acum, nu cred că are mai mult de douăzeci de ani.

-Toți cad sub vraja ei când o întâlnesc prima oară pe Beatrice. E frumoasă, amuzantă, talentată, isteață.

La fel de bine ar putea să vorbească despre Lucy. Dau din cap încurajator, simțind că vrea să-mi spună mai multe. Am dreptate:

-Dar se împrietenește cu oamenii și apoi se descotorosește de ei când s-a plictisit. Încă nu ți-ai dat seama până acum?

Simt din durerea ei nerostită că a fost lăsată de izbeliște.

-Nu sunt sigură, îi recunosc. Am sentimente amestecate pentru Beatrice.

-Ești îndrăgostită de ea?

Aproape scuip cafeaua din cauza șocului.

-Bineînțeles că nu. De ce ai zice așa ceva?

-O, toată lumea se îndrăgostește de Beatrice. Lui Cass i s-au aprins călcâiele.

-Cass?

-E lesbiană. Nu știai? E îndrăgostită lulea de Bea, o urmează peste tot, nu vrea să audă nimic rău despre ea.

Acum totul are sens. Cum de-am fost așa de oarbă?

Soarbe zgomotos din cafea. Poartă un tricou negru lălâi cu o formație pe care nu o știu; privind-o, îmi dau seama că trăsăturile crispate o fac să pară mereu supărată, chiar și atunci când zâmbește.

– M-am certat cu Cass la plecare, dar acum suntem prietene din nou. Nu-și poate înfrâna pasiunea, mi-a explicat.

– Crezi că și Beatrice e ca ea?

– Au avut o aventură acum ceva vreme. Credeau că nu știe nimeni, însă eu eram la curent.

Ceva îmi spune că Jodie le cam știe pe toate. Simt un junghi.... oare de ce? De entuziasm la gândul că ele două sunt împreună? De regret că nu am fost eu niciodată?

– Dar Beatrice e distrusă, continuă Jodie. I-a zis lui Cass că un tip i-a frânt inima când era la facultate, că n-a trecut niciodată peste suferință. Și e ciudat cât de posesivă e cu Ben.

– Ce vrei să zici? întreb, încă sub șocul veștii că Beatrice e lesbiană.

– Hai fii serioasă, pufnește ea. Nu știu exact ce se întâmplă acolo, dar ceva e în neregulă. Îl are clar cu ceva la mână, de asta sunt sigură.

Mă îndrept de spate. Tânjesc să-i spun ce s-a întâmplat în ultimul timp, cum cred că Beatrice e probabil capul răutăților, cum totul s-a oprit acum că l-a cunoscut pe Niall – până ieri. Dar tac din gură. Nu pot să am siguranța că Jodie n-o să se ducă la Cass să-i toarne tot.

– Ce te face să spui asta?

I-a auzit vorbind cu câteva săptămâni înainte să se mute din casă.

– Nu trăgeam cu urechea, insistă, deși bănuiesc că exact asta făcea.

Cobora scările când a auzit voci ridicate în salon. Ben era agitat, îl auzea plimbându-se de colo-colo prin cameră. Beatrice era întinsă pe canapea. Prin ușa întredeschisă i-a văzut picioarele goale, încrucişate la genunchi, şi mâinile în jurul unui pahar cu vin.

– Ben striga la ea, îi spunea că nimeni nu trebuie să afle, îi cerea să-i promită că n-o să-i spună nimic „ei". Nu ştiu la cine se referea. A făcut aluzie la o infracţiune, ceva din trecutul lor. Eram speriată, Ben părea scos din minţi. Şi Beatrice... ei bine, doar stătea acolo, aproape îl tachina, de parcă se bucura că împărtăşeşte acest secret cu el. După mine, Ben era mai îngrijorat decât ea că secretul va fi dat în vileag. Jodie face o pauză, asigurându-se că sunt ochi şi urechi. Chiar sunt, aşa că reia: Dar cel mai ciudat lucru e că el i-a zis Daisy, sunt sigură de asta. Dacă n-aş fi recunoscut vocea lui Beatrice, dacă nu i-aş fi văzut picioarele şi tatuajul de la gleznă, aş fi presupus că vorbeşte cu altcineva.

– Cine-i Daisy?

Mă încrunt şi îmi amintesc. Era numele mamei lor.

– Nu ştiu, zice Jodie dând din umeri. Mă rog, cred că am făcut zgomot pe scări, pentru că Ben a deschis larg uşa şi m-a prins trăgând cu urechea, iar faţa lui... Se înfioară teatral. Era furios. Mârâia la mine, insistând să-i spun ce-am auzit. Nu m-a crezut când am făcut pe nevinovata. După asta, Beatrice mi-a cam îngreunat traiul.

– Cum?

– Presupun că te-a tratat deja cu răceală. Îmi închipui că ştii cum e.

Îi zâmbesc forţat, simţind deodată o afinitate pentru Jodie, căci are dreptate: ştiu exact cum e.

Casa e pustie când mă întorc. Mă duc într-un suflet în cameră, pornesc laptopul, mă loghez pe Facebook şi intru pe pagina lui Lucy.

Nu mai sunt postări, însă e un link la o poză. Fac click pe ea și icnesc când îi văd fața umplând ecranul. Este poza alb-negru cu Beatrice care își etalează creațiile. Poza pe care a făcut-o Cass pentru site. Îmi amintesc cuvintele de ieri, *Am fost înlocuită*. Nu știam ce înseamnă, dar acum înțeleg, datorită fotografiei. Râd ușurată. Nu înnebunesc. Boala nu s-a întors.

Cineva s-a tot jucat cu sănătatea mea mintală de când m-am mutat. Acum știu și cine.

E mereu mâna celor tăcuți.

25

Beatrice înjură în barbă în timp ce granatul pe care încearcă să-l monteze pe un inel de argint cade zăngănind pe masa de stejar. Degetele ei sunt prea groase, neîndemânatice. Le mişcă, îşi trosneşte articulaţiile, iar Cass, care stă tolănită pe canapeaua de piele cu picioarele întinse peste margine, ridică privirea din cartea pe care o citeşte.

– Eşti bine?

– Îmi tot scapă nenorocita asta de piatră, îi răspunde răstit.

Culege granatul şi mai încearcă o dată. O doare burta pentru că e la începutul sindromului premenstrual. Are mai mult de lucru decât poate gestiona acum, de când site-ul ei a devenit funcţional, ceea ce o copleşeşte.

– Vrei să te ajut? o întreabă Cass.

Beatrice dă din cap că nu, dorindu-şi să plece. Cass a devenit foarte ataşată de ea în ultimul timp, iar Beatrice bănuieşte că are legătură cu noua ei relaţie cu Niall. Nu că ar merita să fie numită relaţie. Chiar dacă e absurd de arătos, începe s-o plictisească la culme; nu prea au nimic în comun. Ştie că e o uscătură şi că va trebui să-i dea papucii.

Cerul a devenit cenușiu, întunecând camera. Fără să-și ia ochii de la carte, Cass se întinde în spate ca să aprindă lampa. „E superbă“, se gândește Beatrice studiindu-și prietena, cu nasul ei mic, ochii negri și intenși și părul de un blond platinat. „Și ar face orice pentru mine.“

Pune inelul pe birou, alături de piatra care împrăștie o nuanță roșu-portocalie în lumina lămpii. Azi nu-i stă mintea să se concentreze la așa ceva. Ben s-a întors. Nu l-a mai văzut de aproape două săptămâni, și era în oraș cu Niall când a ajuns el noaptea trecută. S-a dus într-un suflet acasă, dar a aflat cu surprindere de la Pam că Ben era deja în pat. A urcat până la camera lui, a întredeschis ușa cu grijă să vadă dacă mai era treaz și a fost șocată s-o descopere pe Abi dormind lângă el, cu capul pe pieptul lui.

Poate că el îi spune altceva, dar Bea își dă seama. Nu-l mai simte atât de aproape.

Chiar i-a fost dor de Ben. De ani întregi n-au mai stat despărțiți atât de mult. Înțelege de ce a trebuit să plece în Scoția și de ce a trebuit să stea atâta, dar o irită că încă nu a venit s-o vadă, că s-a dus întâi la Abi. E numai vina ei. A fost distrasă de Niall, s-a lăsat convinsă că a găsit pe cineva pentru care merita să-l piardă pe Ben. Dar acum a văzut că nu se ascunde nimic important sub fața neînsemnată a lui Niall. Cum să aibă o legătură cu altcineva când compară fiecare relație cu cea pe care o are cu geamănul ei? Cum ar putea să găsească ceva mai bun de atât?

– Bună.

Se întoarce și îl vede pe Ben în prag, cu părul zburlit și cu un zâmbet obosit pe față.

Se repede să-l ia în brațe.

– Mi-a fost dor de tine. Ești bine?

– Sunt epuizat, astea zece zile m-au stors de puteri.

În acel moment o observă pe Cass pe canapea. Acum e în șezut, cu cartea în poală, uitându-se întrebătoare la ei. Ben nu trebuie să spună nimic, Beatrice știe la ce se gândește, că nu pot vorbi de față cu Cass. Îl împinge ușor afară din cameră și îi strigă lui Cass c-o să se vadă mai târziu.

– Hai să facem o plimbare, îi zice odată ce ajung în hol.

El o aprobă. Își pun pelerinele de ploaie și Beatrice ia o umbrelă înainte de a porni spre Alexandra Park.

– Unde-i Abi? îl întreabă luându-l de braț.

Câteva raze slabe de soare se profilează printre nori; îi pare rău că nu și-a pus niște pantaloni în locul rochiei, căci i-au înghețat picioarele în balerinii cu model de leopard.

– Încă nu am văzut-o în dimineața asta, răspunde el dând din umeri.

Beatrice e tentată să-i spună că știe cum își petrec ei doi nopțile, dar nu vrea să degenereze lucrurile și să ajungă la ceartă. Are și el nevoi, ca orice bărbat. Ar putea oare să-l împiedice să facă sex, să se apropie de cineva? A fost naivă să creadă că da. De la ziua de naștere a lui Abi, Beatrice s-a străduit din răsputeri să păstreze armonia, de dragul lui Ben.

În schimb îl ascultă povestindu-i despre Londra. I s-a părut foarte ciudat să revină după atâția ani acolo, în casa aceea mică, atât de întunecată și sordidă, mirosind a varză și a șosetele jegoase ale lui Paul. Viața de care își dorise să scape atât de mult. Îi strânge înțelegătoare mâna când îi descrie tot ce s-a întâmplat.

– Paul încă locuiește acolo? îl întreabă la final.

El încuviințează din cap.

– Da, și tot mă urăște. Dar e invidios. Am viața pe care și-o dorește.

Tac amândoi. Singurele sunete care se aud sunt scârțâitul pașilor pe asfaltul ud și lătratul îndepărtat al unui câine. Începe să plouă din nou, și Beatrice se oprește ca să-și deschidă umbrela albastră cu buline. Ben i-o ia din mână, așa cum știa c-o să facă, și o ține pentru amândoi.

– I-ai zis lui Abi de Londra? îl întreabă.

– Crede că m-am dus să lucrez în Scoția. Bea, nu-i pot să-i spun, știi bine.

Ajung în capătul străzii și fac stânga în parc. Atât de multe minciuni, se gândește ea mușcându-și obrazul.

Din cauza frigului și a umezelii nu e nimeni în parc. Așa îi place lui Beatrice. Tremură în impermeabilul ei stacojiu subțire, iar Ben se oprește ca s-o cuprindă cu brațul.

– Ți-e frig, vrei să mergem acasă?

Ea clatină din cap, vrea ca el să vorbească în continuare, vrea să audă despre Abi, deoarece e limpede că relația lor nu poate funcționa când el îi ascunde atât de multe. „Ben, îți știu toate secretele. Le știu pe toate, însă tot te iubesc, sunt aici pentru tine. Mereu."

Se gândește cum s-o aducă din nou pe Abi în discuție.

– Cred că lui Abi i-a fost foarte dor de tine.

Ben o conduce înspre un stejar masiv pe când se întețește ploaia.

– Și mie mi-a fost dor de ea. De amândouă. Tot ține umbrela deasupra lor, tot îi înconjoară umărul cu brațul, iar Beatrice își cuibărește capul în scobitura umărului lui. Stau și se uită la ploaia care se prelinge pe frunze, căzând pe iarbă. Nici unul nu vrea să plece de acolo. Mi-a spus că vă înțelegeți mai bine, reia el într-un târziu.

– Ben, o fac de dragul tău. Știu că înseamnă mult pentru tine, dar tot cred că e sonată.

Tot corpul i se încordează.

– Ce te face să spui asta?

– Florile, brățara, scrisorile. Cred că minte în legătură cu toate. Știi... Se întoarce să-l privească încercând să-și păstreze mina serioasă, deși e peste măsură de entuziasmată de vestea pe care urmează să i-o dea. Am citit un studiu pe internet despre gemenii identici. Ei bine, autorul, un profesor care a făcut o mulțime de cercetări, afirmă că uneori geamănul supraviețuitor preia personalitatea geamănului mort.

El închide umbrela și își trage brațul de pe umărul ei.

– Ce încerci să-mi spui?

Se oprește, nefiind sigură dacă ar trebui să continue. Dar trebuie să-l protejeze. Știe că Abi e o piază rea, că Ben o să sufere din cauza ei.

– Ai zis că tipa de la florărie a descris-o pe femeia care a cumpărat buchetul pentru ziua lui Abi, nu? A descris-o pe Abi sau pe Lucy. Oare a făcut-o Abi crezând că e Lucy? Oare în acel moment și-a uitat identitatea?

Ben se uită lung la ea câteva secunde și apoi izbucnește în râs.

– Glumești, nu? Vrei să-mi zici că Abi crede că e Lucy? E o nebunie.

– Abi e nebună.

– Bea, n-o lua de la capăt. Nu vreau să aud.

– Și chestiile celelalte. Brățara, scrisorile despre care zice că le-am luat. Cred că vrea să atragă atenția, să ne despartă.

– Ai mai zis-o înainte. Nu cred.

Își încrucișează brațele, brusc furioasă.

– Crezi că i-am furat scrisorile?

Exasperat, Ben își trece o mână peste față. Are părul ud de la ploaie și îi picură apă de pe vârful nasului.

– Nu știu. Crezi că ți-a furat brățara, așa că poate ai făcut-o ca să te răzbuni pe ea...

– Crezi că-s hoață? izbucnește ea cu lacrimi de furie în ochi. Că aș fi atât de meschină?

Ben lasă capul în jos și se apucă să lovească un morman de frunze ude cu cizma.

– Am găsit cercelul ăla la ea în cameră. Mi l-a furat, și noi nu i-am cerut socoteală niciodată. *Eu* nu i-am cerut socoteală niciodată. Pentru că mi-ai zis să n-o fac. Așadar, crezi că mi-a furat brățara?

Înalță capul și o scrutează cu o expresie feroce în privire, cu maxilarul strâns.

– Fir-ar a dracului de treabă! N-am nevoie de așa ceva acum, se rățește roșu la față, împroșcând-o cu stropi de salivă. Au fost câteva săptămâni de coșmar, și tu tot trăncăni despre Abi. Mă faci cu capul!

Uluită, Beatrice face un pas în spate; totuși, știe că e temperamental, l-a mai văzut o dată așa. Ben îi împinge umbrela atât de tare, încât o spiță o împunge în piept, făcând-o să icnească. Apoi își ridică gulerul hainei, își bagă mâinile în buzunar și, cu capul plecat, se îndepărtează în ploaia torențială.

Nu încearcă să-l oprească sau să-l prindă din urmă. Suspinând, se lasă în jos pe iarba udă, fără să-i pese de noroiul umed care i se prelinge pe picioarele goale. Temerea ei cea mai mare s-a adeverit... Abi a câștigat.

26

Închid laptopul și rămân nemișcată pe pat, ascultând cum ploaia se lovește de cercevele și examinându-mi opțiunile. Apoi ies pe furiș din camera mea. De unde stau pe palier pot vedea în dormitoarele lui Beatrice și Ben. Sunt goale. Mă aplec peste balustradă și mă uit la etajul inferior, unde este camera de zi, cu urechile ciulite. Deși casa nu e bine izolată fonic, nu aud zumzetul televizorului, murmurul discuțiilor, clinchetul paharelor de vin, zăngănitul familiar al tacâmurilor sau pocnetul ușilor de la dulapuri care mi-ar spune că e cineva în bucătărie. Eva o să vină abia luni, și sunt sigură că Pam și Cass au ieșit împreună mai devreme. Din câte știu, încă nu s-au întors. Nici Ben sau Beatrice.

Casa este pustie.

Ezit, inima îmi bate ca un ciocan în piept. În cele din urmă hotărăsc să urc pe scara îngustă în spirală care duce spre camerele de la mansardă. Fac temătoare un pas, iar când sunt sigură că nimeni nu se pregătește să sară din umbră să mă certe, îmi continui drumul pe treptele din lemn care-mi trosnesc sub tălpi. Prima ușă la care ajung este un dormitor pătrat și compact, cu un singur pat la fereastră și un dulap de pin alături.

După tablourile atârnate pe perete, îmi dau seama că este camera lui Pam. Sunt pe cale să ies când îmi atrage atenția un tablou în ulei în culori vii. Înfățișează două fete care aleargă ținându-se de mână printr-un lan de grâu. Capetele blonde sunt văzute din spate, cu pletele aurii fluturând în vânt, iar rochiile roșii și cerul albastru sunt singurele alte culori din pictură. Fetele sunt de aceeași vârstă, par să fie gemene.

De ce a pictat gemene? Oare a făcut-o înainte să mă mut aici? Nu-mi amintesc să fi văzut tabloul în mai, când am făcut primul tur al casei. Este oare o coincidență că fetele din tablou seamănă cu mine și cu Lucy?

Fac un efort să părăsesc încăperea. Nu pot fi distrasă, nu mai am mult timp.

Cass are cea mai mare din cele două camere de la mansardă. Este drăguță, cu tavanul înclinat și fotografii alb-negru înrămate pe pereții verde-pal. Patul dublu nu este făcut, iar cuvertura e adunată la picioarele patului, de unde se văd cearșafurile șifonate. Mă uit neliniștită în jur, nesigură de unde să încep. Dau ocol patului și observ o altă ușă, diferită de toate celelalte din casă, grea, rezistentă la foc. O deschid, așteptându-mă să văd un șifonier sau o baie. În schimb, e o cameră obscură. Un miros acru puternic plutește în aer. Deasupra chiuvetei sunt prinse poze cu cârlige din lemn pe o frânghie de rufe improvizată. Clipesc în întuneric, pipăind peretele după un comutator. Îl găsesc, apăs, iar încăperea e scăldată într-o lumină roșie spălăcită. Mă uit rapid în spate ca să verific dacă sunt singură, apoi înaintez. Iau un negativ cu rânduri întregi de poze în miniatură și icnesc când văd ce reprezintă. Sunt toate cu Beatrice. Unele arată ca și cum n-ar avea idee că e pozată, în altele e evident că știe.

Mă gândesc la obsesia lui Cass pentru Beatrice când aud ușa trântindu-se în urma mea, izolându-mă în cămăruța asta.

Simt că pereții mă strâng din toate părțile. Câteva secunde nu pot face nimic, am înghețat pe loc. Apoi adrenalina intră în acțiune și mă reped să deschid ușa. Oftând de ușurare că n-am rămas încuiată acolo, o țin deschisă cu piciorul în timp ce trec în revistă grămada de fotografii de pe blat. Mă opresc când observ că una iese în evidență față de celelalte. O scot din cârlig ca s-o văd mai bine. Este un profil al lui Beatrice, iar lângă el, un profil al meu, suprapuse astfel încât să formeze o față întreagă, incoerentă. Rezultatul este tulburător. Habar n-am ce să fac cu negativul acela lipicios, nu-mi dau seama ce dovedește. Oricum am doar teorii incomplete cu privire la motivele pentru care Cass mi-ar face așa ceva.

Ies din camera obscură, lăsând ușa să se închidă în urma mea, cu fotografia încă în mână. În timp ce cobor repede sunt surprinsă să-l văd pe Ben urcând greoi pe scara principală, cu părul leoarcă de la ploaie și cu blugii uzi în partea de jos. Chipul lui este încremenit într-o expresie severă, dar când mă vede, își recapătă obișnuita mină binedispusă.

Observă fotografia pe care o strâng la piept și locul în care mă aflu și se întunecă din nou la față.

– Ce faci?

Îmi trece prin cap să-l mint. Numai că am o fotografie în mână și e limpede că vin de la mansardă. Aștept să ajungă pe palier înainte să i-o dau.

– Am găsit asta în camera lui Cass.

Mi-o ia și o privește.

– Cam ciudată, spune fără prea mult entuziasm. De ce erai în camera ei?

Îi povestesc despre mesajul sinistru care a apărut pe pagina de Facebook a lui Lucy, despre poză și despre bănuielile mele în legătură cu Cass.

– M-am văzut întâmplător cu Jodie, care mi-a zis că e îndrăgostită de Beatrice și că au avut o aventură. Poate Cass e geloasă.

Mă aștept ca Ben să înțeleagă, chiar să empatizeze, însă el se uită la mine cu maxilarul încordat.

– Te-ai văzut cu Jodie? mă întreabă cu o voce neobișnuit de calmă, dar alb la față. E o mică mincinoasă prostuță. De ce ai crede ceva din ce spune? Nu știi nimic despre ea.

– M-am... m-am întâlnit cu ea din întâmplare...

– Și crezi că sora mea și Cass au avut... o aventură ca între lesbiene? Asta-i o minciună scandaloasă.

Rămân tăcută, jucându-mă stânjenită cu fotografia.

– Lasă-mă să-ți văd computerul. Vreau să văd cu ochii mei mesajul și poza despre care vorbești.

Trece pe lângă mine și intră hotărât în camera mea. Îl urmez.

– Au fost șterse, îi spun când îmi ia laptopul de pe pat.

– Bineînțeles. Râde sarcastic și lasă laptopul să cadă ușor pe saltea. Pentru că n-au fost niciodată acolo, nu-i așa, Abi?

Mă simt de parcă mi-ar fi tras o palmă.

– Au fost, insist. Nu mint.

Ben se prăbușește pe patul meu cu capul în mâini.

– Nu știu pe cine să mai cred, murmură printre degete. M-am certat de curând cu Beatrice. Crede că suferi de o tulburare mintală. După părerea ei, confunzi realitatea cu fantezia și ai o personalitate multiplă, uneori crezi că ești Lucy și faci aceste lucruri ciudate. Și eu ți-am ținut partea.

Îngheț la auzul cuvintelor lui. Dintr-odată mă lasă picioarele și mă prăbușesc pe podea.

– Crezi că am vreo tulburare de personalitate?

El clatină din cap.

– Nu zic că-i dau dreptate. Dar Beatrice e convinsă cu siguranță.

Mă gândesc la paranoia, la vinovăția supraviețuitorului, la tulburarea de stres posttraumatic, la toate diagnosticele pe care le-am primit după moartea lui Lucy. Oare Beatrice are dreptate? Îmi aduc aminte de buchetul de la Lucy, de florarul care m-a descris.

– E nedrept din partea ei, mă răstesc. Florarul m-a descris, dar ar fi putut să se refere și la ea, ai uitat?

Acuzația plutește în aer între noi, ceva oribil, stricat, ca un vânt puturos.

Mă gândesc la postările de pe Facebook când eu sunt singura care știe parola și detaliile de autentificare ale lui Lucy. Cu excepția cazului în care contul ei a fost spart, ar fi imposibil ca altcineva să scrie acele lucruri pe pagina ei. Mai ales Cass. Chiar și fotografia pe care o țin încă în mână nu înseamnă nimic. Oricum, Cass e îndrăgostită de Beatrice. Dacă au avut o relație sexuală, Cass ar fi putut fi ușor geloasă când m-am mutat, dar eu sunt cu Ben. Ea știe asta. Nu reprezint o amenințare. Deci de ce ar face așa ceva?

Și astfel rămâne sora lui geamănă...

– Beatrice îmi face asta, insist. Mă las în genunchi, pe când el își pune capul în mâini și geme. Nu vezi, Ben? Nu vezi ce face? îi spun disperată, însă el clatină iarăși din cap. De ce nu mă crezi? De ce-i dai mereu dreptate?

– O luăm de la capăt, mormăie în barbă.

Înalță capul, și observ cât de epuizat arată.

– O luăm de la capăt? îl imit ridicându-mă în picioare, cu inima bubuindu-mi în piept. Chiar asta crezi? Că tot turui...

Se ridică și el, așa că stăm față în față. Are mâinile făcute pumn.

– Abi, avem aceeași ceartă, în pizda mă-sii!

– Pentru că nu mă crezi! îi strig.

– Te rog nu țipa la mine, îmi spune calm.

Vreau să-i trag una, vreau să-l lovesc cu pumnii în piept, vreau să-l scutur până când își dă seama că n-am scornit nimic. În schimb, arunc fotografia spre el, dar, pentru că e ușoară, aproape imponderabilă, cade pe podea. Simțindu-mă neputincioasă, mă așez pe covor și izbucnesc în lacrimi. Nu mai suport. Nu mai pot trăi cu gândul că în ochii lui eu sunt mereu cea nerezonabilă sau paranoică.

– Nu mai pot, îi strig. M-am săturat.

Ben tace un moment, apoi îi simt brațele în jurul meu.

– Abi, nu spune așa ceva.

– Atunci spune-mi că mă crezi. Spune-mi că Beatrice vorbește prostii, că ai convingerea asta. Cum ezită, mă trag din îmbrățișarea lui și-i zic: Plec. Mă mut la părinții mei.

A îngenuncheat lângă mine, dar mă îndepărtez astfel încât să fiu cu spatele la el.

– Abi, nu vreau să faci așa ceva. Trebuie să înțelegi cât de greu îmi este. Ea e sora mea...

– Și eu sunt iubita ta.

Mă șterg resemnată la ochi cu mâneca. Ne tot învârtim în cerc, dar nimic nu se va schimba niciodată. Știu că relația noastră s-a sfârșit, este aproape o ușurare. Beatrice a câștigat.

– Abi, uită-te la mine. Vocea lui este imperioasă, panicată, și mă răsucesc fără voia mea să-l ascult. Hai să ne mutăm. Împreună. E clar că n-o să meargă niciodată atât timp cât vom sta toți trei sub același acoperiș. Și eu sunt prea matur ca să mai locuiesc cu sora mea, spune cu un zâmbet amar.

Ieri aș fi fost încântată să aud așa ceva. Dar e prea târziu. Dau din cap că nu, bucurându-mă să-i văd durerea din ochi.

– Nu mă crezi, îi spun. Așa că ce rost mai are?

– Of, Abi. Te cred. Te rog... te iubesc. Vreau să fiu cu tine.

Rezistența mea slăbește. Simțind asta, Ben mă trage în brațele lui și rămânem așa, pe covorul de culoarea șampaniei cu pata în formă de molie, legănându-ne ușor. Apoi murmură în părul meu:

– Am destui bani acum. Putem închiria ceva în curând. Ce zici?

Mă îndepărtez ca să-i pot vedea expresia, ca să mă asigur că vorbește serios.

– Ai face asta? Chiar dacă sunt puțin cam sărită?

Încerc să râd printre lacrimi.

– Te doresc, Abi. Nu putem fi împreună aici. Treaba asta cu tine și Beatrice nu se va opri niciodată, nu-i așa? Mereu vă acuzați reciproc, vă tot luptați pentru supremație. Deschid gura să protestez, dar el mă oprește cu o ridicare a sprâncenelor. Fii serioasă, se vede de la o poștă. Și mă simt onorat. Dar trebuie să fac o alegere. Și te aleg pe tine.

În timp ce se apleacă să mă sărute, mă gândesc că am câștigat. M-a ales pe mine în locul ei. Atunci de ce nu mă simt atât de triumfătoare, atât de încântată, cum ar trebui?

Mai târziu în acea seară, pe când stăm tustrei la masa din bucătărie, evitând contactul vizual, Ben îi spune lui Beatrice ce alegere a făcut. Ea tace o vreme, mușcându-și obrazul, dar observ că se face albă la față, iar ochii îi strălucesc prea intens. Își pleacă resemnată fruntea după o ultimă încercare penibilă de a-l face să se răzgândească, dându-mi impresia că e pe cale să vomite. Îmi sorb ceaiul în tăcere, măcinată de vinovăție, privind coafura aceea perfectă care-i încadrează chipul superb. În cele din urmă își înalță capul oftând și mijește ochii, ca și cum ar cântări ceva în minte.

– Ești sigur de asta, Ben? îi spune în șoaptă, fără să se uite la mine. Abi te face fericit?

El îmi ia mâna și îi spune că da, eu îl fac fericit, că sunt ceea ce-și dorește, ceea ce a așteptat.

– Așadar, ăsta e sfârșitul? suspină ea, iar umerii i se lasă. Tot ce-am vrut a fost să fii fericit, Ben. Te rog să crezi asta.

Își împinge scaunul în spate și iese în tăcere din cameră. Amândoi privim ceașca de cafea, cea cu pasărea în față, preferata ei. Observând urmele de ruj roz de pe margine, simt o undă de neliniște. De ce nu s-a opus mai mult? A acceptat oare înfrângerea atât de ușor? Oare chiar o să renunțe la el?

27

Mă plimb prin casă încercând să mi-o întipăresc în memorie. Ating luminile în formă de margarete care sunt înfăşurate în jurul balustradei, îmi trec mâna de-a lungul pereţilor vopsiţi cu gust, mă bucur de sistemul care încălzeşte pardoseala de calcar de var de sub picioarele mele, stau întinsă pe canapeaua catifelată din salon, zăbovesc pe terasa cu vedere la grădina de dedesubt, îmi trec picioarele peste braţul fotoliului vechi şi şifonat din bucătărie, aşa cum au făcut-o Beatrice şi Cass în prima dimineaţă după ce m-am mutat aici. Mă bucur de frumuseţea ei. Mă gândesc că o să-mi fie dor. Pentru că am fost fericită aici o vreme, casa a întruchipat promisiunea unei vieţi la care eram disperată să iau parte. O viaţă care era atât de diferită, mult mai fascinantă decât cea de care încercasem să fug.

Peste două zile mă aflu la masa din bucătărie cu laptopul în faţă, aparent transcriind interviul pentru Miranda, dar de fapt navigând pe internet în căutarea unui apartament pe care Ben şi cu mine l-am putea închiria împreună. Casa este ciudat de tăcută, cu excepţia zgomotului înfundat scos de caloriferele de modă veche pe când se răceşte boilerul. Ben e la muncă, iar fetele au plecat să se vadă cu un prieten de-ai lui Beatrice care deschide un atelier pentru artiști în Frome. Nu m-au invitat să le însoțesc.

Parcurg fișa unui apartament de pe Walcot Street când soneria răsună în casa liniștită, făcându-mă să tresar. „E cineva la ușa de la intrare", îmi spun în timp ce inima începe să-mi bată ca o tobă de război. Mă desprind de computer și de apartamentul șic din Walcot Street ca să răspund. O femeie cu aspect neglijent, roșie în obraji și cu părul cărunt tuns scurt stă pe treptele casei. Este mai în vârstă, pare să se apropie de șaizeci de ani.

– Bună ziua, mă salută cu un puternic accent scoțian.

Zâmbetul îi încrețește pielea din jurul ochilor. Îndesată, abia trecând de un metru cincizeci, poartă un impermeabil albastru decolorat și cizme maro pe sub o fustă lungă. De braț îi atârnă o geantă mare. În spatele ei strada este liniștită, iar soarele se ițește pe cerul albastru de porțelan. Aerul e proaspăt după ploaia de dimineață.

– Îl caut pe Ben, spune uitându-se cu speranță în spatele meu, pe hol.

– Pe Ben? repet mirată. E la muncă, se întoarce abia diseară.

– A, face dezamăgită. Bineînțeles că da, nu m-am gândit la asta. O să revin mai târziu.

– Îmi pare rău, îi zic, mișcată de supărarea ei. Pot să-i spun că ați trecut pe aici?

Nu pot s-o las să plece fără să știu cine este. Se uită în jur, ca și cum s-ar aștepta să-l vadă pe Ben venind pe stradă în orice moment.

– Sunt mama lui, draga mea. Nu-ți face griji, îl prind mai târziu. Stau la fratele lui în Bristol săptămâna asta, așa că o să am alt prilej să dau de el. Am încercat să-l sun, dar nu răspunde niciodată la telefon. Vezi tu, nu pot să nu mă îngrijorez. După ce-a murit taică-său... Se oprește, bărbia îi tremură, apoi face un efort să-și revină și continuă: L-am văzut pe Ben săptămâna trecută. Ne-am certat... vreau... Se oprește și face ochii mari, panicată, de parcă ar fi spus prea mult. Mă rog, o să trec din nou diseară... Îi transmiți tu, dragă? Îi spui c-o să revin diseară, pe la opt?

Mă holbez la ea înmărmurită. Sângele îmi pulsează în urechi.

– Mama lui? îngaim, nevenindu-mi să cred. Sunteți mama lui Ben? repet, în caz că am gândit acele cuvinte și nu le-am rostit cu voce tare.

Se încruntă, și-i citesc nedumerirea în ochii de un albastru spălăcit. Nu seamănă cu Ben sau cu Beatrice.

– Da, sunt mama lui. Și tu cine ești?

– Sunt iubita lui, Abi.

– Aha. Fața i se luminează și acum mă măsoară cu privirea, ca și cum m-ar vedea pentru prima dată. Da, a pomenit de tine când a venit să mă vadă săptămâna trecută. Frumoasă mai ești!

– L-ați văzut săptămâna trecută? zic, ținându-mă de tocul ușii ca să nu cad. În Scoția?

Ea râde.

– Știu că încă mai am accentul, dar nu. Nu mai locuim în Scoția de ani buni, de zece ani ne-am mutat la Londra. În Streatham. A venit să stea la mine acolo. Continuă pe un ton mai scăzut: Bănuiesc că ți-a zis că tatăl lui a murit. Era bolnav de multă vreme, dar tot a fost un șoc. Cred că Ben e foarte afectat, orice-ar zice Paul. Sunetul unui claxon o face să se întoarcă, și atunci văd un Ford Mondeo roșu staționat mai încolo pe stradă. El e Martin, celălalt fiu al meu, îmi explică. Mai bine plec. Ne vedem mai târziu, draga mea. Mi-a făcut plăcere să ne cunoaștem.

Apoi iese pe poartă și se duce cu pași repezi spre mașina care o așteaptă. Șocată, o privesc urcând pe locul pasagerului, cu geanta în poală, iar când Fordul demarează, mă las pe treapta rece din piatră, cu capul vâjâindu-mi. Cum să fie mama lui Ben, când părinții lui au fost uciși într-un accident de mașină cu peste treizeci de ani în urmă?

Îmi torn un pahar cu vin din sticla pe jumătate goală din frigider, chiar dacă este doar unsprezece dimineața. Sunt atât de nervoasă și de nedumerită, că beau totul dintr-o înghițitură. Apoi îl sun pe Ben. Răspunde imediat la telefon, iar în glas i se simte panica. De obicei, nu-l sun niciodată când lucrează. Îi spun totul dintr-o suflare în timp ce dau roată mesei din bucătărie, sperând că poate găsi o explicație, dar știind deja că e imposibil. Ce altă explicație ar putea exista?

După o tăcere mult prea lungă, reușește să bâiguie:

– Cum arăta?

– Are spre șaizeci de ani, accent scoțian, asemănător cu al tău, Ben. Și a spus că te-a văzut săptămâna trecută la Londra. Tu mi-ai spus că erai în Scoția săptămâna trecută, așa că nu înțeleg.

– Chiar am fost în Scoția săptămâna trecută.

Tonul lui nerăbdător nu mă descurajează așa cum ar fi făcut-o odată.

– Și a mai pomenit de un frate al tău care locuiește la Bristol. Ce se întâmplă? Tu și cu Beatrice aveți un frate?

– Bineînțeles că nu avem, mi-o retează el. Uite ce-i, Abi, sunt la serviciu, nu pot vorbi despre asta aici. Vin acasă.

– Nu poți pleca. Ce-o să spună șeful tău?

Vocea mea stridentă răsună în bucătăria liniștită. El pare atât de furios, atât de șocat, încât încep să cred că trebuie să fie o farsă, că persoana care a scris pe pagina de Facebook a lui Lucy și care mi-a trimis florile de ziua mea mi-a trimis și o femeie între două vârste care se dă drept mama lui Ben. Oare pierd contactul cu realitatea, așa cum a susținut Beatrice? Oare mesajele de la sora mea decedată și vizitele de la răposata mamă a lui Ben sunt doar un produs al imaginației mele? Femeia respectivă, pe nume Morag, nu semăna deloc cu Ben, cu Beatrice sau cu Daisy, tânăra lor mamă din fotografia din salon. Și dacă Morag e mama lor, cine naiba o fi femeia din poză? Și de ce-ar minți în legătură cu ea?

– A zis că se va întoarce diseară. A zis c-o așteaptă Martin în mașină. Mi-a zis că o cheamă Morag. Este un nume neobișnuit, Ben.

– N-o cunosc, s-o ia dracu', șuieră el. Nu mă crezi?

– Nu știu ce să cred...

Dar deja a închis. Arunc mobilul pe fotoliul vechi și-mi mai torn un pahar de vin, dar după o înghițitură îmi vine să vărs și mă duc repede la chiuvetă. Trag aer în piept până când îmi trece greața, apoi mă prăbușesc pe fotoliu cu picioarele tremurând. Peste o clipă telefonul începe să-mi vibreze sub fund; mă grăbesc să-l scot, sperând că e Ben care vrea să-și ceară scuze și să-mi explice ce e cu această femeie care pretinde că e mama lui, dar e Nia. Îi povestesc rapid ce s-a întâmplat și îi promit că o s-o sun diseară. În momentul ăsta nu pot vorbi cu nimeni altcineva în afară de Ben.

O oră mai târziu aud Fiatul lui Ben oprindu-se în fața casei. Stau așezată la baza scărilor când el intră în fugă, cu fața palidă și cu cravata strâmbă. Tresare când mă vede, iar expresia din privire i se îndulcește.

– O, Abi!

Mi se alătură pe treaptă și mă trage spre el, murmurându-mi în păr că totul o să fie bine. De obicei ador să fiu în brațele lui, să mă aline. Îmi dă un sentiment de siguranță. Dar acum nu. Acum mă irită că iar presupune că problema e a mea. Mă desprind de el.

– Ce se întâmplă, Ben? Și nu încerca să-mi spui că femeia aia blestemată e doar în imaginația mea, pentru că nu e cazul. Era acolo, zic arătându-i în direcția ușii. În carne și oase. Și a spus că e mama ta.

Strâmbă din nas simțind că răsuflarea îmi miroase a alcool.

– Ai băut?

– Am luat câteva guri de vin. Și nu, îi spun, înăbușind din fașă sugestia că din cauza băuturii am văzut-o pe mama lui moartă. Nu băusem înainte să vină.

– Nu înțeleg, Abi. N-are sens. Scutură din cap cu un aer chinuit. De ce s-ar da o femeie drept mama mea?

– Nu știu, Ben, oftez. Spune-mi tu.

Dă din umeri și își trece mâinile prin păr.

– Ești sigură că s-a întâmplat așa? Poate că te-ai înșelat. Poate că n-a zis că e mama mea. Poate a spus altceva.

Furia crește în mine, dar încerc să-mi păstrez vocea calmă:

– Știu că am avut probleme cu sănătatea mintală în trecut. Știu că am încercat să-mi pun capăt zilelor. Boala de care sufăr înseamnă că pot fi paranoică, poate că uneori îmi sabotez viața dintr-un sentiment de vină, nu știu. Dar nu am delirat niciodată, Ben. Nu mi-am imaginat niciodată că vorbesc cu cineva, că port o conversație cu o nălucă. Descopăr că mâna lui e lipicioasă când i-o strâng. Trebuie să mă crezi.

– Nu știu, Abi. Totul e atât de ciudat.

– Mi-a spus că revine diseară, pe la opt. Hai să vedem ce spune atunci.

Încerc să-i descifrez expresia, să văd dacă minte. Îmi amintesc cuvintele lui Jodie. I-a numit „gemenii ciudați". În opinia ei, ascund ceva. Oare asta să fie?

– Așa e, mormăie el.

Îi observ picăturile de sudoare de pe frunte, palmele transpirate, gulerul cămășii pe care și-l tot trage ca și cum l-ar sufoca și îmi dau seama că își face griji. Îmi doresc doar să știu în legătură cu ce.

Nu cred că această femeie este un produs al imaginației mele. Știu că am văzut-o și că am vorbit cu ea. Mi-a spus că e mama lui Ben. Nu părea genul de persoană care ar pune la cale o asemenea farsă oribilă doar ca să se joace cu mintea mea. Arăta ca o mamă; o mamă drăguță, rumenă în obraji și bună la suflet. Avea un accent scoțian, părea sinceră.

Totuși, pe măsură ce se apropie ora opt încep să mă agit.

Beatrice, Pam și Cass tot nu s-au întors de la Frome, așa că Ben și cu mine umblăm prin casă, fiecare pretinzând că nu se așteaptă să audă bătaia în ușă. Luăm cina împreună, o lasagna pe care Eva a pregătit-o mai devreme și un pahar cu vin. Nu ascultăm deloc muzică și nici nu pornim televizorul.

Trece ora opt fără nici o veste. Apoi se face nouă, zece și nimic. La unsprezece, Beatrice ajunge acasă împreună cu Pam și Cass. Binedispuse, chicotesc în timp ce se descalță și-și agață hainele în cuier. Le aud coborând scările în bucătărie, vorbind unele peste altele și discutând despre un artist de care n-am auzit niciodată.

– Nu mai vine, nu-i așa? îl întreb la miezul nopții, când ne pregătim să mergem la culcare.

Ben stă în mijlocul camerei doar în boxeri, amintindu-mi că n-am făcut sex de când s-a întors din Scoția.

– Desigur că nu, murmură.

Chipul lui e aproape cenușiu, *livid*, dar de ce? Să fie oare dezamăgit de mine?

Îmi trag cămașa de noapte peste cap, detestând cum mă privește plin de îngrijorare cu coada ochiului. Parcă aud cuvintele pe care refuză să le rostească. În cel mai bun caz e de părere că delirez. Că sunt labilă psihic. În cel mai rău caz, e de părere c-am inventat totul. Oricum ar fi, nu mă crede. Îmi culeg blugii și puloverul și-i spun:

– Știi, o să dorm singură în seara asta.

– Nu, îmi replică venind spre mine. Nu poți pleca. Îmi pare rău, chiar te cred. Doar că nu înțeleg, atâta tot. Îmi ia hainele din mâini, le așază pe scaun, mă duce în pat și se urcă lângă mine. Te iubesc atât de mult, murmură dându-mi jos cămașa de noapte.

Tandrețea lui mă face să uit de mânie și durere, iar întrebările dispar când începe să mă sărute.

A doua zi Ben sună la serviciu să anunțe că e bolnav. Știu că așteaptă să vadă dacă această femeie misterioasă, această Morag, își va face din nou apariția. Îmi dă speranța că, în cele din urmă, ar putea să mă creadă. Mă roagă să-i promit că n-o să-i spun lui Beatrice, pentru că și-ar face griji degeaba. Când iese afară să-și spele mașina prețioasă, o apelez pe Nia și, după ce o rog să mă ierte că n-am mai sunat-o aseară, îi povestesc totul.

Mă ascultă fără să mă întrerupă. În fundal aud agitația de la birou, sunetul telefoanelor, vorbăria colegilor ei și Radio One. Îmi imaginez biroul ei modern din Covent Garden, cu separatoare din sticlă între mesele de lucru și fotografii de modă împodobind pereții, și deodată simt invidie. Închid ochii dorindu-mi să pot da timpul înapoi, să revin în perioada de dinainte ca viața mea să se schimbe irevocabil, să mai putem locui toate în Balham și singurul motiv pentru care aș suna-o pe Nia să fie în ce club mergem diseară.

– Nia, crezi că-mi pierd mințile? Crezi că totul a fost un produs al imaginației mele?

– Abi, nu-ți pierzi mințile. Nu vreau să te mai aud spunând așa ceva. Vorbește cu atâta hotărâre, atât de tranșant, încât aș vrea s-o cred. Nu-ți pot spune cât de rău îmi pare pentru ce s-a întâmplat de ziua ta. Dar niciodată nu am crezut că-ți pierzi mințile. Mă îngrijoram doar că, dacă nu-ți mai iei antidepresivele, ai putea să...

Nu trebuie să-și termine fraza ca să știu exact ce încearcă să spună, că n-o să uite niciodată momentul în care m-a găsit în cadă. Mă simt groaznic din cauza asta.

– Of, Nia, îi șoptesc.

– Mă rog. Să nu ne mai gândim.

Aș vrea să râd. Asta este mantra Niei în viață, și pentru prima oară îmi doresc să am aceeași încredere ca ea. Peste câteva clipe reia:

– Știi, Abi, am impresia că Ben te crede și de aia e acasă astăzi. De asta e afară acum și își spală mașina. O așteaptă să se întoarcă și vrea să fie acolo când o face.

Mă îndrept spre fereastra camerei mele, cu telefonul mobil la ureche. Pe strada de dedesubt, Ben șterge cu un burete mare și plin de spumă capota mașinii, dar pare distras, întorcându-se de fiecare dată când aude sunetul îndepărtat al unui motor. Lasă buretele în găleată, iar câțiva clăbuci ajung pe jos. Se duce în spatele Fiatului să deschidă portbagajul. „Ce faci, Ben?" Aud o mașină intrând pe stradă. Mi se strânge stomacul. Este Fordul Mondeo roșu de ieri. Parchează în fața unei case, însă șoferul nu oprește motorul. Ben aude zgomotul și se îndepărtează de Fiat. Preț de câteva secunde stă pe trotuar în tricoul său cu mânecă scurtă de la

Fred Perry, ca și cum ar fi nesigur. Când ridică privirea spre fereastra mea, mă retrag instinctiv din câmpul său vizual. Nu cred că m-a observat. Când mă uit din nou, îl văd urcându-și picioarele lungi în celălalt automobil.

– Fordul Mondeo și-a făcut apariția, șoptesc în telefon, neștiind de ce cobor glasul când nu e nimeni altcineva în casă. Ben s-a suit în el.

Cuprinsă de amețeală, mă țin de pervazul ferestrei în timp ce mașina se îndepărtează. Ultimul lucru pe care-l văd, când Fordul trece pe lângă casă, este fața palidă a lui Ben la geam, privindu-mă. Ochii ni se întâlnesc câteva secunde, apoi dispare.

– O, Doamne, m-a văzut! îngaim cu gura iască. Ce se întâmplă, Nia?

– Ben te minte dintr-un motiv sau altul. A plecat de bunăvoie cu șoferul acelei mașini, așa că e evident că o cunoaște pe femeia care a venit ieri, oricât s-ar fi străduit să nege.

Mă gândesc la femeie, la acea Morag, și îmi dau seama de ceva pentru prima dată.

– De ce nu m-a întrebat nimic de Beatrice?

– Ce vrei să spui?

– Ieri a bătut la ușă și m-a întrebat dacă e Ben acasă. Dacă ea e mama lor, de ce nu a vrut s-o vadă și pe Beatrice, fiica ei?

– Nu știu, dar ascultă-mă. Trebuie să te duci să arunci o privire în mașina lui.

– Poftim? Nu pot să fac așa ceva.

– Nu vrei să afli de ce minte?

Sunt copleșită de îndoială. De la fereastră văd că portbagajul Fiatului lui Ben a rămas deschis, cu capota ridicată. Îmi spun că-i fac o favoare dacă mă duc s-o cobor. N-am cheile, dar, dacă închid portbagajul, nimeni n-o să știe că mașina nu e încuiată.

– Bine, îi zic.

– Hai, hai, hai, îmi ordonă, pe un ton autoritar.

Alerg pe scări până la parter. Ajunsă pe stradă, mă uit în ambele direcții ca să mă asigur că nu mă vede nimeni înainte să îndrăznesc să mă apropii de mașina lui, cu mobilul încă la ureche.

– Ești acolo? mă întreabă Nia. Ești la mașină?

– Da.

Pun ștergătoarele înapoi pe parbriz și mă îndrept spre portbagaj.

– Trebuie să te uiți bine înăuntru după indicii, îmi spune ea, de-acum intrată în pielea lui Miss Marple.

– Pentru numele lui Dumnezeu, Nia, izbucnesc.

Nu-i corect să-mi bag nasul prin mașina lui. Nu vreau să am o părere proastă despre Ben, îl iubesc și nu suport gândul că ar putea să mă mintă, că ar prefera să mă lase să cred că o iau razna decât să-mi spună adevărul.

Nia, simțind că ezit, îmi spune în șoaptă:

– Abi, îmi dau seama că ți-e foarte greu. Dar ceva nu e-n regulă. Și o știi bine.

– Și Jodie e de aceeași părere, recunosc.

Cu ochii în lacrimi, îi povestesc ce-am aflat de la ea.

– Ben ascunde ceva, amândoi o fac.

Aprob printr-o înclinare a capului, deși sunt conștientă că Nia nu mă vede. Ștergându-mi o lacrimă de pe față, îi spun c-o să-i dau vești curând. E dezamăgită, dar mă face să promit că o s-o sun dacă descopăr ceva care să explice comportamentul ciudat al lui Ben. O asigur că o voi face.

– Și, Abi...

Se oprește, ca și cum ar fi nehotărâtă dacă să fie sinceră cu mine.

– Ce e? Poți să-mi spui, Nia. Ești singura în care am încredere în acest moment.

Nu-mi dau seama cât de adevărat este până când nu o rostesc cu voce tare.

– În regulă. Când am venit la tine luna trecută, am simțit că ceva nu e în regulă cu ei doi. N-am putut să-mi dau seama ce anume, încă nu pot. Știu că erai îngrijorată în legătură cu Beatrice... dar era ceva în privința lui Ben... Deocamdată nu mi-e clar, spune după un moment de ezitare. Dar a fost de ajuns cât să nu-mi placă să te las singură cu ei. Te rog să ai grijă.

Cuvintele ei mă neliniștesc, dar îi spun că sunt bine și închid. Îmi tremură degetele când pun mobilul în buzunarul din spate al blugilor. Întind capul peste raftul portbagajului ca să mă uit în interiorul mașinii, dar nu văd nimic nelalocul lui. Ben e atât de ordonat, că mi se pare aproape obsesiv-compulsiv, nu mă lasă nici măcar să mănânc în mașină. Ce speram să găsesc?

Și atunci îmi dau seama că n-am altă opțiune decât să am încredere în el. Sunt sigură că o să-mi spună ce se întâmplă când se întoarce, trebuie să existe o explicație simplă pentru toate astea. Trebuie să existe. Pentru că nu suport ideea de a-l pierde pe Ben, mi-a fost ca o barcă salvare în ultimele luni, m-a ținut pe linia de plutire. El este motivul pentru care mă pot trezi dimineața să înfrunt ziua fără Lucy. Nu pot să concep ce va însemna pentru noi, pentru mine, dacă m-a mințit.

Întind mâna să închid portbagajul când observ ceva cu coada ochiului. La început cred că este o bucată de cremene sau de material textil care iese de sub covorașul unde se ține roata de rezervă, dar când mă uit mai atent, văd că este roz și foarte subțire, contrastând puternic cu interiorul negru. Trag. E ceva rigid, precum colțul unei foi de hârtie. Mi se suie sângele la cap în timp ce pipăi disperată clapeta trapei, însă am deja o vagă idee despre ce poate fi. Dar tot icnesc șocată. Tot fac un pas în spate de parcă aș fi fost lovită. Pentru că pe roata de rezervă, ridicându-se și coborând ușor în adierea vântului, sunt trei plicuri roz, îndoite de vreme, pe care sunt trecute numele și adresa mea de la universitate, cu scrisul familiar al lui Lucy. Și lângă ele, încolăcită în roata de rezervă, este o brățară de argint cu safire albastre care strălucesc în soarele după-amiezii târzii.

28

E răcoare când Beatrice coboară din autobuz. Soarele se ascunde în spatele unui nor cenușiu, luând cu el puțina căldură rămasă de peste zi. Își înfășoară cardiganul gros în jurul corpului, însă o rafală de vânt îi ridică rochia de mătase, lăsându-i la vedere genunchii goi. Cu degetele de la picioare înțepenite de frig în balerini, se oprește la vitrina agenției imobiliare ca să studieze apartamentele disponibile pentru închiriere. De ce continuă să facă asta, de ce se tot torturează?

„Mă părăsește. De data asta chiar mă părăsește."

Au trecut zile întregi de când i-a zis, însă abia acum începe să creadă. L-a pierdut, și-a pierdut ultimul membru al familiei. Singurul lucru de care s-a temut ani la rând se întâmplă cu adevărat, iar pe măsură ce începe să conștientizeze acest lucru, ceva se schimbă în interiorul ei. Ușurare. A fost atât de disperată să se agațe de el, atât de înfricoșată c-o să-l piardă, și totuși acum o năpădește un sentiment de libertate cum nu a mai simțit de ani întregi.

– Așteaptă-mă! Se întoarce și o vede pe Cass alergând spre ea, cu aparatul foto atârnat la gât lovindu-i-se ritmic de piept. Ești bine, Bea?

Gâfâie, iar îngrijorarea e întipărită pe fața ei minunată ca de spiriduș. Loiala, frumoasa Cass.

Beatrice își mușcă buza ca să nu plângă și să-i spună lui Cass totul. În toți acești ani a păstrat secretul lor, chiar dacă a ros-o pe dinăuntru; e ca un dovleac cu miezul golit care în cele din urmă se pleoștește și se descompune. Are nevoie de cineva care să o umple din nou, să-i înlocuiască interiorul, să o facă să radieze. A aruncat deja o piele, o personalitate. Credea că Beatrice Price va fi ceva complet diferit, dar până la urmă e tot aceeași persoană; ba poate că nu, poate că este și mai rea decât cea de care încerca să fugă.

Cass încă o privește uimită, cu capul într-o parte. E atât de tânără, atât de luminoasă, atât de nevinovată. Știe că fata nu i-ar face niciodată rău, dar ar mai ține la ea dacă ar ști adevărul? Sau oricine altcineva?

– Îmi pare rău, Cass. N-am vrut să te evit; pur și simplu sunt în lumea mea.

Cass îi zâmbește ușurată și o ia de braț.

– Ești supărată din cauza lui Ben?

Beatrice încuviințează din cap. Parcurg restul drumului în tăcere. Când o cotesc pe strada lor, Cass o întreabă dacă vrea să joace tenis înainte să se întunece.

– De ce nu? face Beatrice, știind că e felul lui Cass de a o înveseli, ca să nu se mai gândească la Ben și la plecarea lui iminentă.

Când ajung la poarta casei, Beatrice se oprește. Abi iese ca o furtună pe ușa de la intrare cu o geantă de voiaj mare în mână. Chipul ei are o paloare cadaverică și ochii îi sunt roșii.

– Abi? spune alarmată Beatrice. Împinge poarta, care scârțâie ușor. Abi se oprește pe cărare când le observă, cu fața îndurerată, aproape înspăimântată. Unde te duci? Te simți bine?

„Te-ai țăcănit în cele din urmă, Abi?“

Abi se uită nedumerită la ele, expresia i se schimbă de la teamă la furie, în ochii ei e ceva animalic, iar Beatrice se dezlipește instinctiv de Cass și-i ordonă pe un ton scăzut să intre în casă. Cass se uită de la una la alta câteva clipe, dar face așa cum i s-a zis; ce supusă e mereu, se gândește Beatrice, e mereu atât de încrezătoare.

Abi lasă jos geanta pe aleea cu dale albe și negre, unde aterizează cu o bufnitură. Cu părul ciufulit și ochii săi sălbatici, pare că ar trebui să fie într-o instituție psihiatrică, iar inima lui Beatrice începe să bată un pic mai tare, temându-se că Abi ar putea să o atace la fel cum a făcut-o cu Alicia. „Știam că ești sonată, Abi. Cum să nu fii, după tot ce ți s-a întâmplat?“ Degetele i se strâng pe poartă, gata s-o închidă dacă Abi se năpustește asupra ei.

– O să stau o vreme la Nia, o informează Abi. Beatrice rămâne tăcută, îngrijorată să nu spună ceva greșit, nedorind să provoace o reacție violentă din partea lui Abi, care e limpede că și-a pierdut mințile. Mama ta a venit ieri aici, dar mă îndoiesc că Ben ți-a zis ceva, continuă aceasta. Se pare că Ben se pricepe de minune să ascundă lucruri.

Râde. E râsul unei persoane aproape isterice, iar sunetul o sperie pe Beatrice.

Abi se uită lung la ea și Beatrice se simte stânjenită sub privirea ei scrutătoare, în același timp căutând frenetic o soluție. Ar trebui să-l sune pe Ben? Nu poate s-o lase pe Abi să umble singură când e clar că are o cădere psihică.

– Unde e Ben, Abi? Să-l rog să vină acasă de la serviciu?

– O, Doamne! exclamă ea albindu-se la față. Nu știi, nu-i așa? Și în tot acest timp am crezut că tu ești.

– Ce-ai crezut? Abi, mă sperii.

– Bine ai venit în lumea mea, îi spune Abi smulgându-și geanta de pe jos și aruncând-o peste umăr. Beatrice, am fost speriată luni întregi. Luni întregi, fir-ar să fie. Se îndreaptă spre ea, iar Beatrice se retrage instinctiv din poartă. Credeam că-mi pierd mințile – și crede-mă, n-ar fi atât de dificil. Dar el asta vrea, nu-i așa? Vrea să cred că înnebunesc. Nu înțeleg de ce.

– Cine? Pe Beatrice o trec fiorii, i s-a făcut pielea de găină pe picioare. Despre cine vorbești?

– Ben, îi șuieră Abi. Scumpul tău frate. Se oprește când ajunge lângă Beatrice și ochii i se îmblânzesc. Îmi pare rău că te-am bănuit pe tine. Dar erai atât de posesivă cu el, atât de geloasă. Și pot să înțeleg. Acum sunt o geamănă fără geamănă. Dar tot înțeleg.

Pare atât de tristă, încât ochii lui Beatrice se umplu de lacrimi.

O geamănă fără geamăn. Beatrice știe exact cum e. O lacrimă i se scurge și i se prelinge pe nas.

– O să-l părăsești pe Ben?

Își trage nasul. Încă nu înțelege despre ce e vorba. „Ce știi, Abi? Ce știi despre mama mea?“

Abi pare să se gândească la asta în timp ce-o țintuiește cu privirea.

– Vreau să știu de ce m-a mințit. Dar trebuie să plec, poți să-i transmiți? Spune-i că am nevoie de puțin timp să stau singură, dar o să revin. Se întinde s-o îmbrățișeze, dar geanta îi stă în cale, astfel încât rămân într-o poziție stingheră. Cred că am fi putut fi prietene bune, dacă nu ar fi fost Ben. Dar asta e vina mea.

Își saltă geanta pe umăr și iese pe poartă, cu părul blond fluturându-i în jurul feței. Îndată ce nu se mai vede, cerurile se deschid, udând-o pe Beatrice la piele în câteva secunde. Se duce într-un suflet înăuntru, trântește ușa de la intrare în urma ei și se așază pe prima treaptă a scării.

„Of, Ben", se gândește. Cuvintele lui Abi i se învârt în minte ca piesele unui puzzle care se înghesuie pentru a fi puse în ordinea corectă, astfel încât întreaga imagine să devină mai clară. „Ce-ai făcut?"

29

Îmi reazem capul de fereastră în timp ce trenul pleacă din gară și privesc cum orașul, cu zidurile sale din cărămidă, se îndepărtează în spatele geamului pătat de ploaie; devine o acuarelă cu vopseaua curgând. Totul s-a schimbat, nimeni din acea casă nu este cine credeam eu că e. „Nici măcar tu, Ben. Nici măcar tu." Îmi ascund un suspin luând o înghițitură din cafeaua amară pe care am reușit să mi-o cumpăr din gară, recunoscătoare că nu este nimeni pe scaunul de lângă mine, vagonul fiind aproape gol. Se pare că nu prea mulți oameni vor să meargă la Waterloo la ora 17.13 într-o după-amiază ploioasă de miercuri.

Haina mi-e atât de udă, încât simt apa pe spatele tricoului. Mă dezbrac de canadiană și o arunc pe scaunul de alături. Capul îmi pulsează și vreau să vărs, întregul corp îmi tremură din cauza unei combinații de frig și șoc.

Când am descoperit ascunzătoarea lui Ben, n-am putut să înțeleg ce văd, ce înseamnă. M-am gândit inițial că Beatrice pusese acele lucruri acolo ca să-l incrimineze pe Ben, să ne despartă, dar în adâncul meu știu că ea nu ar face așa ceva, chiar dacă nu vrea să fim împreună. Îl iubește prea mult pe Ben ca să-i înscenezе ceva din care să iasă personajul negativ. Am smuls scrisorile și le-am strâns tare la piept ca și cum cuvintele lui Lucy ar putea pătrunde în inima mea, simțindu-mă ușurată că măcar pusesem mâna pe ele, dar am lăsat brățara acolo, în adâncitura roții de rezervă, neîndrăznind s-o ating, și am pus la loc podeaua portbagajului. Apoi am trântit ușa și am intrat într-un suflet în casă, cu mintea în toate direcțiile. Am sunat-o imediat pe Nia, plângând în telefon, abia inteligibilă.

– Abi, trebuie să pleci de-acolo și încă repede, înainte să se întoarcă el.

Mă trece un fior când îmi amintesc cuvintele ei. M-a îndemnat să vin să stau la ea. Am reușit să iau și rochia mea vintage de culoare bordo, pe care n-am purtat-o niciodată, precum și rochia verde Alice Temperley a lui Beatrice, pe care n-am avut niciodată ocazia să i-o înapoiez, și toate scrisorile și fotografiile lui Lucy, lucrurile prea prețioase ca să le las în urmă.

Nu m-am așteptat s-o văd pe Beatrice la ieșire, și îmi dau seama acum că nu i-am spus că am găsit brățara sau scrisorile, ci în schimb doar i-am ținut o predică despre cât de mincinos e fratele ei. Privirea ei uimită mi-a arătat că n-avea nici o idee despre ce vorbesc. Cred că o cunosc destul de bine încât să-i pot citi expresiile, să-i ghicesc sentimentele, însă poate mă înșel. Se pare că nu mă pricep să judec caracterele; m-am îndrăgostit de Ben și am crezut că Beatrice încearcă să bage spaima în minte. Geamănul bun și geamănul rău. Să-i fi încurcat?

Cerul se întunecă și luminile pâlpâie în vagon. Sunt prea strălucitoare, intensificându-mi durerea de cap. Mă doare să le privesc, așa că îmi țin ochii strâns închiși în timp ce încerc să-mi aduc aminte tot ce s-a petrecut în lunile de când m-am mutat. Mintea mi-e încețoșată, îmi e greu să formulez ceva constructiv. Totuşi, ceea ce ştiu, ceea ce a devenit evident, este că Ben mi-a dat de înţeles că Beatrice a luat scrisorile lui Lucy şi că a făcut-o pentru că avea impresia că i-am furat brăţara. A ştiut tot timpul că nu e adevărat, pentru că le avea ascunse în maşină. Simt cum mă îneacă un alt val de greaţă.

Aţipesc la un moment dat, pentru că, atunci când deschid din nou ochii, vagonul este pe jumătate plin şi un bărbat chel cu un impermeabil North Face stă pe locul de lângă mine, presându-mă în tăcere să-mi mut canadiana. Mi-o întind pe genunchi, lăsând umezeala să-mi pătrundă în blugi. E prea întuneric ca să privesc pe fereastră, tot ce văd sunt reflexiile pasagerilor şi faţa mea, *faţa ei*; prea palidă, cu ochii întunecaţi, bântuită.

Nia mă aşteaptă la gara Waterloo, în apropierea librăriei WHSmith, aşa cum am stabilit, foindu-se agitată în paltonul ei albastru-închis prea mare, care o face să pară de doisprezece ani. În timp ce mă strecor prin mulţime, îmi dau seama că e prima dată când mă întorc la Londra de când am fost externată din instituţia psihiatrică în urmă cu un an şi şase luni. Se luminează la faţă când mă vede şi vine într-un suflet spre mine, luându-mă în braţe.

– O, Abi, slavă cerului! Mereu uit cât de micuţă e Nia, abia îmi ajunge la umeri. Te simţi bine? Nu arăţi deloc în regulă, îmi spune pe când mă îndrumă spre metrou.

Îi confirm că încă sunt şocată. Pe deasupra, mă dezorientează toţi oamenii, zgomotul, mirosurile. Aceasta obişnuia să fie viaţa mea, dar acum mi se pare atât de străină.

Metroul este aglomerat, chiar dacă a trecut de ora şapte, şi trebuie să stăm în picioare în timp ce trenul se deplasează pe linia Northern, luând curbele cu o viteză înfricoșătoare; un miros greu de haine umede și halenă plutește în aer, chiar dacă e deschisă o fereastră. Fața mea e prea aproape de subsuoara unei persoane străine. Depun un efort supraomenesc să nu mă panichez și să nu am un atac de claustrofobie, în timp ce Nia, simțind că nu mă simt în largul meu, îmi vorbește despre ziua ei la birou și despre prezentarea pe care i-a făcut-o unui potențial client. În cele din urmă, metroul se oprește la East Finchley și ieșim poticnindu-ne, dar, înainte să pot trage aer în piept, străbatem cu pas iute peronul, urcăm numeroasele trepte și trecem printr-o mulțime de coridoare șerpuite până ajungem pe stradă. Respir adânc de mai multe ori, simțind stropi de ploaie pe limbă.

– Muswell Hill e la un sfert de oră de mers pe jos de-aici, așa că hai să luăm autobuzul, îmi spune Nia.

Mă ia de mână și mă duce înspre stație. Geanta de voiaj îmi intră în umăr și am gura uscată, dar îmi adun energia cât să mă urc în autobuz; peste cinci minute cobor cu greu și parcurgem cele două străzi acoperite de frunze până la apartamentul Niei. E la ultimul etaj al unei case victoriene din cărămidă roșie.

– Sunt doar două camere, dar am o canapea extensibilă în sufragerie, îmi spune în timp ce întoarce cheia în ușa de la intrare.

Îmi amintește de apartamentul pe care-l aveam în Bath înainte să mă mut cu Beatrice și Ben. Asemănarea merge până acolo încât sunt două biciclete la perete în holul comun, scrisori și pliante împrăștiate pe covorul de bun-venit. Le ridică și le răsfoiește înainte să le împingă prin fanta de corespondență a apartamentului de la parter.

– Nu sunt niciodată acasă, îmi explică.

Urc după ea până la ultimul etaj, al doilea. Apartamentul e mic și confortabil, cu o bucătărie deschisă separată de camera de zi printr-un fel de bar pentru micul-dejun. Îmi las geanta și mă prăbușesc epuizată pe canapeaua cu tapițerie maro, iar Nia pune ceainicul pe foc. Îmi duce geanta de voiaj în dormitor, spunându-mi că pot să dorm diseară în patul ei. Îmi vine să plâng de recunoștință.

– Poftim. Îmi întinde o ceașcă cu ceai și mi se alătură pe canapea. Pari sleită de puteri.

– Mersi, Nia, îi șoptesc. Simt începutul unei dureri în gât. Iau o înghițitură și îmi reazem capul de spătarul canapelei. Cum e să locuiești în nordul Londrei?

– E bine, îmi spune zâmbind. Totuși, îmi lipsești. Mi-e dor de zilele din Balham. E frumos aici, dar...

Lasă restul frazei să plutească între noi. Poate pentru prima dată, înțeleg că și viața ei s-a schimbat drastic de când a murit Lucy.

Arunc o privire în jur, la pereții cu placaj roz-pal, la perdelele cenușii de la fereastră, la dulapurile de bucătărie pe care cineva a încercat să le vopsească în roșu, la fotoliul masiv cu cuvertura din petice multicolore pe care pariez că a tricotat-o mama Niei; locul îmi amintește de un halat purtat, dar confortabil. Puțin cam ponosit, însă primitor, cald, real. E o mare diferență față de vila imensă în stil georgian a lui Beatrice și Ben, cu lucrări de artă, obiecte decorative scumpe și pretenții.

Și, în timp ce ploaia lovește cu putere acoperișul și bate în ramele putrezite ale ferestrelor, în timp ce mă fac covrig pe canapeaua demodată, bând ceai dintr-o ceașcă ciobită cu Nia lângă mine, cea mai veche prietenă a mea, persoana în care am cea mai mare încredere, știu unde prefer să mă aflu.

*

Ben a încercat să mă sune de unsprezece ori și mi-a lăsat două mesaje vocale. Stau pe marginea patului Niei cu telefonul la ureche și îi ascult vocea familiară cu accent scoțian implorându-mă să iau legătura cu el, spunându-mi că își face griji pentru mine, că poate să-mi explice totul dacă-l sun. Vreau din tot sufletul să-l cred, dar nu sunt convinsă că n-o să-mi mai îndruge minciuni. Cum ar arăta o explicație rezonabilă pentru faptul că a ascuns scrisorile de la Lucy și brățara lui Beatrice în portbagajul mașinii, iar apoi s-a uitat impasibil cum ne acuzam una pe alta? Dar celelalte chestii? Pasărea, fotografia, mesajele sinistre de pe Facebook...? Și femeia asta... Morag. Oare e mama lui? Și dacă e, de ce mi-a zis că a murit? Îmi vine să vomit când mă gândesc la tot, la minciuni, la manipularea lui grosolană.

Stau trează în mare parte a nopții ascultând cum vântul zguduie ferestruica de la mansardă și privind urmele maronii ale unei pete de apă de pe tavan. Când adorm în cele din urmă, îl visez pe Ben care se transformă în Beatrice, care se transformă în Lucy. Mă trezesc dimineață mai obosită decât eram când m-am dus la culcare.

O găsesc pe Nia supraveghind o tigaie care sfârâie pe plită. Era mereu prima care se trezea, cea mai organizată dintre noi trei. Văzând-o acolo, în pijamaua ei de flanel și papucii din piele de oaie, casa din Balham îmi apare în fața ochilor minții. Mă aștept ca Lucy să iasă de la baie și să-și caute agitată cheile, telefonul și rucsacul supradimensionat, urmând să întârzie ca de obicei la cabinetul medical.

Nia se întoarce și mă vede stând în picioare.

– Te simți bine? Pune pe blat două farfurii cu ouă și costiță cu dexteritatea unei chelnerițe profesioniste, datorită celor trei ani cât a lucrat la Sam's Café în Cardiff ca să facă rost de bani pentru universitate. Știu că nu prea ai poftă de mâncare, dar încearcă să mănânci ceva, îmi spune pe când se așază pe unul dintre scaunele de bar tapițate cu piele. Ești prea slabă.

Mi-a fost dor de stilul ei direct. Cu Nia știi mereu la ce să te aștepți, nu încearcă să te manipuleze, nu spune ceva când vrea să zică altceva. Pentru prima dată îmi dau seama cât de ușor e să trăiești cu ea; mi se părea ceva de la sine înțeles.

– N-ar trebui să fii la muncă?

Se înroșește în obraji și pare rușinată.

– I-am sunat și le-am zis că sunt bolnavă. N-am vrut să te las singură. Ai primit o lovitură teribilă.

– Nia, nu trebuia, dar mersi mult. Mă așez lângă ea și de dragul ei încerc să mănânc ouăle, care au gust de cauciuc. Ben tot încearcă să mă sune, îi zic în timp ce plimb mâncarea prin farfurie.

– Ce-o să faci?

În ochii ei căprui se citește îngrijorarea.

Oftez și las cuțitul și furculița pe masă. Abia m-am atins de mâncare, dar Nia se preface cu mare talent că nu a observat.

– Ca să fiu sinceră, nu înțeleg nimic din tot ce se întâmplă.

– Îmi dau seama, spune luând o gură de cafea.

– De ce-ar fi făcut toate asta? De ce să ascundă scrisorile și brățara? Înseamnă că tot el a trimis și buchetul de flori? O, Doamne, Nia, murmur, simțind cum inima mi-o ia la goană. Și cine-i Morag? Cum poate fi mama lui Ben?

Nia scutură din cap.

– Nici eu nu pricep.

– Am fost o proastă! M-am mutat cu ei, deși nu-i cunoșteam bine, m-am amestecat în viețile lor, m-am îndrăgostit.

– Erai vulnerabilă și ei s-au folosit de asta. Asta mă înfurie la culme, băga-mi-aș! Nia trântește cana și se uită cu luare-aminte la mine. Știi ce, nu pot să nu mă gândesc că Ben e un soi de sociopat. Poate că se distrează speriind femei vulnerabile.

Oare să-l fi judecat pe Ben atât de greșit? Iubitor, de încredere, amuzant, sexy. Cum să fie sociopat? Nu pot să cred că mi-ar face una ca asta. Versiunea pe care o am în minte despre el se schimbă, se transformă în altcineva complet diferit, însă nu pot să cred în imaginea deformată a acestui Ben nou.

– Nia, oare am făcut o greșeală teribilă? Sigur trebuie să existe o explicație pentru toate chestiile alea din portbagaj...

Împing farfuria, pentru că am noduri în stomac.

– Abi, îmi spune pe un ton alarmat. Cum să fie o greșeală?

– Poate că altcineva le-a pus acolo ca să mă întoarcă împotriva lui? Sunt și alți oameni în casă. Oare să fi fost Cass? Am găsit fotografia aia ciudată cu noi, cred că e îndrăgostită de Beatrice.

– Dacă așa stau lucrurile, atunci clar n-ar fi vrut să te despartă de Ben.

– Poate că-și dă seama cât de supărată e Beatrice că Ben se mută cu mine și vrea să-l oprească, așa că încearcă să ne despartă? Mă ridic și încep mă plimb încoace și încolo prin cameră, speranța dându-mi din nou energie. Sună plauzibil, nu-i așa?

Nia dă din umeri și începe să mănânce.

– Nu neapărat, nu, mormăie cu gura plină. În primul rând, scrisorile au dispărut cu luni în urmă, la fel și brățara. Cum voia să le folosească în momentul respectiv? N-avea de unde să știe că Ben o să vrea să se mute cu tine.

Simt cum speranța mă părăsește treptat.

– În plus, continuă nemiloasă, fără să-și dea seama că fiecare cuvânt de-al ei mă străpunge ca un pumnal în inimă, care-i faza cu maică-sa? E clar că te minte și în legătură cu asta. Ieri s-a suit cu ei în mașină, ai uitat?

Îmi duc mâna la piept să-mi potolesc palpitațiile.

– Dacă l-au răpit?

– Abi! îmi spune mustrător. A urcat de bunăvoie în mașină. L-ai văzut.

Îmi acopăr fața cu mâinile și gem, afundându-mă în canapea.

– Trebuie să fie un sociopat, și știi de ce? Înalț capul ca să mă uit la ea când îi explic: Credeam că mă iubește. Mai ales la sfârșit mi-a zis că ar trebui să ne închiriem un apartament. Să ne mutăm din casa aia. Era dispus să-și părăsească sora geamănă posesivă ca să fie cu mine.

Nia își termină în tăcere micul-dejun, dar îi văd rotițele din creier cum se mișcă, o cunosc foarte bine. Într-un târziu pune cuțitul și furculița frumos pe farfurie și vine să se așeze lângă mine, dându-mi cana cu cafea. Iau o gură, dar s-a cam răcit.

– Știu că gemenii au o legătură specială. Dar nu e puțin ciudat că tot locuiesc împreună, deși au amândoi peste treizeci de ani?

Mă încrunt și mă aplec să pun cana pe covorul jerpelit.

– Eu locuiam cu Lucy.

– Da. Dar erați fete și cele mai bune prietene.

– Și pentru ei o fi la fel.

– Mi se pare că au o relație tare ciudată.

Mă întorc să mă uit la ea.

– Ce vrei să spui?

– Nu știu. E atât de posesivă cu el. E de parcă...

Scutură din cap.

– Ce e, Nia? Ce încerci să-mi spui?

– Nu mă lua în seamă... Sunt singură la părinți, nu știu cum e să ai un frate, darămite un geamăn.

– Crezi că-l are cu ceva la mână?

Evident, ideea mi-a trecut și mie prin minte, mai ales după discuția cu Jodie.

Nia încuviințează din cap, deși nu sunt complet sigură că asta voia să spună.

Când Nia intră la duș, nu pot să nu-mi verific telefonul. Încă trei apeluri ratate de la Ben și un alt mesaj în care mă imploră să-l sun. Stau cu degetele deasupra numelui, bântuită de tonul disperat al vocii lui. Dacă-l sun, o să-mi dea o explicație simplă care va elucida totul și-o să pot să mă întorc acasă și să ne reluăm viețile. După o clipă de ezitare, degetul meu apasă ecranul. Ben răspunde pe loc. Pare că gâfâie, e panicat.

– Abi? Abi? Tu ești?

– Da... îi zic încetișor, închizând ochii la auzul vocii sale.

– Slavă cerului, mi-am făcut atâtea griji! Și Beatrice. Mi-a zis că ai un fel de cădere psihică, din câte a avut impresia. Unde ești?

„Un fel de cădere psihică." Îmi dau seama că știu ce-o să spună, ce scuză o să folosească. „Ce ușor e să explici totul dând vina pe mine, nu-i așa, Ben? Totul e doar din vina mea, am o imaginație bogată, sunt nebună, sonată, paranoică. Nu de data asta, Ben. Nu mai poți folosi niciodată scuza asta cu mine."

– Abi? Abi? Mai ești pe fir?

Pun capăt apelului.

30

Îmi petrec două zile închisă în apartamentul Niei. Ben tot încearcă să mă sune, chiar dacă nu răspund niciodată. La început, mesajele pe care mi le lasă sunt duioase, rugătoare, imploratoare, însă devin treptat insistente, furioase, mă întreabă de ce refuz să vorbesc cu el, de ce l-am părăsit, cum pot să-i fac una ca asta?

„Cum ai putut tu să-mi faci una ca asta, Ben?"

La început mi-e teamă că o să-i sune pe ai mei să-i tulbure, să-i îngrijoreze și mai rău, așa că le dau telefon ca să le explic unde sunt, dar abia când închid îmi aduc aminte că Ben nu i-a întâlnit niciodată pe părinții mei și nici măcar nu știe unde locuiesc. Știe foarte puține lucruri despre mine, și se pare că eu știu încă și mai puține despre el. Am trăit într-un cocon – eu și el în acea casă în stil georgian cumpărată dintr-un fond fiduciar, alături de sora lui geamănă și prietenii săi ciudați. Nu trăiam deloc în lumea reală.

Vineri, în jurul prânzului, cineva sună la interfon. Strâng canapeaua extensibilă, întrebându-mă dacă Nia a venit să mănânce de prânz și a uitat cheile. Mă îndrept spre fereastră și dau la o parte perdeaua murdară ca să mă asigur. Interfonul sună din nou, mai insistent de data asta. De la geamul mic de lângă streașină pot distinge pe trotuar un umăr musculos și un păr blond-nisipiu care atinge gulerul unei geci cafenii din piele; în mod clar, nu e Nia.

Mi se usucă gura. Să fie oare Ben? Oare a reușit să găsească adresa Niei și a venit până aici? Apoi îmi amintesc că Ben nu are o geacă de piele. Cum ar trebui să procedez? Când interfonul sună din nou, merg în hol și apăs pe buton.

– Bună, spun cu teamă.

– Abi, răspunde o voce pe care o recunosc, o voce din trecut.

– Da...

– Sunt eu, Luke.

Simt cum mă împresoară pereții roz-pal. De unde știe că sunt aici?

– Poftim... ce vrei?

Nu pot să cred că vorbim, că e în fața apartamentului Niei. Nu l-am mai văzut de la proces. Vina care i se citea în ochii albaștri precum cerul pe timp de furtună m-a tot bântuit de atunci.

– Te rog, trebuie să discutăm.

Mă gândesc că ar putea fi un șiretlic. Mâna îmi planează deasupra interfonului. Dacă îl primesc, am fi singuri în apartamentul ăsta mic, eu și cu el cu durerea și acuzațiile lui.

„Luke nu ți-ar face niciodată rău."

Aud vocea blândă și limpede a lui Lucy răsunând pe holul îngust. Dar ar putea fi și a mea.

Îl las să urce și deschid ușa. Inima îmi bubuie în piept în timp ce-i ascult pașii urcând pe trepte. Îl văd înainte ca el să ridice privirea, îi observ părul vâlvoi de un blond murdar, geaca de piele purtată, dar și-a pierdut aerul senin, acum merge încovoiat, de parcă toată greutatea morții ei l-ar apăsa pe umeri. Oare și eu arăt la fel? Acum, ajuns în fața mea, se face dintr-odată alb ca hârtia. Vede o fantomă.

– Lucy.

E aproape o șoaptă, purtată de un suspin. Simt înțepătura lacrimilor și clipesc.

– Bună, Luke.

– Îmi pare rău.

Vine repede spre mine și mă ia în brațe. Sunt atât de șocată, că nu mă mișc câteva secunde. Nu e reacția la care mă așteptam. Apoi îmi reazem capul de umărul lui și închid ochii, inspirând mirosul familiar al gecii de piele și simțindu-mă alinată de brațele lui puternice. E la fel de înalt precum Callum. Ca Ben. Când se trage din îmbrățișare, pe buze i-a înflorit un zâmbet timid, însă are ochii roșii. Își drege glasul jenat.

– Pot să intru?

Îl poftesc în bucătărie și pun ceainicul pe aragaz. Începe să-i revină culoarea în obraji, dar continuă să se holbeze de parcă nu-i vine să creadă că sunt aici, deși știu că nu mă vede pe mine, ci pe Lucy.

– E un șoc, știu, îi zic pe când mă duc la bufet să iau două căni ciobite. Trec prin asta ori de câte ori mă uit în oglindă.

– Ești bucățică ruptă din ea.

– Luke, eram gemene identice.

Râde, și astfel se disipă tensiunea dintre noi.

– Încă mi-e atât de dor de ea!

Îi tremură vocea, și preț de o clipă sunt îngrijorată că o să cedeze, dar face un efort vizibil să se adune și se așază pe unul dintre scaunele înalte de la blatul pentru micul-dejun.

– Și mie, îi zic întinzându-i o cană cu cafea neagră.

– Îți mai aduci aminte cum o prefer, remarcă.

Observ cum îi tremură mâinile când strânge ceașca între palme.

– Desigur, ți-am făcut-o ani la rând.

Postura dreaptă, fizicul atletic în geaca familiară, felul în care i se ondulează părul peste frunte – prin toate astea, Luke îmi amintește de cineva. Îmi ia un moment să-mi dau seama. Îmi amintește de Ben. De ce nu m-am gândit înainte? Luke nu are pistrui, pielea lui are o nuanță aurie, dar forma bărbiei și pomeții înalți sunt similari. Oare am fost atrasă subconștient de un bărbat ca Ben deoarece i-ar fi plăcut și lui Lucy?

– De unde ai știut că sunt aici?

– De la Nia. Să nu te superi pe ea, o tot bat la cap de multă vreme. De când te-ai văzut cu Callum. M-a sunat după întâlnirea voastră. Mi-a zis că ai impresia că te urăsc. Se întinde peste masă ca să mă ia de mână și îmi spune cu blândețe: Nu am putut să te las să crezi așa ceva.

– O merit. Lucrurile pe care i le-am spus lui Lucy. Felul în care am tratat-o. A fost vina mea.

O lacrimă mi se prelinge pe obraz și cade pe masă. Sunt rușinată că plâng în fața lui Luke după atâta vreme. Îmi țin ochii strâns închiși, încercând să uit șocul și dezamăgirea de pe fața surorii mele în timp ce țipam la ea în noaptea aia, acuzând-o că-i place de iubitul meu. Când am ieșit ca o furtună, a dat fuga după mine, încercând cu disperare să-mi prezinte versiunea ei, promițându-mi că nu m-ar răni niciodată. Însă n-am vrut s-o ascult, nu i-am dat șansa să se explice. Și acum e prea târziu. N-o să mai am nicicând prilejul să-i aud vocea. Aș da orice să mai am cinci minute cu ea. Să-i spun cât de rău îmi pare.

– A murit crezând că o urăsc. Și asta îmi frânge inima, murmur lăsând lacrimile să-mi curgă din ochii închiși.

– Abi, îmi spune tandru, strângându-mi ușor mâna ca să mă consoleze. Știa că nu o urăști, trebuie să mă crezi. Era evident pentru toți cât de mult vă iubeați voi două. Te adora, Abi. Și știa că și tu simți la fel.

Deschid ochii și îmi frec mâneca peste fața udă. El scoate un șervețel din buzunar și mi-l dă.

– E curat, te asigur, îmi spune, făcându-mă să râd printre lacrimi. Peste câteva momente redevine serios: Îmi pare atât de rău... Mă simt groaznic că te-am învinovățit pentru accident. Eram furios și distrus că o pierdusem. Voiam să-mi vărs nervii pe cineva, și tu ai fost o țintă ușoară. Dar ar fi trebuit să-ți fiu aproape. Vocea i se frânge. Lucy ar fi fost foarte dezamăgită de mine.

Scutur din cap.

– Nu... Luke, de mine ar fi fost dezamăgită. Am ucis-o.

– Încetează, nu vreau să te aud spunând așa ceva. Mă apucă mai ferm de mână ca să-și accentueze vorbele. Am zis niște lucruri atât de oribile... Îmi pare atât de rău. Eram atât de...

– Știu, mormăi trăgându-mi nasul.

– Dar nu a fost vina ta. A fost un accident, acum știu. Mereu am știut în sinea mea.

Zâmbesc. Cuvintele lui mă fac să mă simt mai bine. Mi-a fost dor de el. A fost împreună cu Lucy ani întregi, mi-a fost ca un frate.

– Nu puteam să suport gândul că mă urăști, îi zic în cele din urmă.

– N-aș putea să te urăsc niciodată. Am fost egoist, ar fi trebuit să te susțin. Lucy ar fi vrut să am grijă de tine.

– Ar fi vrut să am și eu grijă de tine, îi zic prin nodul din gât. Te-a iubit atât de mult.

Cum de-am putut să fiu atât de geloasă? Cum mi-am putut închipui în noaptea aia că voia să-l sărute pe Callum când îl iubea pe Luke atât de mult?

– Când te văd... când mă uit la fața ta parcă o văd pe Lucy din nou. Eram îngrijorat că o să sufăr prea mult.

Îmi zâmbește strâmb. Acum însă știu că e un dar. Prin tine o văd pe ea. E ciudat?

Înlăcrimată, scutur din cap.

– Nu, nu e ciudat, Luke.

Înțeleg perfect ce încearcă să spună. Îmi amintesc ce mi-a răspuns mama la spital după tentativa eșuată de suicid, când am întrebat-o cum poate să trăiască fără cealaltă fiică. Și printre lacrimi mi-a zis: „Pentru că Lucy trăiește prin tine, Abi. Când mă uit la tine, o văd și pe ea. Când îți aud vocea, o aud și pe a ei. Așa că nu are cum să fi murit, ai înțeles? Draga mea, dacă mori, atunci nu mai rămâne nimic din ea în lume".

– Ne mutăm pe canapea? Mi-a amorțit fundul pe scaunul ăsta, îmi spune.

Izbucnesc în râs, ușurată că am lămurit lucrurile după atâta timp. Lucy ar fi mândră de amândoi.

Sărim amândoi de pe scaunele înalte.

– Vino încoace, îmi spune cu vocea gâtuită de emoție și mă ia în brațe ca un frate. Promite-mi că păstrăm legătura, da?

Mă sărută în creștetul capului și îmi imaginez, sper, că, oriunde ar fi Lucy, știe cât de mult o iubim. Cât de mult o vom iubi mereu.

– Îți promit, îi zic când ne desprindem din îmbrățișare.

Ne luăm cănile cu cafea și ne așezăm pe canapeaua moale a Niei, cu cotierele roase, ca să ne punem în temă cu ce-am mai făcut în ultimii doi ani. Luke îmi spune că a fost promovat la compania media unde lucrează de un an.

– După moartea ei m-am axat pe muncă. Ca să n-o iau razna.

A continuat să împartă apartamentul cu Callum un timp, dar acum stă singur în Islington. Callum e foarte îngrijorat în privința mea.

– Mi-a zis că stai acum la Bath, aproape de părinții tăi.

– Da...

Șovăi. Cât de multe să-i dezvălui? Mi se pare greu să recunosc că viața mea a apucat-o pe un drum greșit. Că nimic n-a mers bine de când a murit Lucy. Apoi îmi amintesc ceva ce mi-a zis Beatrice la scurt timp după ce m-am mutat, că a studiat la universitatea din Exeter.

– De fapt, stau cu o fată care a fost la aceeași universitate ca tine. Nu știu dacă ați fost colegi de an, dar aveți cam aceeași vârstă.

Ochii i se luminează. Nu s-a schimbat prea mult, îi place orice scuză ca să retrăiască vremurile din studenție.

– Cum o cheamă?

– Beatrice Price. Are un frate geamăn, Ben. Deși cred că el a studiat la Edinburgh. O știi?

Scutură din cap și se încruntă.

– Numele nu-mi spune nimic. Dar a trecut multă vreme de atunci. În ce an a fost acolo?

– Cred că în 2000 sau 2001.

– La ce facultate?

Încerc să-mi amintesc.

– Ca să fiu sinceră, nu sunt sigură. Acum e creatoare de bijuterii. De fapt, stai. Am o fotografie, e foarte sexy, poate o să-ți pice fisa.

Zâmbetul lui trist mă face să-mi reproșez în sinea mea că am spus ceva atât de insensibil. Mă duc să-mi iau mobilul, care e pus la încărcat în camera Niei. În timp ce-l scot din priză, simt un gol în stomac când văd un alt apel ratat de la Ben.

– Poftim, îi spun lui Luke. Ne-am făcut câteva selfie-uri în ziua în care m-am mutat la ea.

Mă așez lângă el, ținând telefonul în sus astfel încât să putem vedea amândoi ecranul. Găsesc poza imediat, este una dintre ultimele pe care le-am făcut. Beatrice își țuguie buzele, iar eu scot limba și ne ținem de umeri. Cred că arătăm ca și cum am fi cele mai bune prietene. Ca niște surori. Ce păcat că n-a fost să fie așa!

– O, Doamne! geme el, luându-mi telefonul ca să vadă mai bine. Presupun că o să facă o glumă despre cât de stupid arăt; în loc de asta zice: Am avut o relație cu ea la facultate.

Înghet.

– Poftim? Dar nu-ți amintești cum o cheamă?

Trece prin câteva fotografii pe care le-am făcut în acea zi cu Beatrice și cu mine în diverse poziții amuzante în fața vilei.

– N-o cheamă Beatrice, de aia. Sau cel puțin nu ăsta era numele ei când o știam eu. Se numea Daisy. Daisy McDow.

Camera se învârte cu mine. Jodie mi-a povestit că Ben îi spunea „Daisy“ lui Beatrice. Când Luke îmi dă înapoi telefonul, continui să mă zgâiesc la poza ei, la fața ei frumoasă în formă de inimă, la ochii migdalați de culoarea mierii de salcâm. „Cine ești, Beatrice?“

– Nu mi-a zis niciodată că ar avea un frate, cu atât mai puțin unul geamăn, continuă el cu sprâncenele încruntate, pe măsură ce-și amintește. Și am avut o relație câteva luni. O perioadă a fost ceva destul de serios.

Nu pot să cred că n-ar fi adus vorba despre fratele ei, geamănul ei. Sunt atât de apropiați.

– Ești sigur că nu ți-a zis nimic de Ben?

El scutură din cap.

– Cu siguranță aș fi reținut dacă ar fi avut un frate geamăn. Am întâlnit-o o dată și pe mama ei, și nici una nu a menționat vreun frate.

Sângele îmi bubuie în urechi.

– Ai cunoscut-o pe mama ei? Dar a murit când Beatrice era în leagăn.

Luke se încruntă.

– Nu, n-a murit.

Își mută greutatea de pe un picior pe altul, iar geaca lui de piele scârțâie.

– Poți să-mi spui cum arăta femeia?

Se strâmbă.

– Doamne, Abi, abia îmi amintesc. Au trecut aproape paisprezece ani.

– Te rog, e important. Mă apropii mai mult de el. Era scundă? Puțin neîngrijită?

– Nu, cu siguranță nu era scundă. Era foarte înaltă, subțire, cu un anume farmec. Aș zice chiar șic.

– Șic?

– Avea bani, îmi dădeam seama după modul în care se purta, cum vorbea, după hainele pe care le purta. Ca s-o spun pe șleau, nu arăta ca majoritatea celorlalte mame.

Mintea mea o ia în toate direcțiile. Ce înseamnă toate astea?

– Știi, am fost nebun după ea o vreme, mărturisește Luke. Dar era puțin ciudată.

– În ce fel?

– Ca să zic așa, destul de intensă, spune el ridicând din umeri.

Îl întreb dacă e sigur că e aceeași fată, îl îndemn să se uite din nou la fotografii, dar el insistă că nu se înșală, e mie-n sută Daisy McDow.

– Nu e o persoană pe care s-o uit, îmi spune întunecându-se la față.

– Ce s-a întâmplat între voi?

Își schimbă poziția, și îmi dau seama că-l stânjenește să vorbească despre trecutul lui de dinainte de Lucy. Înghite în sec.

– Am terminat-o cu ea. Totul devenea prea serios. Aveam doar nouăsprezece ani. Nu voiam genul ăsta de relație.

Îmi amintesc acea seară din salon când Beatrice mi-a spus în secret că a avut la universitate un iubit care i-a frânt inima, determinând-o să plece unde-a văzut cu ochii, și că a fost distrusă când, la întoarcere, a aflat că el cunoscuse pe altcineva. Să fi fost oare Lucy?

– Și s-a lăsat de facultate după ce te-ai despărțit de ea? îl întreb, deși mi-e teamă de răspunsul lui.

El se încruntă, căutând prin memorie.

– Probabil că da, pentru că nu am mai văzut-o niciodată.

– O, Luke, mi-a vorbit despre tine, a spus că a fost distrusă după ce ai pus capăt relației. Nu cred că te-a uitat niciodată.

Se întoarce să mă privească, iar pe fața lui arătoasă i se citește vina.

– Părea destul de supărată când s-a terminat, dar... în definitiv, am fost împreună doar câteva luni.

– Și apoi ai întâlnit-o pe Lucy?

– Nu chiar imediat, peste doi ani, dar da, m-am îndrăgostit de Lucy.

Mă uit la fotografia cu mine și Bea. Capetele noastre blonde apropiate, aceleași chipuri, aceleași guri mari. Mi s-a părut mereu că Bea seamănă foarte mult cu Lucy. Dar niciodată nu m-am gândit prea mult la asemănarea cu mine, ceea ce e ridicol, având în vedere că Lucy și cu mine eram gemene identice.

– Nu crezi că Beatrice... Daisy.... seamănă cu Lucy? îl întreb, cu ochii ațintiți asupra fotografiei.

El ridică din umeri.

– Presupun că am un gen preferat. Unii bărbați au. Ce legătură are, Abi?

Îmi amintesc expresia îndurerată a lui Beatrice din seara aceea când mi-a povestit despre dragostea pierdută.

– Nu sunt sigură, îi spun. Dar m-au mințit luni întregi. Ambii, de fapt. Doar că nu înțeleg de ce.

Sunt ocupată să-mi împachetez restul hainelor când se întoarce Nia. Intră în dormitor, aducând cu ea mirosul ploii, și fața i se descompune când îmi observă geanta de voiaj aproape plină pe pat.

– Ah, ești furioasă pe mine, murmură abătută. Am crezut că o să-ți facă bine să-l revezi pe Luke.

– Nu are legătură cu asta, Nia, îi spun pe când îmi împăturesc puloverul și îl îndes în geantă, trăgând strâns de șnur. A fost minunat să-l văd pe Luke. Dar trebuie să mă întorc acasă și să port o discuție cu Ben. Îi rezum ce-am aflat de la Luke despre Beatrice, apoi închei: Vreau să aflu de ce m-au mințit amândoi. Și apoi mă mut de acolo.

– Luke a avut o relație cu Beatrice la facultate? Ce lume mică!

– Nia, de ce și-a schimbat numele? De ce nu i-a spus lui Luke că are un frate geamăn? De ce mint în legătură cu părinții lor?

– Nu știu, însă știu altceva, îmi spune, abia putând să-și stăpânească entuziasmul în timp ce scotocește prin geantă.

Scoate un bilețel galben cu încântarea unei fetițe care-i arată mamei ce-a făcut la școală. Mi-l întinde.

Pe el, cu scrisul cunoscut al Niei, e trecută o adresă în Streatham, în sudul Londrei.

– Ce-i asta?

– E adresa lui Morag Jones.

Îmi bubuie capul, așa că mă las să cad pe pat.

– De unde știi că e adresa corectă? Pe Ben îl cheamă Price.

– Am făcut cercetări și am tras niște sfori. E singura Morag înregistrată în Londra cu un Ben care are domiciliul la aceeași adresă. Mi-ai spus că locuiește în Streatham, nu-i așa?

– Da, dar ar putea fi o coincidență.

– Ei bine, hai să mergem acolo și să vedem. Ce-avem de pierdut?

– Dar... Oftez. Morag era la Bath în urmă cu două zile. Probabil că acum nu e nici măcar la Londra.

– Știu, îmi spune răbdătoare, ca și cum ar vorbi cu unul dintre subordonații ei de la muncă. Dar cineva ar putea fi acolo. Și s-ar putea să ne spună tot ce avem nevoie să știm.

– Nu știu... Eu...

– Hai, Abi. Ești jurnalistă, pentru numele lui Dumnezeu! Meseria ta e să găsești adevărul. Mă ia de mână și mă trage din pat; e surprinzător de puternică pentru constituția ei. Nici măcar nu e cinci, insistă. Am putea ajunge acolo înainte să se întunece.

În ciuda rezervelor mele, nu pot să nu mă bucur în timp ce-mi iau canadiana și o urmez pe Nia pe strada măturată de vânt, pentru că, în sfârșit, aș putea să obțin niște răspunsuri.

31

Beatrice se uită de la fereastră cum Ben scotocește prin portbagajul Fiatului. „Ce faci acolo, Ben?“ Nu a putut să înțeleagă niciodată de ce un bărbat atât de înalt vrea să dețină o mașină atât de mică. Poate îi place ideea de a o domina. Poate îl face să se simtă masculin, stând în scaunul șoferului astfel încât capul aproape atinge tavanul, cu scaunul împins înapoi la maximum pentru ca picioarele lui lungi să nu-i ajungă la gât. Tresare când Ben trântește portiera și lovește bara cu vârful ghetei. Apoi închide poarta din fier forjat după el și intră în casă, izbind ușa din față cu o forță atât de mare, încât Beatrice se așteaptă să audă zgomotul de sticlă spartă.

Comportamentul lui Ben începe s-o îngrijoreze. Nu s-a dus la serviciu în ultimele două zile, abia a schimbat două vorbe cu ea și are impresia că o învinovățește întrucâtva pentru plecarea bruscă a lui Abi. Își simte inima în stomac când îl aude urcând cu pași apăsați; peste câteva momente Ben deschide larg ușa de la camera ei, făcând-o să se lovească de perete. Fără tragere de inimă, Beatrice se întoarce de la fereastră.

– Beatrice! se răstește el.

Părul lui blond-nisipiu e slinos, puloverul e șifonat și arată de parcă nu a mai făcut duș de zile întregi. Beatrice detestă chinurile prin care trece. Dacă ar putea să îndrepte lucrurile, ar face-o.

Vine cu pași mari spre ea.

– Trebuie să-mi spui din nou. Ce ți-a zis exact Abi când a plecat?

Ea oftează.

– Ben, am mai discutat. Ți-am spus tot ce-mi amintesc.

El geme și își îngroapă fața în mâini. Se duce să-l îmbrățișeze din spate, simțindu-i tricoul umed de transpirație.

– Te rog, nu-ți face atâta sânge rău.

– Nu pot să suport, spune el printre degete.

Îi tremură corpul. „Of, Ben."

– Mi-a zis că ai mințit-o, ți-am mai spus. Dar nu mi-a zis în legătură cu ce. Ben, oare știe? Oare ne știe secretul?

Se trage din îmbrățișarea ei și începe să se plimbe nervos prin cameră.

– Morag și-a făcut apariția pe-aici.

– Poftim? Beatrice se uită îngrozită la el. Nu mi-ai zis.

– N-am vrut să te îngrijorez. Se oprește și se întoarce cu fața la ea. Crezi că la asta se referea Abi când a zis că mint?

Bea se încruntă, încercând să-și amintească.

– Mi-a zis ceva legat de mama, dar credeam că e... ei bine, puțin ciudată. Oare la asta s-a referit? Crede că Morag e mama mea?

– Bineînțeles, ridică el tonul. Crede că e mama *mea*.

– Chiar e mama ta, Ben.

Se încruntă fioros, iar ea se împuținează, *se ofilește* sub privirea lui.

Ben rostește următoarele cuvinte rar, pe un ton glacial:

– Știi că nu e adevărat.

Vina i se cuibărește în suflet. Când a plecat Abi, părea speriată la culme, cu ochii ei mari și fața aceea palidă. Fusese mereu slabă, însă acum era ca un schelet; cu puloverul ei larg și canadiana supradimensionată, părea efectiv ca un copil de pripas, iar Beatrice trăsese concluzia că Abi își pierduse în sfârșit mințile; era cea mai logică explicație, ținând cont de trecutul ei. Dar, în cele din urmă, se dovedește că n-a vorbit aiurea.

– S-a purtat tare ciudat în ultima vreme, Ben. Mi-a furat brățara și cercelul ăla. Nu și-a luat medicamentele. Știu că are impresia că i-am trimis florile de ziua ei, dar nu am făcut-o. Se oprește, observându-l pe Ben cu atenție. Trebuie să mă crezi când spun asta.

Ben o privește fix, dar, după expresia lui goală, își dă seama că se uită prin ea și că n-a auzit nici un cuvânt. Ar vrea să-l scuture.

– Cum naiba să plece, în pizda mă-sii? mormăie el mai mult pentru sine. De ce nu-mi răspunde la telefon? Trebuie să vorbesc cu ea acum. Nimeni nu mă părăsește.

Beatrice își mușcă buza, abținându-se să-i spună că urma să se termine oricum în acest fel. Au ascuns prea multe lucruri de Abi. Trecutul lor avea să le bată mereu la ușă.

– Știe că o minți în legătură cu ceva, Ben. A spus că a fost speriată luni de zile, că vrei să creadă că își pierde mințile – ce-a vrut să spună cu asta?

– Habar n-am.

– Nu poți să-i spui adevărul? Acum știe de existența lui Morag.

– Cum să-i spun adevărul?

„În sfârşit mă ascultă", îşi spune ea când Ben înalţă capul, dar chipul îi e schimonosit, faţa îi e neobişnuit de urâtă.

– Ce să-i spun mai exact? şuieră el. Ce s-a întâmplat la universitate? O, da, sunt sigur că va veni într-un suflet la mine cu braţele deschise. Nu pot s-o pierd, mormăie cu mâinile strânse în pumni, cu articulaţiile albite. Nu pot, Beatrice. Nu am iubit niciodată pe cineva atât de mult cum o iubesc pe ea.

– Nici măcar pe mine?

Se urăşte pentru că-şi exprimă temerile. De ce oare a făcut-o mereu să se simtă atât de slabă?

Ochii lui sunt reci şi are maxilarul strâns ca şi cum ar face un efort enorm să-şi stăpânească furia. Şi următoarele lui cuvinte, rostite pe un ton ameninţător, i se împlântă ca un cuţit în inimă:

– Uneori îmi doresc să nu te fi întâlnit niciodată.

32

Adresa de pe biletul Niei ne duce pe o stradă îngustă, mărginită de copaci, din Streatham Hill, unde toate casele arată la fel: în stil victorian, construite din cărămidă roșie, cu trei etaje și ferestre mari cu bovindou. Cerul e de un albastru închis, iar luminile din camerele de zi sunt aprinse, emanând o strălucire chihlimbarie prin ferestre; aş da orice să stăm undeva în fața unui televizor, cu o ceașcă cu ceai, în loc să tropăim pe niște străzi friguroase, măturate de vânt.

Ne oprim în fața casei de la numărul cincizeci și trei. Nu e la fel de elegantă ca cele învecinate, cu tufe de cimișir perfect tunse și alei cu dale albe și negre în formă de romb. Ușa roșie trebuie vopsită, lemnăria de la geamuri putrezește, în spatele câtorva pubele pline ochi se văd o saltea pătată și o bicicletă fără roata din spate, lăsată să ruginească în iarba crescută.

– Crezi că e adresa corectă? o întreb, încruntându-mă peste umărul Niei ca să văd biletul pe care-l ține în mână.

O rafală bruscă de vânt ne împinge în grădina mică din față, iar dintr-un tomberon care se răstoarnă ies gunoaie fix în drumul nostru. Hârtiuța zboară din mâna Niei, și amândouă privim uimite cum se alătură unui nor de frunze care s-a ridicat în aer; hârtia galbenă iese în evidență pe lângă portocaliul ars al frunzelor care se învârt și dansează pe stradă.

– Sper că da, fir-ar să fie, oftează ea uitându-ne neajutorate după bilet.

Mă ia de braț și pășim gingaș peste conservele goale și ziarele ude care s-au înșirat pe alee. Nia bate tare la ușa de la intrare cu articulațiile degetelor. Ascultăm atent, pândind semnele unei prezențe în casă, și îmi înăbuș dezamăgirea când îmi dau seama că nu se aude nimic.

– Poate nu e acea Morag care ne trebuie. Și, chiar dacă e, poate e tot la Bath.

Nia își trage brațul dintr-al meu și își duce mâinile streașină la ochi ca să se uite prin geamul dreptunghiular.

– Cred că aud pe cineva, e o lumină aprinsă, parcă e ceva pe foc, îmi zice. Văd... O!

Nia se împiedică de prag exact când se deschide ușa. O femeie scundă și îndesată stă și se uită mirată la noi, iar inima mi-o ia la goană când îmi dau seama că e ea.

– Ce se întâmplă? Se uită la Nia, care e întinsă pe jos. Ce faceți aici? Și ce-ați făcut cu tomberoanele mele? Nu vreau necazuri.

Nia se ridică stacojie ca un rac, cerându-și scuze. Fac un pas înainte, astfel ca lumina din hol să cadă pe mine. Când mă recunoaște, se face albă ca o fantomă.

– Ce... ce cauți aici?

În acel moment știu că Ben a avertizat-o, că va fi imposibil să scot vreo informație de la ea și mă cert că am fost șocată atunci și n-am fost în stare s-o descos.

– Doamnă Jones. Morag, încep, dar ridică mâinile și se îndepărtează de mine, de parcă aș vrea s-o jefuiesc.

– Te rog, nu știu cum m-ai găsit, dar nu pot vorbi cu tine.

Vrea să ne închidă ușa, dar îmi vâr piciorul în crăpătura mică ca s-o blochez.

– V-a zis Ben să n-o faceți?

– N-ar fi trebuit să vin atunci. Îmi pare rău. Nu e treaba mea. Sunt șocată de disperarea care i se citește pe chip. Frica. Te rog să-ți iei piciorul, insistă. Trebuie să pleci.

– Dar sunt iubita lui, sunt Abi, spun cu lacrimi în ochi. Vreau doar să înțeleg ce se întâmplă.

– Nu e treaba mea, repetă.

Fără chef, îmi retrag piciorul, iar ușa ni se trântește în față cu un zgomot răsunător.

Amândouă o privim consternate. În cele din urmă, Nia spune din beznă:

– Cred că trebuie să te duci acasă și să le ceri lui Beatrice și lui Ben să-ți spună tot. Și apoi să te muți. Vrei să vin cu tine?

Scutur din cap.

– Ideea e că Ben e prea inteligent. O să răstălmăcească totul, o să spună că e vina mea, că sunt paranoică.

Suntem atât de aproape să aflăm adevărul, și acum s-ar putea să nu aflu ce mi-au ascuns. Cu cine am locuit în ultimele patru luni? Dar Nia are dreptate în privința unui lucru: trebuie să pun capăt relației cu Ben. Povestea noastră s-a încheiat.

Gândul de a-l părăsi pe Ben îmi frânge inima. Încă îl iubesc, sau poate e doar ideea. Până la urmă, cum pot să iubesc un bărbat care m-a manipulat intenționat luni întregi? Eram îndrăgostită de viața lipsită de griji și privilegiată pe care o întruchipau cei doi gemeni. Voiam să cad în lumea lor ca Alice în Țara Minunilor, ca să scap de a mea. Dar m-au mințit din momentul în care am intrat în casa lor.

– Să mergem, îmi zice Nia luându-mă iar de braț.

Am făcut deja câțiva pași când ușa de la intrare se deschide iar cu un scârțâit, scăldând aleea în lumină. Mă aștept ca Morag să fie în prag, așa că sunt uimită să văd un bărbat de vreo douăzeci de ani rezemându-se de cadrul ușii, luminat din spate de becul din vestibul. Are părul tuns scurt și o cicatrice argintie deasupra sprâncenei drepte. Poartă un hanorac gri-închis și blugi care-i atârnă atât de jos pe șolduri, încât e de mirare că stau pe el.

– Abi? mă strigă.

– Cine vrea să știe? întreabă Nia.

Pășește peste prag și închide ușa după el. Cum a început să plouă mărunt, își pune gluga peste cap; observ că e în șosete, de un alb murdar.

– Eu sunt Abi, îi zic din spatele Niei.

Oare a venit să ne alunge de pe proprietate?

– Sunt Paul, fratele lui Ben. Mă rog, fratele adoptat, spune întinzând mâna. Are unghiile roase până în carne, dar îi strângem mâna, pentru că nu vrem să-l jignim. N-ar trebui să vorbesc cu tine, o să mă ucidă mama, continuă. Să mergem până în capătul străzii, nu vreau să ne vadă.

Îl urmăm tăcute până se oprește în fața unei case pe care sunt schele. Pare goală. Se sprijină de zidul scund din cărămidă și își vâră mâinile adânc în buzunare, de unde scoate o țigară rulată pe care și-o pune între buze și o aprinde. Ne uităm la el întrebându-ne ce are să ne spună.

– Ce se întâmplă? Ben și Beatrice sunt adoptați? Au copilărit aici?

Îl bombardez cu întrebări, nelăsându-i timp să răspundă.

Mă analizează cu ochi mijiți, apoi trage adânc din țigară. Începe să râdă uitându-se la părul meu.

– O să zic doar atât, Ben are clar o anumită preferință. Expiră încet. Chiar nu ai nici cea mai vagă idee, nu? Dar nu cred că ticălosul ăla ți-a zis ceva.

Veninul din vocea lui mă tulbură.

– Da, îmi spune înainte să deschid gura. Sunt adoptați. Dar Ben nu a copilărit aici, ci la Glasgow. Ne-am mutat la Streatham acum vreo zece ani.

Are un accent ciudat. Scoțian amestecat cu puțin mockney[1].

– Așadar, gemenii sunt adoptați? Încerc să mă lămuresc ca să fiu sigură. Și Morag e mama lor adoptivă?

Acum are sens, dar de ce a trebuit să-mi ascundă așa ceva? Sunt oare rușinați de mediul în care au crescut? Și cum de-și permit casa aia splendidă dacă nu au avut un fond fiduciar de la bunicii bogați, așa cum am fost lăsată să cred? De unde altundeva au făcut rost de bani?

Paul scutură din cap.

– Morag e mama adoptivă a lui Ben.

– Dar nu a lui Beatrice, completează în șoaptă Nia.

Mă răsucesc pe călcâie să mă holbez la ea, convinsă că n-a înțeles bine.

– Nu pricep, îi zic, încruntându-mă întâi la ea și apoi la Paul. Adică n-au crescut împreună?

Zâmbetul lui e sinistru în bezna care ne împresoară; așa, cu gluga pe cap, arată ca Moartea întruchipată.

– Nu, n-au crescut împreună. Nici măcar nu știau unul de existența altuia până la nouăsprezece ani. Au fost separați când erau bebeluși, fiecare a fost încredințat

[1] Mockney este un accent afectat care imită accentul cockney al clasei muncitoare din Londra.

altei familii. Beatrice se pare că a ajuns la nişte filfizoni din Edinburgh.

Mă încrunt.

– N-au crescut împreună? repet, ţinându-mă de zid ca să nu cad.

Cărămizile sunt reci şi dure la atingere. Prin minte mi se perindă amintiri fragmentate, frânturi ale lucrurilor pe care mi le-au zis ei şi Eva de când m-am mutat. Acum că mă gândesc mai bine, nu mi-au spus că au crescut împreună. Am presupus că da. De ce să fi crezut altceva?

O aud pe Nia expirând în apropiere.

– E mai mult decât atât, nu?

De ce am oare impresia că ştie mai multe decât mine?

– O, da.

Paul trage din ţigară şi scoate încetişor fumul pe nări. Nu arată deloc ca Ben, însă nici n-ar avea cum, dat fiind că nu au gene comune.

– De ce vorbeşti cu noi, deşi mama ta refuză? îl întreabă Nia privindu-l dispreţuitor.

– Pentru că Ben e un mic ticălos nenorocit, răspunde el, aruncând restul ţigării peste zid. Nu l-am văzut de ani întregi, apoi, când află că tata trage să moară, imediat e aici, jucând rolul fiului devotat mai mare, sperând să primească şi el o bucăţică de moştenire...

– Adică bani? îl întrerup, uitându-mă în lungul străzii la casa lor dărăpănată.

Paul îmi urmăreşte privirea.

– Poate că acum ţi se pare cam părăginită, dar tata avea bani. Era un zgârcit nemernic, nu ne-a dat niciodată nimic. Ne-a zis că o să primim tot când moare. Ben se temea c-o să fie scos din testament, aşa că vine aici să-l îngrijească. Apoi tata uită toate porcăriile pe care le-a făcut labagiul ăsta și-i lasă o parte din banii câștigați cu sudoarea frunții.

– Cât? îl întreb, gândindu-mă la fondul fiduciar.

N-are sens dacă tatăl lui a murit cu câteva săptămâni în urmă. Și cu siguranță nu ar fi destul pentru genul de viață de care par să se bucure Beatrice și Ben.

– Cam douăzeci de mii de căciulă. Zâmbește larg și mai trage din țigară. Unde sunt bani, e și Ben prin preajmă. Nu se poate abține, deși snoaba aia de sor-sa stă pe o mică avere.

– Pare că-l detești, îi zic uimită. E fratele tău.

– Adoptiv. Abi, e un ticălos crud. Nu-ți dai seama?

Mă gândesc la Ben, la ochii lui căprui calzi, la brațele puternice care m-au ținut și protejat. Mă gândesc de câte ori i-a ținut partea lui Beatrice, surorii sale gemene, chiar când îi demonstram că ea a greșit. Mă gândesc la momentele în care m-a mângâiat, în care m-a iubit.

– Nu, îi răspund scurt. Nu te cred.

Scutură din cap și râde amar.

– Poate fi foarte fermecător. Fetele drăguțe îi cădeau în brațe ca muștele. Dar îl știu. Îl știu, Abi, stăruie privindu-mă cu asprime. E rece, calculat și crud. Și nu se va da în lături de la nimic ca să fie sigur că obține ce vrea. De obicei are legătură cu banii, dar uneori și cu o femeie.

Mă gândesc cum ne-a manipulat pe mine și pe Beatrice și, cu o înțepătură în inimă, încep să bănuiesc că Paul ar putea spune adevărul.

Nia mă ia de mână, cerându-mi pe tăcute să nu-l întrerup.

– Spune-ne mai multe despre el, îl îndeamnă cu blândețe.

– Mama și tata credeau că nu pot să aibă copii. Așa că l-au adoptat pe Ben când era bebeluș. Doi ani mai târziu a venit Martin pe lume, şi peste câţiva ani şi eu. Total neaşteptat. Suntem copiii ei biologici, dar Ben a fost mereu preferatul. Cred că s-a simţit ameninţat de noi, pentru că ştiam că e adoptat - mama nu i-a ascuns-o niciodată. Mă gândesc că pe mine mă detesta în mod special, fiind cel mai mic. Avea opt ani când m-am născut. Ţin minte că mă lovea cu piciorul pe sub masă sau că mă ciupea când nu era nimeni prin preajmă. Mă şi manipula: îmi ascundea jucăriile şi lăsa impresia că le-am pierdut ca să dau de necaz. Odată mi-am găsit câteva maşinuţe în şifonierul lui: dezlipise toate abţibildurile de pe ele.

– Mi se par răutăţi între fraţi, nu-i aşa? îi zic, deloc impresionată.

Paul mă ignoră.

– Într-o zi, când mă întorceam acasă de la şcoală, o gaşcă de adolescenţi s-a năpustit asupra mea. Am ridicat privirea şi l-am văzut pe Ben prin apropiere. M-am gândit c-o să vină să mă ajute, dar el a stat acolo şi s-a uitat cât m-au bătut de mi-a sunat apa în cap. A avut o expresie calmă şi detaşată pe faţă tot timpul. Aveam şase ani, ce naiba! Altă dată, când am ajuns acasă, cineva mi-a aruncat peştişorul auriu la toaletă şi a tras apa. I-a zis mamei că mă văzuse făcând-o, şi ea l-a crezut. Nu aş face niciodată rău unui animal de companie. Când Martin avea şaptesprezece ani, era îndrăgostit lulea de o fată de la liceu, era frumoasă, drăguţă, bună la suflet. Ben i-a suflat-o de sub nas numai pentru că putea. Sărmana fată n-a avut nici o şansă. Ben era mereu cel arătos. A părăsit-o peste două săptămâni. Îl durea în cur de ea, voia doar să i-o sufle lui Martin. Ben n-a iubit nimic în viaţa lui. Jegosul ăla ne-a făcut atâtea, mie şi lui Martin! Chestii oribile, manipulatoare.

-Și ce au zis părinții tăi? îl întreb îngrețoșată.

-O, mereu reușea să-i ducă cu vorba și să iasă basma curată.

Dar nu acum, mă gândesc furioasă. N-o să poată să mă ducă cu vorba, dat fiind ce mi-a făcut.

-Am fost atât de ușurat când a plecat de acasă! continuă Paul. Așteptam cu nerăbdare să se mute.

Mă trec fiori reci pe șira spinării și îmi strâng haina mai bine în jurul meu. Vântul s-a întețit și e aproape beznă. Mă uit spre cer, așteptându-mă să văd stele, dar îmi amintesc că suntem la Londra, iar cerul nopții e rareori senin, spre deosebire de Bath. Înainte să găsesc chestiile alea la Ben în mașină, n-aș fi crezut niciodată că ar putea fi josnic și manipulator. Dar acum îmi dau seama că m-am îndrăgostit de un monstru.

-Așadar, ce rol are Beatrice în toată afacerea?

-Aici devine interesant, spune Paul. O întâlnește pe Beatrice, sora lui geamănă, pentru prima dată la facultate. Erau atrași unul de altul - asta am auzit că-i spunea maică-mii oricum, de parcă ar scuza totul. Au început o relație fără să știe că sunt înrudiți.

Simt că-mi vine să vărs.

-O relație?

-Da. Erau iubiți înainte să afle că sunt gemeni. Îți vine să crezi? Fratele meu și-a tras-o cu propria soră geamănă. Când au aflat, și-au ieșit din minți. Nu s-au mai văzut ani la rând. Apoi ea moștenește mulți bani de la taică-său adoptiv, și Ben se strecoară înapoi în viața ei. Țin minte că l-am văzut citind necrologul în ziar, așa că știa că Beatrice dăduse de bani. În câteva săptămâni luase din nou legătura cu ea. Trei luni mai târziu s-a mutat la Bath.

Sunt la un pas de a-mi pierde cunoștința. Chipul palid al lui Paul, zâmbind fericit cu dinții lui galbeni, plutește în fața ochilor mei; până la urmă nu mai pot să mă abțin și vomit pe gardul viu al vecinului.

Nia mă masează pe spate și îmi ține părul ca să nu-mi cadă în față.

– N-aveai idee? mă întreabă Paul când mă îndrept, tremurând din tot corpul. Acum nu mai zâmbește și pare să-și facă griji pentru mine. Îmi pare rău, dar meriți să știi adevărul.

Mă uit la el, deși am privirea împăienjenită.

– Era disperat să nu afli, îmi spune pe un ton foarte serios.

Se postează în fața noastră. E la fel de înalt ca Ben, dar mai slab. Mi-l imaginez la șase ani, un copil drăguț bătut de niște nemernici în timp ce fratele lui mai mare nu făcea nimic să-l apere; îmi vine iar să vomit. Cum de nu mi-am dat seama ce fel de om e Ben? De ce am fost așa de naivă? De disperată?

– Abi, Ben a atacat-o ieri pe mama, rostește Paul. Acum e îngrozită de el.

– Ce vrei să spui? îngaimă Nia.

Mă sprijin de ea, încă nu mă țin bine pe picioare. Nu știu dacă mai am tăria să ascult alte revelații sinistre despre bărbatul pe care am crezut că-l iubesc, că-l cunosc.

– Săptămâna trecută, mama s-a dus la Martin, în Bristol. Biata de ea a crezut că Ben chiar îl jelește pe tata. Când nu a dat de el, și-a făcut griji, așa că l-a căutat acasă la Beatrice. Cum nu era nici acolo, s-a întors peste câteva zile cu Martin...

Mă gândesc că asta a fost în seara când l-am văzut plecând în Mondeo. Senzația de greață nu mi-a dispărut.

– Era furios pe ea că a venit de două ori la vilă, continuă Paul. Martin mi-a zis că atunci când au ajuns la el, în Bristol, Ben a luat-o razna. A urlat la amândoi, apoi s-a repezit la mama şi-a doborât-o la podea. Ridicase pumnul, vrând s-o lovească. Martin s-a luptat cu el, şi în cele din urmă a reuşit să-l dea afară din casă. Nu l-am mai văzut de atunci. Am ieşit din casă să te previn, Abi, încheie el pe un ton insistent. Pe lângă faptul că minte şi manipulează cum respiră, Ben poate fi foarte periculos dacă se simte încolţit.

33

Ben e ca un animal în cușcă, are un aer amenințător pe care nu catadicsește să-l ascundă în timp ce se plimbă agitat prin casă. Beatrice nu l-a văzut niciodată așa de când îl cunoaște, iar asta o sperie. Nu-și dă seama ce-ar putea să spună ori să facă pentru a îndrepta situația și știe că și-a pierdut puterea asupra lui, nu mai e persoana pe care el o iubește cel mai mult. Intuiția ei de geamănă a dat greș; poate că de fapt n-a existat niciodată. Poate funcționează doar atunci când ai crescut cu geamănul tău. O invidiază pe Abi. Poate că a pierdut-o pe Lucy, dar au împărțit o copilărie, au fost adevărate surori gemene, șansă pe care ea n-a avut-o cu Ben.

Este aproape zece, în casă sunt doar ei doi. Pam și Cass sunt la Frome cu Trudy. Au invitat-o și pe ea, dar le-a refuzat, nevrând să-l lase singur. După cearta pe care au avut-o și cuvintele oribile pe care i le-a aruncat el, acum îi pare rău că nu s-a dus cu ele. Știe că Ben va fi mereu în stare s-o rănească din simplul motiv că-l iubește – l-a iubit întotdeauna mai mult decât a iubit-o el vreodată.

Îl aude în camera lui, trântind tot ce-i vine la îndemână; un copil care face crize pentru că prietenul său de joacă a trebuit să plece acasă. Se gândește să se ducă la el, dar nu știe dacă poate suporta să fie tratată iar ca o cârpă. Abi, Abi, Abi. Cum de a devenit atât de ușor de înlocuit? Ar fi trebuit să observe, ar fi trebuit să-și dea seama că Abi este obsesia fratelui ei, la fel cum el este obsesia ei.

Prin pereți îi aude telefonul sunând, apoi vocea gravă angajată într-o conversație încordată. Incapabilă să se mai abțină, deschide larg ușa și intră ca o furtună în dormitorul lui. Se miră cât de frig e în cameră, înainte să observe că ușile care dau în balcon sunt ținute deschise de pisica egipteană din piatră de care e atât de atașat, iar perdelele flutură în vânt.

– E tare frig aici, îi spune.

Ben stă pe pat în întuneric, cu capul plecat, privindu-și telefonul din mână, și arată atât de vulnerabil, atât de trist, încât Beatrice se simte obligată să se ducă la el, deși s-a purtat atât de urât cu ea.

– Era Abi. E în drum spre casă.

Deodată se simte cuprinsă de un val de ușurare.

– E o veste minunată, nu-i așa?

El își azvârle mobilul pe covor.

– Vine doar să-și ia lucrurile și pentru că i-am spus că-s plecat din oraș.

Bea simte un gol în stomac.

– De ce ai mințit-o?

– Ca să se întoarcă. Dacă am ocazia să vorbesc cu ea, să-i explic, pot s-o fac să înțeleagă...

Se apleacă să-și culeagă telefonul. Când o privește din nou, tristețea din ochii lui o face să se tragă în spate.

– Știe, spune el peste câteva clipe.

Beatrice înghite în sec.

– Ce știe?

– Totul.

Tonul lui calm nu prevestește nimic bun. Simțind că i se îngustează traheea, Beatrice încearcă să-și ascundă panica din voce.

– Cum de știe totul, Ben? E imposibil.

– M-am străduit din răsputeri să nu afle, reia el cu același calm straniu. De asta mi-era cel mai frică. Tu erai singura pe care nu puteam s-o controlez, Bea. Mi-a fost o frică teribilă că o să-i spui.

Se întoarce din nou spre fereastră, ca și cum ar căuta răspunsuri în noaptea furtunoasă.

– Eu? râde Bea nervos. De ce i-aș spune?

Ben se răsucește să-și privească sora, acum îngenuncheată în fața lui, dar ea nu-i poate citi expresia ascunsă de umbre. Singura lumină din încăpere vine de la luna plină de afară.

– N-ai avut niciodată nimic de pierdut, nu-i așa? Decât pe mine.

– N-am suflat o vorbă, îți jur.

Ben continuă ca și cum ea nu ar fi vorbit.

– Știu că ești îndrăgostită de mine, și mi se pare absolut dezgustător. Detest ce-am făcut, detest că trebuie să mă uit la tine, să-mi aduc aminte. Și apoi o întâlnesc pe ea, atât de frumoasă, de prețioasă, de vulnerabilă, și tu, cu gelozia și remarcile tale răutăcioase, faci totul ca să nu uit că trebuie să-ți cânt în strună ca să stau în casa ta de căcat, să-ți cheltui nenorociții ăia de bani, fiindcă altfel o să scuipi tot.

Tonul i se ridică treptat; la colțul gurii i s-a ivit un fiericel de salivă.

Beatrice nu-și poate înăbuși un hohot de râs amar.

– Faci mișto de mine? Ben, chiar ești orb? Ai ales o femeie care-mi seamănă leit. El se încruntă de parcă și-ar da seama abia acum, însă ea n-a terminat: Și nu aș fi scos o vorbă, nu aș fi...

Furia i se topeşte pe măsură ce devine conştientă de situaţia lor.

Ben scutură din cap.

– N-aş fi putut să-mi asum riscul. Mai ales când voi două păreaţi să vă înţelegeţi atât de bine. Trebuia să vă ţin despărţite.

În acel moment Beatrice înţelege de ce a plecat Abi în realitate şi la ce se referea zilele trecute, la despărţire.

– Tu ai pus totul la cale, nu-i aşa? Ai furat brăţara mea şi scrisorile ei, ai vrut să creadă că am ceva cu ea, că sunt geloasă pe relaţia voastră. Şi ai vrut să mă faci să cred că ea e geloasă pe a noastră. De asta ai vrut să mergem pe Isle of Wight atunci? Nu ştiam că era Abi acolo, dar tu ştiai. Ea m-a văzut pe zid – ai planificat asta, Ben? A fost încă o manipulare de-a ta? Tot tu ai pus şi fotografia aia acolo? Şi ai trimis florile? Dar pasărea moartă de pe patul ei? Aveam îndoieli că Sebby ar face aşa ceva, dar am crezut că mă înşel. O, Doamne, Ben, e sinistru!

Râsul lui lipsit de umor o sperie mai mult decât orice în seara asta.

– Nu mi-a fost deloc greu. Iar tu, la cât de posesivă eşti, mi-ai uşurat sarcina.

O doare să audă veninul din vorbele lui. Chiar o urăşte atât de mult?

– Ai dreptate, sunt posesivă... pentru că te iubesc. Sunt îndrăgostită de tine, n-am ce-i face. Nu pot să te văd ca pe un frate geamăn, am încercat, dar nu pot, nu pot... Suspină, tot corpul îi tremură, rostirea adevărului oribil e dureroasă. Te vreau atât de mult! Şi ştiu că şi tu mă iubeşti. De asta ai ales-o pe ea, nu vezi? Pentru că de fapt mă vrei pe *mine*, dar nu poţi să mă ai, aşa că ai ales cea mai bună variantă, pe cineva care arată ca mine, pe cineva...

– Taci din gură, i-o retează el.

Bea se ridică în picioare, dominându-l chiar dacă lacrimile îi curg nestăvilite.

– Nu crezi că și eu mă simt al naibii de vinovată, Ben? Nu crezi că mă îngrijorează și pe mine consecințele? Ce-am făcut contravine legii. Dar nu-mi mai pasă. Te iubesc și vreau să fiu cu tine...

– Ți-am spus SĂ TACI DIN GURĂ! răcnește el. Sare din pat și, apucând-o de încheieturile mâinilor, începe s-o zguduie. Închide gura aia mizerabilă!

– Oprește-te! Ben, oprește-te, mă doare, îl imploră ea înspăimântată. Te rog, și eu vreau să ies din capcana asta. Nu vreau să te iubesc așa.

– N-o să-mi dai drumul niciodată, am dreptate? mârâie el printre dinții încleștați. O târâie spre balcon, iar când vorbește din nou, vocea lui este din nou calmă, detașată... înfiorătoare. Îmi pare rău, Beatrice, dar trebuie să fac asta. Trebuie să pun capăt acestei situații ridicole. La final n-o să mai fie secrete. N-o să mai fie minciuni.

Pentru prima oară își dă seama că Ben ar putea să-i facă rău fizic.

Îi strigă să se oprească în timp ce el o trage pe balcon, îl imploră când o împinge cu putere în balustrada metalică, îl lovește disperată cu picioarele, dar e prea înalt, prea puternic. Nu se poate feri când o izbește în cap, încețoșându-i vederea; nu poate să-i împiedice mâinile, care încep să o strângă de gât; și, pe măsură ce o apasă pe trahee, Beatrice constată că nu poate slobozi nici un sunet.

34

Plouă când cobor din taxi și-i plătesc șoferului. Rămân în fața porții din fier forjat până când mașina dispare în noaptea întunecoasă, apoi îmi trag gluga gecii peste cap și ridic privirea spre casa lui Beatrice. Mereu am perceput-o ca fiind casa ei, și acum știu de ce. Nu i-a aparținut niciodată lui Ben. Încă mi se face greață când mă gândesc la secretul pe care încercau cu atâta disperare să-l ascundă. Incestul, tabuul suprem, iar eu am trăit alături de ei luni întregi fără să am habar. Paul mă asigurase că s-a întâmplat cu multă vreme în urmă, înainte să știe că-s înrudiți, dar cum pot fi sigură? Cum poate să fie vreodată sigură orice iubită de-a lui Ben în viitor? Au avut o relație sexuală înainte să afle că nu erau doar frate și soră, ci gemeni. Nu-i de mirare că sunt atât de afectați și că Ben a depus asemenea eforturi ca să se asigure că n-o să descopăr niciodată adevărul.

Ferestrele par întunecate, opace, iar obloanele sunt deschise. Când l-am sunat mai devreme pe Ben, mi-a spus că e plecat să rezolve un contract și că Beatrice e la Frome cu Pam și Cass, în vizită la niște prieteni. Vocea lui părea distantă la telefon, nu mă mai implora să mă întorc, nu-mi mai făcea declarații de dragoste.

Nici măcar n-a reacționat când i-am spus că știu ce-a făcut, că am aflat secretul pe care încerca să-l protejeze. Parcă nu mai voia să lupte. Ca și cum nu-i mai păsa că mă pierde.

După ce i-am închis lui Ben, i-am spus Niei că mă întorc la vilă. Ea m-a sfătuit să aștept până luni, ca să mă poată însoți.

– Lucrez în weekend, mi-a explicat frângându-și mâinile.

Am asigurat-o că o să fiu bine, că Ben e plecat, așa că nu va fi nevoie să-l înfrunt. Planul e să-mi iau restul lucrurilor și apoi să iau un taxi până la ai mei.

Învârt cheia în broască și intru în holul întunecat, îmi arunc geanta pe preș și îmi dau jos haina udă. Apăs comutatorul, clipind în timp ce ochii mi se obișnuiesc cu lumina, și mi se întoarce stomacul pe dos când văd balerinii cu imprimeu leopard ai lui Beatrice așezați frumos lângă cizmele negre ale lui Ben. Nu vreau să-i mai văd niciodată pe oamenii ăștia. Dintr-odată încep să tremur, frigul mi-a pătruns până în măduva oaselor. Am stat în hainele ude tot drumul de două ore de la Londra, și blugii mi se lipesc de picioare. Mi-i scot și-mi dau jos și bluza cu mâneci lungi, astfel încât rămân doar în lenjeria intimă. Mă aplec să scotocesc prin geantă după niște haine când aud ceva.

O bufnitură. Vine de deasupra capului meu. Din camera lui Ben.

Mă îndrept de spate, cu inima bătându-mi ca un baros, și ascult. Oare m-am înșelat?

Nimic. Apoi aud un mieunat și îl văd pe Sebby coborând pe scări. Mă destind pe loc, e doar pisica asta blestemată. Mă aplec din nou deasupra genții și scot primul lucru care-mi vine la îndemână. Ce ironic, mă gândesc trecând printre degete țesătura mătăsoasă.

Rochia verde Alice Temperley a lui Beatrice. Mi-o trag peste cap, inspirându-i mirosul. Violete de Parma. Și-mi amintesc cum Ben m-a fixat cu privirea în noaptea când am purtat prima dată rochia asta, cum m-a îndemnat să n-o las pe Beatrice să mă transforme în clona ei. Cum m-a oprit Maria pe stradă, crezând că sunt Beatrice. Acum îmi dau seama: Ben a fost atras de mine pentru că arăt ca sora lui.

Mă uit în oglinda cu ramă aurită de deasupra caloriferului.

– O, Doamne, îi spun reflexiei mele.

Mă cuprinde un sentiment de repulsie. „M-a plăcut, m-a dorit pentru că semăn cu ea, singura femeie pe care n-a putut s-o aibă." Îmi amintesc partidele de sex: au fost uluitoare. Oare pentru că se gândea la ea când era cu mine? Camera începe să se învârtă cu mine și mă țin de caloriferul roz, întrebându-mă dacă sunt pe punctul de a leșina.

Aud altă bufnitură, mai puternică de data asta, și-mi simt inima în gât. Sus e cineva. Preț de o secundă mă gândesc să-mi iau geanta și să fug în noaptea umedă. Dar Ben nu e aici; ar putea fi Cass sau Pam sau chiar Beatrice. Locuiesc aici de patru luni. De ce mi-e oare frică?

Aud vocea lui Paul, joasă și insistentă. Un avertisment. „Poate fi periculos dacă se simte încolțit."

Ben *nu* este aici, îmi amintesc. Mi-a spus că e plecat să rezolve un contract. Dojenindu-mă pentru lașitate, încui ușa de la intrare, arunc cheile în castronul de porțelan, îmi iau geanta și o iau în sus pe scări spre dormitorul meu.

Sunt aproape de ultima treaptă când îl văd. E pe palier, a ieșit din salon, iar umbra lui întinsă și întunecată mă învăluie. Din cauza șocului, încremenesc și scap geanta din mână. O aud cum se izbește în jos pe scări, tot conținutul vărsându-se pe treptele din piatră și pe podea.

– Beatrice?

Vocea îi e aproape de nerecunoscut. Pare nedumerit, și chiar și în penumbră îmi dau seama că fața lui are o paloare cadaverică.

– Nu, Abi, îi spun, iar el se încruntă și mă privește atent, vizibil contrariat de rochia lui Beatrice de pe mine. Mă străduiesc să adopt un ton degajat: Am crezut că ești plecat. Pentru un contract.

„E totuși doar Ben", îmi zic. „E bărbatul care a spus că mă iubește, cu care am împărțit patul. Cu siguranță nu mi-ar face vreun rău."

Se uită fix la mine și clatină din cap, de parcă ar încerca să-și scoată un gând sau o imagine neplăcută din minte.

– Ah, desigur, Abi, spune în cele din urmă pufnind disprețuitor.

Pare cu mintea în altă parte, ușor confuz.

– Vrei să plec? îl întreb cu speranță.

Apuc balustrada, însă o petală de sticlă de la luminițele decorative îmi intră în palmă. Nici măcar nu bag de seamă că mă doare.

Spre disperarea mea, scutură din cap și își trece mâna prin părul de un blond nisipiu.

– Nu, nu pleca. Îmi pare rău, te-am mințit. Voiam să vii acasă și eram sigur că n-ai fi făcut-o dacă știai că sunt aici.

Are dreptate în privința asta.

Mă întorc ca să mă uit în spatele meu, la ușa pe care am încuiat-o și zăvorât-o, la geanta mea, care a ajuns la baza scării, la mobilul care mi-a căzut din buzunar, și pentru o fracțiune de secundă mă gândesc s-o iau la sănătoasa. Dar îmi spun că sunt ridicolă. Paul m-a speriat, atâta tot. Sunt sigură că Ben nu-i atât de rău pe cât sugera el. Poate că Paul este invidios pe Ben, s-a simțit mereu în umbra lui; în definitiv, știu cum e. Dar apoi mă gândesc la toate lucrurile oribile pe care mi le-a făcut Ben de când m-am mutat, cum m-a manipulat, cum m-a speriat, cum s-a jucat cu psihicul meu deja fragil, și știu că acțiunile lui sunt cele ale unui bărbat cu o minte bolnavă. Mă cuprinde un nou val de repulsie.

Dar trebuie să intru în jocul lui.

– Poate ar trebui să purtăm o discuție? îl întreb, știind că nimic din ce-ar spune n-ar putea să scuze tot ce-a făcut, toate minciunile pe care mi le-a îndrugat.

O secundă pare plin de speranță, apoi e neîncrezător.

– Chiar vrei?

– Desigur. Hai să ne vedem în bucătărie, ce zici? Trebuie să-mi iau o jachetă din cameră, am înghețat.

Se dă deoparte ca să mă lase să trec pe lângă el pe palier, iar ușurarea i se citește pe față.

– O să pun de ceai, îmi spune, arătându-mi obișnuitul lui zâmbet asimetric pe care-l găseam atât de fermecător.

Dacă înainte aș fi simțit dorință pentru el, acum mă trec fiorii. Trebuie să-l fac cumva să creadă că totul este normal, până găsesc o cale de scăpare.

– Vin în cinci minute, îi spun încercând să-i zâmbesc, deși iese mai mult o grimasă.

Mi se strânge pielea când buzele lui îmi ating obrazul. Coboară scările, se apleacă să ridice ce mi-a căzut din geantă și-mi pune telefonul mobil pe măsuță, lângă chei. Observ șocată că se comportă de parcă nimic nu s-a întâmplat, de parcă nu el ar fi cel responsabil pentru flori, pentru fotografie, pentru porcăriile de pe

Facebook. E un actor foarte talentat, mă gândesc în timp ce mă uit la el. E ca şi cum n-ar avea conştiinţă, n-ar simţi pic de vinovăţie.

Când dispare din câmpul meu vizual, trec în viteză pe lângă salon și urc următorul şir de trepte spre dormitoare. „Îmi iau restul de lucruri și plec de-aici", îmi zic, încercând să stăpânesc valul de panică ce ameninţă să mă cuprindă. O să fie bine atât timp cât reuşesc să-mi păstrez calmul. Atât timp cât Ben crede că totul e în regulă între noi. Aprind lumina de pe palier. Agitaţia mi se mai potoleşte acum că nu mai e beznă.

Uşa care dă în dormitorul lui Ben e întredeschisă. Văd că și-a lăsat ușile de sticlă larg deschise, draperiile albe plutesc în vânt ca două fantome lăsând să intre ploaia, care a făcut o pată întunecată pe covor.

Sunt pe cale să mă întorc şi să mă îndrept spre camera mea când văd ceva care mă face să încremenesc. O labă a piciorului. O labă a piciorului şi un picior gol, abia vizibil în balconul luminat de luna plină. Ştiu că este al lui Beatrice după margareta tatuată care-şi croiește drum în jurul gleznei și deodată simt un gol în stomac, dându-mi seama că pata întunecată de pe covor nu e de la ploaie, ci e sânge. Mă trec fiori reci pe şira spinării.

Traversez camera ca o săgeată și ies pe balcon. Beatrice stă rezemată de balustrada din fier forjat, cu capul într-un unghi ciudat, are semne roşii în jurul gâtului, iar rochia îi e udă de la ploaie. Preţ de o clipă îngrozitoare am impresia că a ucis-o. Îi ridic încheietura, încercând să-i detectez pulsul; mă năpădește uşurarea când i-l găsesc. Mă aplec peste ea și o scutur, fără să-mi pese că rochia mi se lipeşte de corp din cauza ploii torenţiale. „Trezeşte-te, Beatrice! Te rog, trezește-te!“ Dar e inconștientă. Cu groază îi observ tăietura de pe cap și râurile de sânge care-i șiroiesc pe față. „O, Ben, ce-ai făcut?“ Și în acea clipă îmi dau seama că Paul spunea adevărul... că Ben e teribil de periculos. E capabil de mult mai mult decât să planteze fotografii amenințătoare și mesaje criptice. E capabil de violență, de crimă.

– Te rog, Beatrice, îi strig trăgând-o de brațe și plesnind-o peste obraji, încercând s-o aduc în simțiri. Trezește-te, te rog! Trebuie să plecăm de aici. Ploaia îmi biciuiește spatele cu putere în timp ce o scutur disperată. Te rog, Beatrice. Trezește-te! TREZEȘTE-TE!

Trebuie s-o scot din casă înainte ca Ben să se impacienteze că întârzii atât. „Haide, te rog, haide!“

– Ce se întâmplă?

Mă umplu de groază la auzul vocii lui. Ridic privirea. Ben stă în prag și se uită fix la noi. Ochii lui mijiți ne cercetează – amândouă avem rochiile ude leoarcă de la ploaie, amândurora ni s-au lipit șuvițele de păr blond pe obraji.

– Ce-ai făcut? îi șoptesc neîncrezătoare, trăgând-o pe Beatrice la piept. Am sânge pe mâini, pe rochie. E sora ta... sora ta geamănă.

Amețesc atunci când îmi dau seama că acest balcon minuscul, răvășit de furtună, reprezintă o capcană mortală; cu siguranță nu ne aude nimeni, nimeni nu știe nici că suntem aici.

– Totul e numai din vina ta, Bea, spune el cu asprime.

Privește în gol. Fața îi este contorsionată, urâtă, lăsând să se întrezărească monstrul care sălășluiește în interior. Am mai văzut expresia asta atunci, pe terasă, când a aflat că mă văzusem cu Callum. Era o fărâmă din răul care se ascunde sub fațada lui fermecătoare, însă eram prea oarbă să-mi dau seama.

– Ben, sunt Abi, nu Bea. Ea e Bea, și trebuie să mă lași s-o ajut.

– Ați crezut că mă puteți controla, continuă el, părând să nu mă audă. Amândouă ați crezut că puteți să-mi spuneți ce să fac. Nenorocitelor! Dar tu ai fost cea mai odioasă, Bea. Ai crezut că poți să-mi iei totul, banii, casa, cu amenințările tale voalate când nu jucam după cum îmi cântai. Ei bine, n-o să te las. Nu te las, în pizda mă-tii, șuieră.

Se uită la mine, dar i se adresează lui Beatrice.

Și-a pierdut mințile, nu mă vede – sau mai degrabă o vede doar pe Bea chiar și când ochii îi sunt ațintiți asupra mea – și deodată totul este înspăimântător de limpede. O să mă omoare. Vreau să mă înfurii, să mă lupt, să mă salvez pe mine și pe Bea, dar simultan mă copleșește o senzație de pace, pentru că, în sfârșit, voi fi cu Lucy. Cumva, este inevitabil ca moartea ei să fie urmată de a mea la scurtă vreme. La fel ca nașterea noastră. Și apoi mă gândesc la bieții mei părinți. Deja au pierdut un copil. Nu-l pot pierde și pe celălalt.

– Ben, te rog... N-are rost să țip, mă gândesc, oricum vocea mi se va pierde în vânt și ploaie. Încerc din nou, străduindu-mă să-l aduc la rațiune: Te rog. Confuzia și îndoiala i se citesc pe chip și îi simt ezitarea. Sunt Abi. M-am întors... Îmi tremură vocea, sunt prea îngrozită chiar și să plâng. Te rog...

– Taci, taci, mârâie el.

În clipa următoare se repede și mă apucă de mâini, înfigându-și degetele în cicatricile mele de la încheieturi. Când mă smulge de pe Beatrice ca să mă tragă în picioare, genunchii mi se julesc de podeaua balconului.

– Și tu ești o javră, îmi spune plesnindu-mă cu putere peste față.

Simt gust de sânge. Sunt prea șocată ca să reacționez, obrazul îmi pulsează.

– Sigur ai impresia că-s un idiot, mi-ai îndrugat toate prostiile alea că vrei să vorbim.

Acum are mâinile în jurul gâtului meu, iar cu degetele îmi apasă traheea. Știu că n-am cale de scăpare. O să mor aici în seara asta.

„Lucy, ajută-mă. Ajută-mă, te rog. Nu știu ce să fac."

Văd pete întunecate în fața ochilor, sunt amețită.

Trage-i una în boașe. Îi aud vocea în ureche, aspră, insistentă. *Trage-i una în boașe, Abi.* Fac cum spune ea. Ridic genunchiul și-l lovesc cu putere în vintre. El urlă, eu repet lovitura, apoi îl calc pe picior. Funcționează, Ben se împleticește spre interiorul camerei, iar în momentul acela văd pisica egipteană din piatră pe care o folosește ca opritor de ușă. Mă aplec s-o iau și, când se repede iar spre mine, cu fața roșie de furie, o ridic cu toată puterea de care sunt în stare, țintind partea laterală a capului. Din cauza înălțimii lui, îl nimeresc în umăr, dar e suficient ca să-l dezechilibrez, făcându-l să se lovească de geam cu capul. Face ochii mari din cauza șocului înainte să cadă pe podea împreună cu o ploaie de cioburi. Observ cum îi curge un șiroi strălucitor de sânge de lângă ureche.

Stau deasupra lui cu inima bătându-mi nebunește în piept, cu pisica de piatră în mână. Dar el nu se mișcă, are ochii închiși. Oare l-am omorât? Dacă da, cum aș explica totul poliției? Las jos pisica egipteană și mă aplec peste Beatrice, scuturând-o din nou, de data aceasta cu mai multă forță. Ea se agită, geme.

– Ridică-te! îi șoptesc cu un suspin în gât, căci nu vreau să-l avertizez pe Ben dacă este încă în viață. Hai, te rog, Bea, ridică-te, te implor!

Ea geme și își atinge capul acolo unde părul îi este năclăit de sânge.

– Nu pot, icnește. Nu pot.

– Hai, înainte să se trezească, o îndemn. Trebuie să plecăm de aici. Te rog, Bea...

Încerc să-mi înăbuș panica, știind că trebuie să fiu cu capul pe umeri dacă avem vreo șansă să scăpăm cu viață.

Îmi pun la bătaie toate puterile ca s-o ridic în picioare, dar e amețită și se reazemă cu toată greutatea pe mine. Ben geme, iar ochii i se mișcă în spatele pleoapelor. Nu l-am ucis, doar am reușit să-l năucesc, așa că trebuie să ne grăbim. Beatrice încearcă să-și miște picioarele; o iau de subsuoară și o târăsc spre ușa camerei. „Hai, Bea. Hai!"

Aproape am ieșit pe coridor când simt niște unghii zgâriindu-mi gamba. Descopăr îngrozită că Ben încearcă să mă apuce de gleznă. Lungit pe podea, se târăște spre mine cu o expresie feroce, dementă în ochi.

– Ia mâna de pe mine! țip.

Încerc să mă smulg, dar strânsoarea lui e fermă, are dinții încleștați de concentrare când își întinde și cealaltă mână spre mine. Mă chinui s-o țin pe Beatrice și să scap din ghearele lui în același timp. Sunt disperată, furioasă pe mine că am lăsat jos pisica aia de piatră. Dau cu piciorul în spate și-l lovesc în nas cu călcâiul. Îmi dă drumul la gleznă.

– Cățea nenorocită, strigă, ținându-se de nasul din care-i țâșnește sângele.

– Repede! Ies pe ușă cu Bea, care e albă la față de frică. Fugi!

Încă ne ținem una de alta și coborâm șchiopătând primul rând de scări. Inima îmi bate de să-mi sară din piept. Când ne apropiem de următoarele trepte, îl văd aplecându-se peste balustrada de deasupra.

– Abi, Bea, îmi pare rău! strigă. Întoarceți-vă!

Are sânge pe gulerul tricoului și sub nas, părul îi e vâlvoi și la subraț i-au apărut pete de sudoare. Pare nebun de legat.

În nerăbdarea de a scăpa de el, aproape cădem pe ultimele trepte rămase. Îmi iau telefonul de pe masa din hol unde Ben l-a pus mai devreme, gata să sun la poliție. Mâinile îmi tremură atât de tare, încât cu greu pot descuia ușa și mă tot lupt cu zăvorul în timp ce Ben coboară spre noi.

– Stați! răcnește.

Nenorocitul ăla de zăvor s-a înțepenit, nu pot să-l trag. Ben se apropie, iar Beatrice se sprijină și mai mult de mine. Suntem prinse în capcană. O să ne ajungă din urmă, iar de data asta știu că n-o să ne lase să scăpăm.

– Haide! țip la ea. Ridică-te în picioare. Ajută-mă.

Cu un efort supraomenesc, trage zăvorul în timp ce eu învârt cheia, iar peste câteva clipe reușim să deschidem ușa.

– Nu puteți pleca! strigă Ben sărind peste ultimele patru trepte.

Aproape a ajuns la noi.

– Lasă-ne în pace! țip eu.

Se repede din nou asupra noastră și izbutește s-o apuce pe Beatrice. O trage spre el, întinzând-o între noi de parcă ar fi o frânghie.

– Te rog... îi murmură în păr. Îmi pare atât de rău. Nu poți pleca, Bea. Am nevoie de tine. Daisy. Draga mea Daisy...

Suntem la un pas de libertate, n-o pot lăsa pe Beatrice de izbeliște. Se lasă înspre el ca o păpușă de cârpă sau o floarea-soarelui atinsă de primele raze ale dimineții.

Ben îi atinge rana de la cap și sunt uimită să-i văd ochii în lacrimi. E ca și cum spiritul malefic care l-a pus să facă chestiile acelea oribile l-a părăsit, iar acum e din nou Ben al nostru, cel pe care-l cunoaștem și iubim. Dar în timp ce mă uit cum o mângâie, cerându-și scuze și sărutându-i creștetul, mă întreb dacă nu cumva încearcă iarăși să ne manipuleze. Un alt mod de a obține ceea ce-și dorește.

– Îmi pare atât de rău, Daisy. Îmi pare atât de rău că te-am rănit.

Bea se înmoaie, strânsoarea degetelor ei pe încheietura mea slăbește. „Ce-i cu tine?" vreau să-i strig. „A încercat să te omoare, pentru numele lui Dumnezeu!" Am telefonul în mână, pregătită să formez numărul de urgență.

Iată însă că ea se îndreaptă de spate și se îndepărtează de el; floarea-soarelui se întinde spre cer.

– Trebuie să fii pe cont propriu, îi spune cu blândețe. Îmi dă drumul la mână, dar numai ca să-i atingă tandru chipul. Îl iubește. Îl iubește cu adevărat. Știu că n-ai vrut, adaugă. Știu că ești supus unui stres enorm. Dar s-au întâmplat prea multe între noi.

Ben se schimonosește la față, semn că spiritul malefic l-a pătruns din nou, și o apucă de braț.

– Nu poți pleca....

Este întrerupt de scârțâitul unei porți la două case distanță. Un bărbat îndesat, pe la cincizeci de ani, a ieșit să-și plimbe ogarul și trece cu pași repezi pe lângă noi. Ridică mâna să ne salute când ne vede, neștiind ce se întâmplă. Dar prezența lui este suficientă pentru a-i distrage atenția lui Ben, care îi dă drumul lui Beatrice. Ea se sprijină de mine și eu profit de ocazie ca s-o târăsc afară din casă, apoi trântesc ușa în fața lui Ben, știind că nu va veni după noi. Nu acum.

S-a terminat.

35

Stăm pe asfalt în ploaia torențială, amândouă gâfâind și tremurând din toate încheieturile. Încă o țin de braț.

– Să te duc la spital? Să se uite la rana de la cap?

– Sunt bine, Abi, îmi spune Beatrice obosită.

Se tot uită la ușa de un albastru regal de la intrare. Oare Ben o să ne urmărească? Icnind de teamă, încep s-o trag după mine pe stradă, cât mai departe de casă. Abia îmi simt degetele când tastez numărul tatei și-l rog să vină să ne ia.

– Ajunge în cinci minute, îi zic când închid. Observând că se holbează în continuare la ușă, încerc s-o liniștesc: N-o să vină după noi.

– Știu, oftează ea. Știu că n-o s-o facă, Abi, nu despre asta e vorba. Doar că... e acolo de unul singur. Nu pot să-l las așa. E într-un hal fără de hal. Dacă face cumva ceva necugetat... dacă încearcă să-și facă rău?

Mă uit la ea și nu-mi vine să cred. Tremură în rochia elegantă, are părul plin de sânge și e udă până la piele, și totuși se gândește doar la psihopatul de frate-său.

– Aproape te-a ucis!

Cuvintele îmi ies gâtuite, de parcă Ben încă ar mai încerca să mă stranguleze.

– Nu m-ar fi ucis, îmi răspunde calm. Mă iubește.

– Uită-te la urmele de pe gât, Beatrice. Avea de gând să te omoare. Ți-a tras una în cap. Ești rănită. Cum poți să spui așa ceva? Nu vrei să-l denunți la poliție?

Scutură din cap cu lacrimi în ochi.

– E fratele meu geamăn.

N-are sens să mă cert cu ea, trebuie s-o duc undeva unde să fie în siguranță. O trag ușor de braț.

– Bea, te rog. Vino acasă la mine. Părinții mei mi-au zis că poți sta cât vrei.

Mă lasă s-o ghidez către capătul străzii fără nici o tragere de inimă.

Tata ne lasă singure în bucătărie, aruncându-ne o privire îngrijorată cu coada ochiului. Mama se tot agită pe lângă Beatrice, o înfășoară într-un halat uriaș și pufos, de parcă e copil. Ea îi acceptă gestul plin de afecțiune; îmi dau seama că e amorțită, încă în stare de șoc, că încă procesează ce s-a întâmplat în seara asta.

– Ți-am pregătit camera de oaspeți, îi spune mama punându-i în față o cană aburindă cu ceai.

Îmi șoptește peste capul lui Beatrice că se duc la culcare ca să putem sta de vorbă în tihnă. Îi zâmbesc recunoscătoare. Nu-mi vine s-o las singură pe Beatrice ca să-mi iau pijamaua, așa că îmi pun o jachetă de-a mamei peste rochia udă. Din fericire, în casă e cald ca la tropice.

O iau de mână. E rece și uscată.

– Bea, te rog să bei niște ceai. Ai nevoie de ceva cald și dulce ca să-ți atenueze șocul.

E palidă la față, pielea îi e roșie în jurul gâtului și pe brațe, acolo unde a bruscat-o el.

Își întoarce ochii injectați spre mine.

– Știi că nu m-ar fi ucis, nu-i așa? Era furios, confuz. A fost teribil de stresant pentru el să accepte ce-am făcut.

– Bea, îi zic cu blândețe. Paul, fratele lui, mi-a zis totul. Știu că ați avut o relație. Credeam că Luke ți-a frânt inima la facultate, dar nu a fost el, nu-i așa? A fost Ben.

Încuviințează ușor din cap și ia o gură de ceai.

– A fost o prostie să-l las să se mute în casa mea. Dar am fost în culmea fericirii când a reluat legătura, cerându-mi să ne vedem. Trecuseră aproape opt ani de atunci... de când ne-am despărțit, și mi-am zis că eram gata să-l primesc înapoi în viața mea, dar ca frate. După ce ne-am întâlnit de câteva ori, l-am întrebat dacă vrea să se mute la mine. Îmi cumpărasem recent casa din Bear Flat și mi s-a părut o modalitate de a fi împreună - nu ca soț și soție, cum mă gândisem, cum speerasem când ne-am întâlnit prima dată, ci ca gemeni.

– O, Beatrice!

Nu-mi pot imagina șocul, groaza și dezgustul trăite când afli că bărbatul despre care crezi că e sufletul tău pereche, cel cu care ai ales să-ți petreci restul vieții, nu este doar fratele tău, ci fratele tău geamăn.

– Îmi pare rău că te-am acuzat că mi-ai furat brățara. Și am vrut de multe ori să-ți spun despre mine și Ben.

– Și mie îmi pare rău. Pentru tot. Ating lănțișorul de la gât, amintindu-mi ce-am simțit când mi l-a dat în ziua porților deschise, cât de fericită am fost să am ceva realizat de Beatrice cu mâinile ei talentate. Dar trebuie să fiu sinceră: ți-am luat cercelul galben, adaug peste câteva momente. A fost o prostie din partea mea, m-am simțit constrânsă să-l iau, nu că aș avea vreo scuză. Voiam ceva... Ezit, mi-e greu să-i explic. Voiam ceva de-al tău.

Disperarea din vocea mea mă face să-mi crape obrazul de rușine. Poate de asta am fost atât de atrasă de Ben.

– Dar Ben a fost cel care a luat brățara de safir și scrisorile mele ca să fim la cuțite, simt nevoia s-o lămuresc. Le-am găsit în portbagajul mașinii lui, în ziua în care am plecat.

– Mi-am dat seama mai târziu, spune, încă tremurând. Ben era îngrozit că aveam de gând să-ți povestesc despre trecutul nostru. Voia să ne țină despărțite, să bage zâzanie între noi ca să nu mă simt vinovată că păstrez secretul față de tine. Cred că s-a gândit că, dacă ne apropiam prea mult, mi-ar fi fost greu să continui să te mint și, dacă ți-aș fi spus adevărul, cea mai mare frică a lui ar fi devenit realitate. Te-ar fi pierdut și, odată cu tine, ar fi pierdut șansa la o viață normală. Îmi zâmbește cu tristețe. Mersi că ai fost sinceră în privința cercelului.

– Dacă tot suntem sincere una cu cealaltă, pot să te întreb ceva? Încotoșmănată în halat, cu ceașca fierbinte între palme, Beatrice încuviințează din cap. Pe tine te-am văzut cumva pe Isle of Wight?

Pare stânjenită.

– Te asigur că n-am știut că erai și tu acolo. Ben m-a întrebat dacă mi-ar plăcea să facem o excursie la malul mării. Am fost atât de încântată că-și dorea să petreacă o zi doar cu mine, atât de penibil de recunoscătoare, încât am acceptat fără să stau pe gânduri.

– Vrei să spui că m-a urmărit până la Cowes?

Mă apucă amețeala când mă gândesc. Ea încuviințează din cap, strângând cana în mâini.

– Abia când te-am văzut pe plajă am înțeles ce se întâmplă. Ben se dusese să ia o înghețată.

O privesc stupefiată.

– Nu ți s-a părut ciudat? Că a vrut să mă urmărească?

- Când i-am cerut explicații, mi-a spus că-și făcea griji în privința ta. Că te purtai ca o nebună - lucru de care pe atunci eram și eu convinsă - și voia să se asigure că ești bine. L-am crezut, mi se părea că e un iubit protector.

- M-a urmărit până acasă la Patricia Lipton? M-a văzut când m-am întâlnit cu Callum?

Ea se încruntă, clătinând din cap.

- Nu, nu mai știu cum a aflat de Callum.

Tac o clipă, șocată de amploarea manevrelor lui Ben.

- Lucrurile ar fi fost în regulă dacă nu m-aș fi combinat cu el, oftez.

O lacrimă îi alunecă pe față.

- Am fost geloasă, recunosc. După ce a reluat legătura cu mine, tu ai fost prima fată de care s-a îndrăgostit. Știu că nu-l pot avea pe Ben, dar sincer... acele sentimente pe care le-am nutrit pentru el la facultate nu au dispărut complet. Pentru el e foarte diferit. Acum mă vede doar ca pe o soră.

Îi tremură buzele în timp ce încearcă să zâmbească forțat.

Mă întind peste masă ca s-o consolez, dar când îmi amintesc ce-am aflat despre ei mai devreme, mi se strânge stomacul. Îmi retrag mâna și mi-o așez la loc în poală.

- Nu cred, îi spun. Nu o vezi, Bea? Asemănarea dintre noi? M-a ales pentru că arăt ca tine, pentru că el este încă atras de tine în sufletul lui. Iar eu am fost atrasă de tine pentru că semeni cu Lucy. Totul e atât de aiurea!

Scoate un sunet gâtuit care ar putea fi un râset.

- Mi-am dat seama cât de mult semănăm din momentul în care ți-am văzut fotografia în ziar.

Așadar, știa cine sunt înainte să ne întâlnim. Licărirea de recunoaștere din ochii ei nu fusese rodul imaginației mele.

– Dar nu m-am mai gândit la asta, continuă ea. Am presupus că Ben depășise momentul, că nu mă mai percepea ca pe o iubită...

Începe să-mi spună cum a crescut la Edinburgh ca singurul copil al soților Annabel și Edward McDow, o familie bogată, catolică practicantă. De când era foarte mică i-au zis că fusese adoptată și că părinții ei biologici muriseră într-un accident de mașină. Le cunoștea doar numele, Helen și William Price, și de la ei i-a rămas doar acea fotografie pe care familia McDow a lăsat-o s-o păstreze, cea care stă acum pe șemineul din salon.

– Părinții mei biologici m-au botezat Beatrice Daisy Price, dar soții McDow au renunțat la Beatrice. S-au gândit că Daisy McDow suna mai bine. L-am schimbat apoi în Beatrice Price când am aflat de Ben.

Părinții ei adoptivi nu i-au spus niciodată că are un frate geamăn. Pe atunci, autorităților le era greu să plaseze frații împreună, așa că i-au separat când erau bebeluși, iar Ben a fost adoptat de Morag și Eric Jones din Glasgow. Au decis să-i păstreze numele de botez.

Beatrice abia aștepta să părăsească Scoția și să plece la facultate în Anglia. Îi plăcea ideea de a studia la Exeter, căci era aproape de coastă, și a ales să se licențieze în Drept, asemenea tatălui ei adoptiv. Acolo l-a întâlnit pe Luke; era exact genul ei, blond, cu ochi albaștri și înalt, și s-au simțit bine o vreme, dar la sfârșitul primului an, când se pregăteau să plece în vacanță și să călătorească în timpul verii, el a pus punct relației, spunând că nu era pregătit pentru o relație serioasă. A fost dezamăgită, dar nu devastată și a hotărât să rămână în Exeter cu una dintre prietenele ei. Peste o săptămână l-a întâlnit pe Ben într-un bar. Era în același campus, student la Informatică, dar drumurile nu li se mai încrucișaseră până atunci.

– M-a izbit imediat ce-am pus ochii pe el, murmură cu lacrimi în ochi. A fost o atracție reciprocă la prima vedere.

Relația lor a fost intensă, imediată. Îmi privesc mâinile în timp ce o ascult; încă mi-e greu să aud că au fost îndrăgostiți și au făcut sex. Mi se întoarce stomacul pe dos la gândul că au fost iubiți.

Au fost de nedespărțit în acea vară și au decis să se mute împreună odată cu începerea noului semestru.

– Știam că e sufletul meu pereche, iar el credea același lucru despre mine. Nici unul dintre noi nu mai simțise vreodată așa ceva. Aveam atât de multe în comun, zilele noastre de naștere cădeau în aceeași zi și când mi-a spus că și el e adoptat, nu mi-a venit să cred. De data asta cunoscusem pe cineva care mă înțelegea cu adevărat.

– Cât timp ați fost împreună?

Ea înghite în sec, privind în depărtare.

– Trei luni.

Beatrice a aflat adevărul când părinții ei au venit în vizită la începutul noului semestru, în octombrie. Era atât de încântată la gândul că părinții ei o să-l cunoască pe Ben, că, de îndată ce și-au coborât picioarele elegante din Bentley, l-a împins în fața lor pe noul ei iubit.

– Mama a fost îngrozită când l-a văzut, își amintește. Acum știu că ea sesiza ce noi n-am reușit să observăm, și anume asemănarea noastră evidentă: fețele în formă de inimă, nasurile cârne și pistruiate și gurile pline. Știa că fusesem separată de fratele meu geamăn, dar nu-mi împărtășise niciodată această informație pentru că nu voia să mă întristeze. Avea suspiciunile ei, însă fotografia a fost dovada supremă. O rugasem s-o aducă pentru că voiam să i-o arăt lui Ben. Mi-a zis că și părinții lui muriseră când era mic și că avea o poză pe care o ținea într-o cutie acasă, la Glasgow. Ar fi trebuit să-mi dau seama că era vorba de două situații identice, deși numai eu cunoșteam numele părinților mei. Poate că n-am vrut să văd semnele.

– Ben a recunoscut poza?

– Imediat. Era cea pe care o avea acasă. După aceea mama a trebuit să-mi spună ce știa despre fratele geamăn de care fusesem separată când eram mică. Amintirea o face să pălească. Abi, a fost groaznic. Ben și cu mine eram bineînțeles șocați, dar iubirea noastră rămăsese intactă. Nu poți să oprești așa ceva. Părinții mei erau îngroziți că o să rămânem împreună, deși acum știam adevărul. Cred că mama și-a dat seama că nu eram pregătită să renunț atât de ușor la Ben. A urmat un scandal monstru, iar părinții mi-au zis că trebuie să plec de la universitate în acea zi. Ben a plâns, apoi s-a înfuriat, se răstea la ei, le spunea că mint și că încearcă să ne despartă.

După tot ce s-a întâmplat în seara asta, îmi dau seama cât de furios a fost.

Beatrice inspiră adânc, se șterge la ochii și continuă:

– Oricum, părinții mei m-au târât la propriu la mașină. Nu cred că știau ce să facă, le era pur și simplu silă. Ben mi-a spus după aceea că s-a dus acasă și i-a spus totul lui Morag, iar ea i-a confirmat ceea ce știam deja. În cele din urmă a înțeles că părinții mei nu mințeau și s-a ținut departe de mine, devenind din ce în ce mai dezgustat de ceea ce făcuserăm. Nu mă înțelege greșit, și eu eram la fel de dezgustată, dar mi-a fost imposibil să accept despărțirea. Așa că am început să călătoresc, am încercat să-mi continui viața. Știam că nu-l pot avea. Cum aş fi putut? Şi mă descurcam bine, m-am angajat la un bijutier, tatăl meu a murit şi mi-a lăsat un fond fiduciar, aşa că m-am mutat la Bath. Am cumpărat casa, am început s-o amenajez, am întâlnit-o pe Eva care s-a oferit să-mi facă menajul... Am mers mai departe. Până acum vreo şase ani, când, din senin, am primit o scrisoare de la Ben. Şi viaţa mea s-a întors din nou cu susul în jos, oftează ea. Eram la pământ, nu ştiam ce să fac. Scrisoarea lui a scos la iveală toate acele sentimente de demult pe care credeam că le-am îngropat. Oricum, ne-am întâlnit la o cafea, ne-am înţeles foarte bine. Voia să fim din nou împreună, de data asta ca frate şi soră. Ca gemeni. Am vrut şi asta, trebuie să mă crezi, Abi. N-am crezut niciodată că o să mă îndrăgostesc de el din nou... Îmi pare aşa de rău..., îngaimă.

- Of, Beatrice.

Stăm în tăcere; nu mai e nimic altceva de spus.

Îmi amintesc cuvintele lui Paul, cum că Ben e motivat de bani. A spus că-l văzuse citind necrologul tatălui adoptiv al lui Beatrice. Ştia cât de bogat era tatăl ei. Ştia că o să-i lase moştenire o grămadă de bani. Acela să fi fost motivul real pentru care a reluat legătura cu ea? După toate aparenţele, a avut o educaţie diferită faţă de Beatrice. Acum are parte de cele mai scumpe lucruri, şi e ceva la care nu i-ar plăcea să renunţe. Dar nu-mi vine să-i împărtăşesc aceste suspiciuni lui Beatrice; ea vrea să creadă că o iubeşte, că au o legătură puternică fiind gemeni.

Beatrice închide ochii.

- Apoi ai apărut tu, Abi. Şi totul a mers prost.

Când îi deschide din nou, sunt plini de lacrimi.

- Mai ştie şi altcineva? Pam? Cass?

Bea scutură din cap.

– Nu am spus niciodată nimănui, mi-era prea rușine. Nici Ben nu a vrut să vorbească despre asta. Simțea repulsie față de ce s-a întâmplat între noi la facultate. Știam că are un temperament exploziv, știam că poate să mintă, chiar să fie manipulator uneori. Dar ceea ce-a făcut, cum m-a rănit... și tu...

Geme, iar o lacrimă i se prelinge pe obraz.

Îmi trag scaunul în spate și mă duc la ea. Îmi cade în brațe și o țin în timp ce suspinele îi cutremură trupul.

Mă trezesc devreme a doua zi dimineață, după câteva ore de somn agitat, plin de coșmaruri în care Ben ne urmărește. Îmi trag pătura în jurul corpului și mă duc în camera de oaspeți, sperând s-o găsesc dormind tun, dar patul este făcut impecabil și încăperea e goală, de parcă Beatrice nici n-ar fi trecut pe aici.

S-a întors la el.

În tot acest timp am crezut că ea îl controlează, dar m-am înșelat. El era cel care trăgea sforile în relația lor. N-o să-l părăsească niciodată.

Of, Beatrice!

Soarele încearcă să strălucească, dar e înghițit pe jumătate de un nor negru. Trotuarele sunt curate lună după furtuna de noaptea trecută. Tata stă în mașină și se uită la casă ca un polițist în misiune de filaj. Nu i-am mărturisit ce s-a întâmplat aici aseară; dacă ar ști, tata ar fi primul care ar contacta autoritățile. I-am zis doar că trebuie să-mi iau lucrurile. Mă simt recunoscătoare pentru prezența lui reconfortantă, dar inima îmi bate ca un ciocan pe când aștept, îngrozită că Ben o să răspundă la ușă. Nu mai vreau să dau niciodată ochii cu el.

Sunt uşurată atunci când o văd pe Beatrice, care se uită ruşinată din prag. E palidă, dar superb îmbrăcată cu una dintre numeroasele ei rochii de ceai. Deschide uşa mai larg când îşi dă seama că sunt eu.

– Bea, nu-mi vine să cred că te-ai întors la el, îi şuier.

Vreau să urlu la gândul că l-a iertat şi o s-o tot facă. Pentru totdeauna.

Îşi muşcă buza, stăpânindu-se să nu plângă.

– Abi, îi pare rău. Vrea să-şi ceară scuze.

În spatele ei îl văd pe Ben în vestibul şi încep să-mi transpire palmele. Vine la noi şi o cuprinde pe Beatrice cu un braţ pe după talie.

S-a spălat pe păr, s-a pieptănat şi s-a bărbierit. Zâmbeşte, şi parcă mă uit la altă persoană faţă de cea care ne-a terorizat seara trecută.

– Abi, intră, te rog. Ben n-o să-ţi facă nici un rău.

– De parcă aş crede, i-o tai. Bea, ai uitat ziua de ieri?

În ciuda curajului, îmi tremură picioarele şi nu mă urnesc din prag. Îl ignor pe Ben.

El se apleacă peste umărul surorii sale.

– Abi, te rog din suflet, iartă-mă! Nu ştiu ce m-a apucat ieri. Nu am vrut să-ţi fac nici un rău. Nu ţi-aş fi făcut nici un rău, trebuie să mă crezi. Trebuie să...

Mă uit la el. Zâmbeşte inocent şi i se citeşte blândeţea în privire. Dar acum nu mă mai las păcălită de prefăcătoria lui. Am văzut monstrul care se ascunde în spatele faţadei.

– Scuteşte-mă, îi spun ridicând mâna. Nu mă interesează. Am venit aici doar ca să verific dacă Bea e bine şi ca să-mi iau lucrurile. Tata e afară. Mă întorc să arăt spre maşina al cărei motor toarce pe marginea drumului. Nu cred că vrei să te pui cu el. A fost în armată cu mulţi ani în urmă.

Ben pleacă privirea, mormăind că a priceput, că nici în ruptul capului nu mi-ar face rău, că vrea să-l iert și să-l înțeleg pentru ce s-a întâmplat noaptea trecută.

– N-o să mă pot ierta niciodată. Ce i-am făcut lui Bea... și ție...

– Adevărul e că o vrei pe Bea, dar nu o poți avea, așa că m-ai ales pe mine în schimb. Copia ei fidelă.

Abia îmi ies cuvintele din gură. Încerc să-mi înghit suferința, dar tot mă simt mințită, manipulată și folosită.

El își trece mâna prin părul des.

– Nu e adevărat, îmi spune, dar nu pare foarte convingător. Chiar te-am iubit, Abi.

Îmi dau ochii peste cap.

– Minți, Ben. Dacă m-ai fi iubit, de ce ai făcut așa ceva seara trecută?

– N-am vrut să te rănesc nici pe tine, nici pe Beatrice. Nu știu ce m-a apucat. Îmi pare rău, Abi. Știu că nu mă crezi, dar e adevărat.

Are dreptate, nu-l cred. Nu cred nici un cuvânt care iese din gura lui bolnavă, mincinoasă și manipulatoare.

– Bănuiesc că tu ai scris mesajul ăla pe Facebook? Tu ai plantat fotografia pe care a făcut-o Cass în inocența ei și apoi mi-ai zgâriat fața? Florile? Trebuie să recunosc că ai fost deștept când te-ai prefăcut că ai sunat la florărie, zicând că ei ți-au dat descrierea mea. Știai că o să trag anumite concluzii și că o s-o acuz pe Beatrice.

– Trebuia să mă asigur că n-o să afli niciodată de mine sau de Bea. Tot ce am făcut e pentru că te iubesc, Abi.

În timp ce mă uit la el cum stă în prag, cu brațul în jurul surorii lui, cu cămașa sa apretată de la Armani și blugii de la J Brand, știu că nu asta e toată povestea. Îi face plăcere să joace oamenii pe degete, să-i sperie, să le manipuleze mintea.

– Cred că e evident. Tu, care te pricepi de minune la computere. Ce-ai făcut, Ben? I-ai spart contul? Nu aștept un răspuns. Și cum de-ai știut că m-am întâlnit cu Callum?

– M-am uitat în telefonul tău. Am văzut că i-ai trimis un mesaj Niei. Abi, ce rost mai are să trecem din nou totul în revistă? Ce-a fost a fost.

Deodată simt nevoia să-i zdrobesc capul de perete.

– Ce fel de persoană ești, Ben?

Fața i se întunecă, și sunt îngrijorată că am mers prea departe.

Beatrice își freacă brațul.

– Abi, spune ea. Lui Ben îi pare sincer rău. A fost supus la un stres enorm.

Îmi dau ochii peste cap, iar stomacul mi se întoarce pe dos la gândul că ei au fost împreună.

– Poate că tu l-ai iertat, Bea. Dar eu nu pot.

Ben se uită la mine, iar toată căldura i s-a evaporat din ochi.

– Abi, nu te pot face să mă ierți. Dar îmi pare rău. Dacă mai contează.

Aș vrea să-i spun că nu mai contează deloc, dar n-o fac. Îmi mai aruncă o ultimă privire și se retrage pe hol, apoi îl văd coborând scările în bucătăria de la subsol. Știu că nu-l voi mai vedea niciodată.

– Lucrurile tale sunt aici, Abi, îmi spune Beatrice cu un firicel de voce.

Văd un morman de cutii stivuite lângă calorifer și mi-i imaginez pe ei doi golindu-mi camera, scăpând de toate dovezile că am locuit vreodată aici.

Beatrice mă ajută să duc cutiile la mașină. Tata iese afară când ne vede apropiindu-ne.

– E totul în regulă? mă întreabă.

Îi zâmbesc slab și încuviințez din cap, întinzându-i o cutie pe care o pune în portbagaj.

Rămân în dreptul portierei pasagerului după ce am încărcat toate cutiile. Îmi fac griji pentru ea.

– O să fii bine, Bea?

– Desigur. Îmi zâmbește veselă și mă îmbrățișează, iar eu îi simt mirosul de șampon cu măr din păr și detergentul cu parfum de violete de Parma de pe rochie. Îți mulțumesc pentru tot ce-ai făcut aseară. N-o să uit niciodată, îmi spune încetișor.

Tata, dându-și seama că vorbim ca fetele, se așază la loc pe scaunul șoferului.

– Dă-l afară din casă, o îndemn. Nu ai nevoie de el, Bea.

– Știi că am, îmi spune în timp ce se îndepărtează de mine. Abi, promite-mi un lucru, te rog. Să nu spui nimănui de noi.

Mă uit la picioarele mele încălțate cu tenişi.

– Nia știe.

– Nimeni altcineva?

– N-o să mai spun nimănui altcuiva. Îți promit. Îmi ridic capul ca să mă uit la ea. Dar pur și simplu nu înțeleg de ce o faci.

– Ba cred că știi, îmi răspunde cu ochi strălucitori. E fratele meu geamăn, el e cealaltă jumătate din mine, Abi. Și are nevoie de ajutor. Știi asta, nu? Vreau să-l ajut să se vindece.

Se întoarce să plece, dar o prind de braț.

– Beatrice, trebuie să-ți spun un lucru. Nu am fost total sinceră cu tine. Și eu... și eu eram geloasă. Pe relația voastră. Am încercat să provoc necazuri de câteva ori, i-am zis lui Ben că îmi ascundeai antidepresivele... Voiam ca el... nu știu... să mă apere, crede-mă pe cuvânt!

– Taci, Abi. Te înțeleg.

Stă în fața mea, cu balerinii ei cu imprimeu de leopard și cu rochia moale din bumbac care îi atinge genunchii, iar soarele își reflectă lumina slabă pe chipul și șuvițele ei blonde. Inspir profund când văd cât de mult seamănă cu Lucy. Parcă o pierd din nou.

– Ai grijă de tine, Bea, murmur.

– Și tu, Abi, îmi spune cu tristețe. Și tu.

Se apleacă să-și ia în brațe motanul roșcat și gras, apoi se întoarce cu spatele la mine și intră înapoi în casă.

36

Locuiesc în Londra de șase luni și, cu fiecare zi care trece, devin un pic mai puternică, un pic mai încrezătoare în viitor. Miranda mi-a oferit fostul loc de muncă de la reportaje, iar Nia mi-a sugerat să închiriem împreună un apartament mai mare în Muswell Hill. Nici una dintre noi nu o spune, desigur, dar fiecare s-a gândit că e mai puțin dureros să stăm la nord de fluviu. Acolo sunt mult mai puține amintiri ale fostei noastre vieți.

Traiul cu Nia este minunat de simplu după toate prin câte am trecut.

Am primit vești de la Bea o singură dată. Cu o lună în urmă mi-a trimis un e-mail ca să-mi spună că a vândut casa din Bath și că ea și cu Ben s-au mutat unde nu-i cunoaște nimeni. Nu mi-a dat nici o adresă. Dacă stau să citesc printre rânduri, bănuiesc că sunt din nou împreună și trăiesc ca un cuplu. Nimic nu m-ar mai surprinde.

Încă o văd pe Lucy în cele mai neașteptate locuri. Uneori e în fața mea în autobuz, cu același bob blond care se mișcă în toate părțile, cu gâtul lung și elegant, până când se întoarce și parcă ar purta o mască, chipul altei persoane suprapus peste al ei. Alteori este la o petrecere la care particip cu Nia sau mănâncă popcorn în rândul din fața noastră la cinema. Săptămâna trecută mi s-a părut că o văd în spatele casei de marcat de la Sainsbury's, doar că era tânără - prea tânără. Lucy în adolescență.

Și de fiecare dată când o zăresc, mă asigur că o iau în direcția opusă. Pentru că nu e Lucy. Acum o știu. Cum știu și cât de periculoasă e mintea mea, cât de puțin pot să mă încred în propria judecată. În definitiv, cu Bea am dat-o în bară cum nu se putea mai rău.

Astăzi, într-o marți însorită de la începutul lui martie, mă plimb prin Hyde Park în pauza de prânz, făcându-mi de treabă în timp ce aștept să-i iau un interviu la Ritz unui actor în ascensiune. Port rochia de după-amiază pe care mi-am cumpărat-o anul trecut în magazinul din Bath și o jachetă lungă gri. Mă simt fericită și încrezătoare, apoi o zăresc. Stă așezată pe o bancă și citește o carte, are un pardesiu Burberry în jurul corpului subțire și o pereche de blugi negri mulați și stă picior peste picior. Cu ochelarii cu ramă fină de metal ridicați pe părul blond, se încruntă concentrată, scanând pagina de la stânga la dreapta. În ciuda promisiunilor pe care mi le-am făcut, nu mă pot abține s-o privesc cu nostalgie, închipuindu-mi că mă așez lângă ea și intrăm în vorbă. În schimb, îmi ridic geanta pe umăr și trec prin dreptul ei.

Ca și cum ar fi conștientă de interesul meu, ridică privirea și mă fixează cu ochii ei mari și verzi, iar inima îmi tresare în piept, de parcă mi-ar fi tras cineva un pumn. Seamănă cu Lucy mai mult decât oricine, în afară de mine însămi; mai mult decât Beatrice, mai mult decât Alicia. Îmi zâmbește atât de cald, încât mă face să mă opresc din drum, iar hotărârea mea slăbește.

– Bună, îi spun timid. Pot să mă așez?

Își pune cartea cu fața în jos în poală.

– Bineînțeles.

Are un accent, posibil scandinav. Dacă e singură în această țară, s-ar putea să aibă nevoie de o prietenă. Ceea ce mă entuziasmează întrucâtva.

– Sunt Ingrid, spune ea și îmi întinde o mână delicată cu un chicotit jucăuș.

Râsul ei strident și muzical, ca al lui Lucy, m-a cucerit.

Îi iau mâna și mă așez lângă ea, atât de aproape încât îi simt mirosul de cocos din păr, și știu că am găsit-o în cele din urmă. Ea este aleasa. N-am fost atentă, m-am lăsat distrasă. Nu și de data asta. De data asta totul se va rezolva. Mă voi asigura că nu apare nici un obstacol.

– Sunt Abi, îi spun, trăgându-mi rochia de după-amiază peste genunchi. Dar poți să-mi spui Bee.

MULȚUMIRI

Aş dori să le mulțumesc următoarelor persoane care au contribuit la romanul de față:

Celor de la HarperCollins şi de la revista *Marie Claire* pentru organizarea concursului pentru roman de debut; echipei fantastice de la Harper, în special redactoarelor mele Martha Ashby şi Kimberley Young, pentru sfaturile, îndrumările şi entuziasmul lor remarcabil; minunatei mele agente, Juliet de la The Agency Group (mă simt incredibil de norocoasă să fac parte din Echipa Mushens!); talentatei mele prietene scriitoare, Fiona Mitchell, pentru că m-a încurajat să particip la concurs; mamei mele, Linda, tatălui meu, Ken, părinților vitregi, Laura şi John, fratelui meu, David, şi surorii mele, Sam, pentru tot sprijinul lor constant de-a lungul anilor; celor doi copii frumoşi ai mei, Claudia şi Isaac (cărora nu li se va permite să citească această carte pentru mult timp); şi, nu în ultimul rând, dar cu siguranță nu mai puțin important, aş dori să-i mulțumesc soțului meu iubit, Ty, pentru răbdarea, înțelegerea şi încrederea pe care mi le-a arătat (şi pentru că e un maestru al virgulelor!).